閩南語語法研究試論

湯廷池　著

臺灣 學生書局 印行

湯廷池教授

著者簡介

　　湯廷池，臺灣省苗栗縣人。國立臺灣大學法學
士。美國德州大學（奧斯汀）語言學博士。歷任.
德州大學在職英語敎員訓練計劃語言學顧問、美國
各大學合辦中文研習所語言學顧問、國立師範大學
英語系與英語硏究所、私立輔仁大學語言硏究所敎
授、《英語敎學季刊》總編輯等。現任國立清華大
學外語系及語言硏究所敎授，並任《現代語言學論
叢》、《語文敎學叢書》總編纂。著有《如何敎英
語》、《英語敎學新論：基本句型與變換》、《高
級英文文法》、《實用高級英語語法》、《最新實
用高級英語語法》、《英文翻譯與作文》、《日語
動詞變換語法》、《國語格變語法試論》、《國語

格變語法動詞分類的研究》、《國語變形語法研究第一集：移位變形》、《英語教學論集》、《國語語法研究論集》、《語言學與語文教學》、《英語語言分析入門：英語語法教學問答》、《英語語法修辭十二講》、《漢語詞法句法論集》、《英語認知語法：結構、意義與功用（上集）》、《漢語詞法句法續集》、《國中英語教學指引》、《漢語詞法句法三集》、《漢語詞法句法四集》、《英語認知語法：結構、意義與功用（中集）》、《漢語詞法句法五集》、《英語認知語法：結構、意義與功用（下集）》等。

「現代語言學論叢」緣起

　　語言與文字是人類歷史上最偉大的發明。有了語言，人類才能超越一切禽獸成為萬物之靈。有了文字，祖先的文化遺產才能綿延不絕，相傳到現在。尤有進者，人的思維或推理都以語言為媒介，因此如能揭開語言之謎，對於人心之探求至少就可以獲得一半的解答。

　　中國對於語文的研究有一段悠久而輝煌的歷史，成為漢學中最受人重視的一環。為了繼承這光榮的傳統並且繼續予以發揚光大起見，我們準備刊行「現代語言學論叢」。在這論叢裏，我們有系統地介紹並討論現代語言學的理論與方法，同時運用這些理論與方法，從事國語語音、語法、語意各方面的分析與研究。論叢將分為兩大類：甲類用國文撰寫，乙類用英文撰寫。我們希望將來還能開闢第三類，以容納國內研究所學生的論文。

　　在人文科學普遍遭受歧視的今天，「現代語言學論叢」的出版可以說是一個相當勇敢的嘗試。我們除了感謝臺北學生書局提供這難得的機會以外，還虔誠地呼籲國內外從事漢語語言學研究的學者不斷給予支持與鼓勵。

湯　廷　池

民國六十五年九月二十九日於臺北

語文教學叢書緣起

　　現代語言學是行為科學的一環，當行為科學在我國逐漸受到重視的時候，現代語言學卻還停留在拓荒的階段。

　　為了在中國推展這門嶄新的學科，我們幾年前成立了「現代語言學論叢編輯委員會」，計畫有系統地介紹現代語言學的理論與方法，並利用這些理論與方法從事國語與其他語言有關語音、語法、語意、語用等各方面的分析與研究。經過這幾年來的努力耕耘，總算出版了幾本尚足稱道的書，逐漸受到中外學者與一般讀者的重視。

　　今天是羣策羣力 和衷共濟的時代，少數幾個人究竟難成「氣候」。為了開展語言學的領域，我們決定在「現代語言學論叢」之外，編印「語文教學叢書」，專門出版討論中外語文教學理論與實際應用的著作。我們竭誠歡迎對現代語言學與語文教學懷有熱忱的朋友共同來開拓這塊「新生地」。

語文教學叢書編輯委員會　謹誌

閩南語語法研究試論

目　錄

漢語動詞組補語的句法結構與語意功能：
北平話與閩南話的比較分析

(The Syntax and Semantics of VP Complements
in Chinese: A Comparative Study of Mandarin
and Southern Min)

一、前 言

　　漢語的補語結構(包括可能補語、期間補語 、 回數補語、狀態補語與結果補語等)是當前漢語語法分析的主要論題之一。Huang (1982, 1984, 1985) 認爲這些補語結構是動詞組補語，並且主張以「詞組結構限制」(the Phrase Structure Constraint)、「重新建構」(Restructuring) 與 「動詞重複」(Verb Copying) 等策略來規範漢語賓語名詞組無法 與這些補語結構鄰接共存。 Huang (1988) 更主張狀態補語與結果補語是「次要述語」(secondary predicate)，並且列舉許多語法事實與語法分析來

反駁 Dragnov (1952) 以來許多學者(包括 Chao (1968)，Tai (1973)，Tang (1977)，Li & Thompson (1978,1981)，C.-R. Huang & Mangione (1985)) 所採取的以這些補語為「主要述語」(primary predicate) 的語法分析。但是 Ernst (1986a, 1986b)與 Tai (1986) 則從語法事實與理論的觀點來批評 Huang (1982,1984,1985) 有關期間補語、回數補語的分析與策略；Tai (1986) 並且提出「詞序調整規律」(a rule of reordering) 來處理有關的問題。同時，狀態補語與程度補語的句法結構分析並不偏限於「主要述語」與「次要述語」這兩種分析。因為在理論上前後兩個謂語可能形成「連謂結構」(serial VP construction)；也可能是前一個述語連同主語出現於主題部分，而後一個述語則出現於評論部分，形成主題句。

北平話裏出現於可能補語、狀態補語與結果補語前面的助詞‘得’，在語音形態、詞彙意義與句法功能上均已虛化。語音形態上的虛化表現於‘得’的讀輕聲。詞彙意義上的虛化表現於‘得’字與‘的’字的混用，以及無法從‘得’字的原義來窺探助詞‘得’的語法意義。而句法功能上的虛化則表現於‘得’字的成為前面動詞的「依前成分」(enclitic)；因而不但‘得’字本身的語法身份不明，而且與後面句法成分之間的結構關係也變得晦暗模糊。北平話裏因助詞‘得’的虛化所導致的‘得’與其他成分之間結構關係的模糊不清，無疑增添了漢語動詞組補語結構分析上的問題與爭論。

閩南話也有相當於北平話的可能補語、狀態補語與結果補語，但在閩南話相對應的補語結構裏，‘得’字分別為‘會、𣍐、Φ (卽‘零’)、了、著、甲’等所取代。試比較：

① a. 他跑得快；他跑不快。

   b. 伊走會緊；伊走繪緊。

② a. 我看得到；我看不到。

   b. 我看會著；我看繪著。

③ a. 他跑得很快；他跑得不快。

   b. 伊走{Φ/了/著}足緊；伊走{無/了無}緊。

④ a. 他跑得滿身都是汗。

   b. 伊走甲歸身軀攏是汗。

而④裏的‘甲’似乎做‘到’解。試比較：

⑤ a. 我一直走到臺北去。

   b. 我一直行甲臺北去。

⑥ a. 他一直等到十點。

   b. 伊一直等甲十點。

可見閩南話的補語結構裏不但使用與北平話的補語結構裏‘得’字不同的語素‘會、Φ、了、著、甲’等，而且這些語素的虛化程度似乎沒有北平話的‘得’字來得徹底，仍然相當清晰的保持原來的詞彙意義與語法面貌，因而這些語素與其他句法成分之間的語法關係也似乎較爲清楚。本文擬從這個觀點重新探討漢語可能、狀態、結果三種補語的句法結構與語意功能。

　　本文共分六節。在第一節前言之後，第二節概述漢語的補語。接著在第三、第四、第五這三節裏分別討論北平話的可能補語

、狀態補語、結果補語的句法結構與語意功能，並與閩南話的可
能補語、狀態補語、結果補語加以比較對照。第六節是結語，除
了略論方言在漢語句法研究的意義與重要性以外，並就當前的問
題指出未來研究的可能方向。

二、漢語的補語

漢語的補語與賓語一樣，一般都出現於述語動詞的後面❶。
如果補語與賓語同時出現，那麼一般的詞序是賓語在前面而補語
在後面❷。例如，在下面含有「雙賓動詞」(double-object verb;
ditransitive verb)的例句裏，賓語名詞組都出現於補語名詞組
或介詞組的前面❸。

⑦　a.　我們稱他小李子。

---

❶ 在「把字句」(如'我已經把書看完了')與「主題句」(如'書，我已經
看完了')裏的賓語當然可以在表面結構裏出現於述語動詞甚至主語名
詞組的前面。

❷ 但是出現於「述補式複合動詞」(predicate-complement com-
pound verb)的可能補語則常出現於賓語名詞組的前面，例如：'你
找得到他嗎'、'我拿不動這件行李'。

❸ 根據「原則參數語法」(Principles-and-Parameters Approach)
，賓語名詞必須與及物動詞(相)鄰接以便獲得「賓位」(accusative
Case)；而介詞的賓語名詞組則從介詞獲得「斜位」(oblique Case)
，所以不必與及物動詞鄰接。至於⑦a的'小李子'，在這裏係充當表
示屬性的「虛指」(non-referring)名詞組，所以不必指派「格位」
(Case)。參漢語的'今天星期六'、'我山東人'與英語的' They
consider him *a genius*'、'We elected her *our captain*'。

b. 他打了一封電報給我。
c. 她送了子女到美國。

賓語原則上由名詞、代詞等「體詞」(substantive) 來充當，但是動詞、形容詞等「謂詞」(predicative) 也可以經過「體語化」(nominalization) 來充當賓語❹，例如：

⑧ a. 他從來不聽我的勸。
　 b. 大家都在盼望春節的來臨。
　 c. 我最怕被人看不起。❺

另一方面，補語則多由謂詞來充當❻，例如：

⑨ a. 你看得見他嗎？
　 b. 我聽得出來她的聲音。
　 c. 她長得很漂亮。

---

❹ 關於漢語體詞與謂詞的畫分，參湯 (1990c) 的討論。

❺ ⑧c的例句可以分析為「控制結構」(control construction)，即以含有「空號代詞」(empty pronoun) 或「大代號」(PRO) 為主語的子句來充當賓語：'我ᵢ最怕〔s PROᵢ 被人看不起〕'。

❻ 在上面⑦a的例句裏由名詞組('小李子')充當補語的情形，可以說是漢語裏極少數的例外；而在⑦b與⑦c裏充當補語的介詞組('給我'、'到美國')則似乎可以視為「準謂詞組」(quasi-predicate)，因為介詞與賓語名詞組的關係在句法結構上酷似及物動詞與賓語名詞組的關係。

　　d. 他把房間打掃得乾乾淨淨的。

　　e. 他氣得說不出話來。

但是期間補語與回數補語則由體詞性的數量詞組爲補語，例如：

⑩　a. 他（讀書）讀了兩個小時。

　　b. 我每天跑步跑八公里。

　　c. 我總共見過他三次。

　　d. 他把我罵了一頓。

　　e. 她狠狠的刮了他一個耳光。

　　f. 她順勢踢了他一脚。

　　在⑦、⑨、⑩這些例句中，⑨a與⑨b的補語（‘見、出來’）與述語動詞（‘看、聽’）的關係比較緊密，而在其他例句裏補語（‘小李子、給我、到美國、很漂亮、乾乾淨淨的、說不出話來、兩個小時、八公里、三次、一頓、一個耳光、一脚’）與述語動詞的結合關係則較爲鬆懈。因此，湯 (1990) 乃把⑨a的‘看見’與⑨b 的‘聽出來’分別分析爲「述補式複合動詞」(predicate-complement compound verb) 與「述補式片語動詞」(predicate-complement phrasal verb)，而把其他例句的述語動詞與補語的結合關係分析爲「(句法上的) 述補結構」(syntactic predicate-complement construction)❼。

───────────────

❼ 朱 (1982:125) 把不含有‘得’或‘不’的‘抓緊、寫完、煮熟、說清楚、寫上、走回去’等列爲「粘合式述補結構」(‘bound’ predicate-

三.一　北平話的可能補語

　　漢語的述補式複合動詞由述語動詞語素與補語動詞語素(如
'推開、打破、看見、學會、聽懂、殺死、弄丟')或補語形容詞
語素(如'長大、曬乾、走遠、拉長、哭濕、煮熟')合成。這些述
補式複合動詞不僅可以出現於「完成貌標誌」'了'的前面，而且
也可以出現於「經驗貌標誌」'過'的前面，例如：

⑫　a.　我已經學會了開車。

　　b.　他從來沒有看見過熊貓。

　　c.　我喝酒從來沒有喝醉過。

　　d.　她做事謹慎，從沒有打破過東西。❸。

　　另一方面，有些補語語素是「粘著性」(bound) 的，不能單

(→)complement construction)，而把含有 '得'或'不'的'抓{得/不}
緊、寫{得/不}完、煮{得/不}熟、說{得/不}清楚'等列為「組合式述
補結構」('free' predicate-complement construction)。陸等
(1975:78) 則把不含有'得/不'的述補式複合動詞視為「詞」(word)
；而把含有'得/不'的述補式結構視為「詞組」(phrase)，並稱之
為「離合詞」(separable word)。

❸　述補式複合動詞在句法功能上屬於「完成動詞」(accomplishment
verb) 如'看完'，或「終結動詞」(achievement verb) 如'看到'
，所以不能帶上表示「起動貌」(inchoative aspect) 的'起來'或
表示「繼續貌」(continuous aspect) 的 '下去'，也不容易藉重疊
來表示「短暫貌」(tentative aspect) 或「嘗試貌」(attemptive
aspect)，而且也不能與表示期間的數量詞組連用。

獨出現；而且，在語意與句法上具有表示達成、處理、耗盡、獲得、留住等「動相」（phase）的功能，例如'做完、看完、聽到、得到、用掉、丟掉、吃光、賣光、認得、記得、拿住、穩住'等。因此，湯（1989b，1990a）把這些粘著性的補語語素稱為「動相標誌」（phase marker）。一般說來，漢語的動相標誌可以出現於完成貌標誌'了'的前面，但是不能出現於經驗貌標誌'過'的前面。試比較：

⑬　a.　他已經做完{了/*過}。
　　b.　我聽到{了/*過}他的聲音。
　　c.　他們早就賣掉{了'*過}房子了。
　　d.　你喝光{了/??過}整瓶的高梁酒嗎？

　　至於述補式片語動詞則由述語動詞與「移動動詞」（movement verb）'進、出、上、下、回、過、起、開'及「趨向動詞」（deictic verb）'來，去'三者之間的組合而成，例如：

⑭　a.　他匆匆忙忙的走進教室來。
　　b.　我們不知道什麼時候才能跳出這個火坑。
　　c.　她們已經回去了。

　　述補式複合動詞與述補式片語動詞一般都可以在述語動詞與補語動詞或補語形容詞之間插入'得'與'不'來分別表示'可能'與

'不可能'❾，例如：

⑮　a.　我看{得/不}見她。

　　b.　你一定做{得/不}完這件事。

　　c.　他們走{得/不}進來。

　　述補式複合動詞有「及物」(transitive) 與「不及物」(intransitive) 的區別，而及物動詞中又有「使動及物」(causative transitive) 與「非使動及物」(non-causative transitive) 之分。湯（1989b, 1990a）的分析指出：漢語的述補式複合動詞中有以述語動詞為「主要語」(head) 的，也有以補語動詞或補語形容詞為主要語的。以述語動詞為主要語的述補式複合動詞係以述語動詞的及物或不及物來決定整個述補式複合動詞的及物或不及物。試比較：

⑯　a.　他看到我們了。

　　b.　她賣掉了房子了。

　　c.　我一定要學會英語。

　　d.　他們聽不懂我們的話。

---

❾　有些由述語動詞與補語形容詞合成的述補式複合動詞(如'改良、改善、擴大、縮小、澄清、革新、扶正、鞏固、提高、降低')不能插入'得/不'，而有些由述語動詞與動相標誌合成的述補式複合動詞（如'用(得)著、吃(得)消、忘(得)了、對(得)起、住(得)起、賽(得)過、說(得)過')則非插入'得/不'不可。

⑰　a. 我們到處走動走動。

　　b. 她雖然搖晃了一下，但是立刻又站穩了。

　　c. 這幾天的股市雖然走軟，但是過年後仍有走挺甚至走紅的可能。

　　另一方面，在以補語動詞或補語形容詞爲主要語的述補式複合動詞裏，補語動詞與補語形容詞實際上充當「使動動詞」，因而可以有「使動及物」與「起動不及物」（inchoative intransitive）兩種用法❿。試比較：

⑱　a. 他打開了門了。（使動及物句）

　　b. 他把門打開了。（把字句）

　　c. 門打開了。（起動不及物句）

⑲　a. 這種食物可以降低血壓。（使動及物句）

　　b. 這種食物可以把血壓降低。（把字句）

　　c. 血壓降低了。（起動不及物句）

　　因此，連由不及物動詞（如⑳、㉑、㉒句）或形容詞（如㉓、㉔句）充當述語的述補式複合動詞也可以有使動及物與起動不及物兩種用法⓫。

---

❿　有一些文獻把這類動詞的「起動不及物用法」稱爲「作格動詞」（ergative verb）。

⓫　名詞的'尿'只在孩童語中當動詞用（如'我要尿尿'），但是與使動用法的形容詞'濕'形成述補式複合動詞以後就可以有使動及物'他又尿濕了褲子；他又把褲子尿濕了'）與起動不及物（'他的褲子又尿濕了'）的用法。

⑳ a. 他跌斷了腿了；他把腿跌斷了。

　 b. 他的腿跌斷了。

㉑ a. 她哭濕了手帕了；她把手帕哭濕了。

　 b. 她的手帕哭濕了。

㉒ a. 我喊啞了喉嚨；我把喉嚨喊啞了。

　 b. 我的喉嚨喊啞了。

㉓ a. 他累壞了身體了；他把身體累壞了。

　 b. 他的身體累壞了。

㉔ a. 你差一點氣死他了；你差一點把他氣死了。

　 b. 他差一點氣死了。

　　又有一些述補式複合動詞的述語動詞本來是及物動詞，但是如果補語形容詞(如'貴')不具有使動及物用法，那麼整個述補式複合動詞也不能在後面帶上賓語。試比較：**⓬**

㉕ a. 我去年買了這一部汽車。

　 b. *我去年買貴了這一部汽車。

　 c. 這一部汽車我去年買貴了。

　　我們把述補式複合動詞做爲詞(複合動詞)儲存於詞庫裏，而不做爲句法結構(詞組)來衍生。其理由，主要有下列五點：

⓬　例句的合法度判斷，參朱 (1982:127)。㉕b的不合語法顯示'買貴'不能做及物動詞使用，而㉕c的合語法則暗示主題名詞組'這一部汽車'可能在深層結構裏直接衍生於大句子指示語的位置。

（一）　許多述補式的述語動詞（如'擊落、擴大、澄清、賽（得）過、對（得）起'）、補語動詞（如'看到、賣掉、拿住、用（得）著、吃（得）消、付（得）起'與補語形容詞（如'改良、改善、鞏固'）在語法功能上屬於「黏著語」（bound morph）。有些述補式複合動詞（如'擊落、擴大、澄清、改良、改善、鞏固'）甚且不能插入'得／不'，而有些述補式複合動詞（如'用（得）著、吃（得）消、付（得）起、對（得）起'）則非插入'得／不'不可。如果把這些動詞分析為複合動詞而儲存於詞庫裏，那麼這些複合動詞的能否或應否與可能補語連用則可以在各個複合動詞的詞項記載裏做為「特異屬性」（idiosyncratic property）來處理。

（二）　許多具有使動及物用法的述補式複合動詞，其補語動詞（如'打破、打倒、打碎、灌醉、叫醒、殺死、消滅、說服'）與補語形容詞（如'升高、降低、扶正、改善、革新、鞏固、漂白、弄濕、喊啞'）在現代漢語中已經不能做為使動動詞使用⓭，而只有在複合動詞裏纔可以有使動用法。

（三）　有些述補式複合動詞的述語動詞本來是不及物動詞（如'哭濕、喊啞'）或形容詞（如'累壞、氣死'），但是整個述補式複合動詞卻做及物動詞使用。另一方面，有些述補式複合動詞的述語動詞本來是及物動詞（如'買貴'），但是整個述補式複合動詞卻做不及物動詞使用。

⓭　'破門而入、倒閣運動、令人碎心、酒不醉人（人自醉）'等不及物動詞的使動用法是漢語文言用法的殘留。

(四)　許多述補式複合動詞的述語動詞在單獨使用的時候是「行動動詞」(activity　verb)，因而可以與'起來'、'下去'或期間數量詞組連用，也可以藉重疊而表示短暫或嘗試。但是形成述補式複合動詞以後卻變成「完成動詞」(如'看完、賣掉')或「終結動詞」(如'看到、聽見')；因而一方面失去了行動動詞的句法功能，而另一方面則呈現了完成動詞或終結動詞的句法表現。

(五)　有些述補式複合動詞(如'澄清(疑點)、提高(待遇)、革新(風氣)、鞏固(基礎)、吃(得)消、吃(得)開')，整個複合動詞的含義並不等於其成分語素的語義之總和。'打開(窗戶)、打消(主意)'等的'打'並不表示'打擊'，'氣死(人)、笑死(人)'等的'死'也並非表示'死亡'。

　　另一方面，我們把以移動動詞'進、出、上、下、回、過、開'與趨向動詞'來、去'為補語的述語動詞分析為「片語動詞」(phrasal verb)，其主要理由有四：⓮

(一)　移動動詞可以單獨與述語動詞形成述補式片語動詞(如㉖句)，也可以連同趨向動詞與述語動詞形成述補式片語動詞(如㉗句)，還可以與趨向動詞共同形成述補式片語動詞(如㉘句)⓯，例如：

⓮　朱(1982:128)把由移位動詞與趨向動詞合成的補語稱為「趨向補語」，以資與「可能補語」區別。

⓯　北平話裏沒有'起去'與'開去'這樣的說法；而'開來'則不能單獨使用，必須與前面的動詞連用，如'散開來、拆開來'。

㉖ a. 請你暫時不要走開。

　　b. 我們什麼時候才能跳出這個火坑。

㉗ a. 讓我們趕快跳上去。

　　b. 他們慢吞吞的走過來。

㉘ a. 他已經進來了。

　　b. 我要回去了。

述補式片語動詞的述語動詞與(第一個)補語動詞之間都能插入'得/不'而且在北平話裏充當補語的移動動詞或趨向動詞都讀輕聲。在北平話裏讀輕聲的詞語，一般說來都與前面的詞語形成合成詞、複合詞或詞組❻。

(二)　充當述補式片語動詞補語的移動動詞與趨向動詞在詞彙意義與語法功能上常相當於英語的「介詞」(preposition)或「介副詞」(adverbial particle)，並且常可以有表示方位的「字面意義」(literal reading)與由此引伸得來的「比喻意義」(figurative reading)。試比較：

㉙ a. 他衝進屋子來；He rushed *into* the room.

　　b. 他衝進來；He rushed *in*.

㉚ a. 他走出大門來；He came *out of* the main gate.

　　b. 他走出來；He came *out*.

---

❻　也可能成為前面詞語的「依前成分」(enclitic)，例如'跳得高；叫他來；住在隔壁的孩子'。

㉛ a. 她走過去；She went *over*.

    b. 她昏過去；She fainted *away*.

㉜ a. 她走過來；She came *over*.

    b. 她醒過來；She came {*around*/*to*}.

㉝ a. 他要跳下去了；He is going to jump *down*.

    b. 我們的文化傳統必須傳下去；Our cultural heritage must be handed *down*.

(三) 出現於述補式片語動詞的述語動詞本質上屬於「自由語」(free morph)；而且，表示可能與不可能的‘得’與‘不’可以出現於第一個補語動詞的前面，賓語名詞組則可以出現於第一個補語動詞的後面❼，例如：

㉞ a. 你的頭探得出來嗎？；探不出來。

    b. 他從窗戶裏探出頭來。

㉟ a. 你今晚上出得來嗎？；出不來。

    b. 大家都出點錢來好嗎？

(四) 漢語的動詞(包括單純動詞與複合動詞)至多只能包含三音節，但是三音節動詞是「有標」(marked) 的動詞，因而不能直接出現於賓語的前面，也不能帶上動貌標誌或藉重

---

❼ 處所賓語只能出現於第一個補語動詞(即移動動詞)的後面(如‘走進屋裏來、跳下水去、送回新竹來、拿出圖書館去、爬上山頂去’，但是一般無定賓語則可以有三種不同的位置(如‘拿了一封信進來、拿進一封信來、拿進來一封信’)。參朱 (1982:129)。

疊來表示各種動貌。試比較：

㊱ a. 請你{按摩/?*馬殺雞}我一下。

b. 請你給我{按摩按摩/*馬殺雞馬殺雞}。

c. 你正在替誰{按摩著/?*馬殺雞著}?

㊲ a. 我們應該早日{美化環境/?*電氣化農村}。

b. 我們應該早日把{環境美化/農村地區電氣化}。

c. 讓我們來把{環境美化美化/*農村地區電氣化電氣化}。

d. 我們從來沒有把{環境美化過/?*農村地區電氣化過}。

三.二　閩南話的可能補語

閩南話可能補語的句法表現大致上與北平話可能補語的句法表現相同。不過閩南話與北平話不同，表示可能有‘有’(〔已實現〕；〔+Realized〕)與‘會’(〔未實現〕；〔-Realized〕)兩種說法，而表示不可能也有‘無’(〔已實現〕)與‘獪’(〔未實現〕)兩種說法。試比較：

㊳ a. 這個門我打{得/不}開。

b. 這個門我打{會/獪}開。

㊴ a. 那個人我看{得/不}到。

b. 彼個人我看{會/獪}著。

㊵ a. 那個人我{看到了/沒有看到}。

b. 彼個人我看{有/無}著。

㊶ a. 他跑{得/不}快。　　a. 他{看完了/沒有看完}書。

b. 伊走{會/獪}緊。　　b. 伊冊{看有了/看沒有了}。

　　出現於閩南話可能補語前面的'會、袂、有、無'都可以充當自由語的動詞來使用，例如：

㊷　a.　*伊會來無？；伊袂來。*　　　（他會來嗎？；他不會來。）

　　　b.　*伊有錢無？；伊無錢。*　　　（他有錢嗎？；他沒有錢。）

　　　c.　*伊有來無？；伊無來。*　　　（他來了嗎？；他沒有來。）

在這些例句裏，閩南語的'會、袂、有、無'分別相當於北平話的自由語動詞'會、不會、{有/了}、沒有'，在語意上表示'可能性'、'所有'或'達成'。因此，我們擬設：出現於北平話可能補語前面的'得'來自表示'獲得、得到'的動詞'得'。

四.一　北平話的狀態補語

　　所謂「狀態補語」（descriptive complement）是指述語動詞後面以形容詞做補語，而且補語形容詞前面必須插入'得'字的表示狀態的補語，例如：

㊸　他{*跑得快/寫得好/洗得乾淨/看得清清楚楚/看得一清二楚*}。

但是狀態補語與前面所討論的以形容詞充當補語的可能補語不同：(一)'得'字不表示可能；(二)補語形容詞可以用程度副詞修飾或重疊；(三)補語形容詞可以用'不'來否定，因而'得'字與'不'字可以連用。例如：

⑭ a. 他{跑得很快／寫得最好／洗得非常乾淨／住得舒舒服服的
　　　／弄得骯裏骯髒的}。

　 b. 他{跑得不快／寫得不很好／洗得不乾不淨}。

試比較狀態補語(a句)與可能補語(b句)的否定式以及正反問句。

⑮ a. 他{跑得不快／寫得不好}。

　 b. 他{跑不快／寫不好}。

⑯ a. 他{跑得快不快／寫得好不好}？

　 b. 他{跑不跑得快／寫不寫得好}？

　 b'. 他{跑得快／跑不快／寫得好／寫不好}？

以上有關句法表現的觀察顯示：可能補語是形容詞（Ａ），並與
述語動詞台成複合 動詞或片語動詞；而狀態補語則是形容詞組
（AP）。但是狀態補語與前面述語動詞的句法關係究竟是怎樣的
關係？尤其是在含有狀態補語的句法結構中，「主要謂語」(main
predicate) 究竟是述語動詞(組)還是補語形容詞(組)？

　　Hashimoto (1966) 曾把「主語＋述語動詞＋{得／的}」的詞
組結構(如'他說{得／的}(很清楚)')分析爲名詞組(即〔NP S{得／
的}〕,並稱此爲「動作(性名物)子句」(active nominalization)
；而把不含'{得／的}' 的「主語＋述語動詞＋φ」(如'他來(沒有
用)')分析爲名物子句(即〔NP S〕),並稱此爲「事實(性名物)子
句」(factive nominalization)。但是 Paris (1978) 指出：

(一)指涉代詞'那'與疑問代詞'什麼'都只能指代事實子句，卻不能指代動作子句；(二)述語動詞後面出現賓語或補語的時候，動作子句的述語動詞必須重複，而事實子句的述語動詞則不能重複；(三)出現於動作子句的副詞（如'連……{也/都}'）與情態動詞（如'能'），其「(修飾)範圍」(scope) 可以及於子句之外，而出現於事實子句的副詞或情態動詞，其範圍不能及於子句之外⓭。試比較：

㊼　a.　他說得很清楚。
　　a'.　*那很清楚；*什麼很清楚？
　　b.　他來沒有用。
　　b'.　那沒有用；什麼沒有用？
㊽　a.　他說話說得很清楚。
　　a'.　他住這裏住得舒舒服服的。
　　b.　他來這裏(*來)沒有用。
　　b'.　他說話(*說)也沒有用。
㊾　a.　連他{也/都}說得不清楚。
　　a'.　他能說得很清楚。
　　b.　連他{也/都}不來很遺憾。
　　b'.　他能來很好。

因此，Paris (1978) 的結論是：只有事實子句（〔$_{NP}$ S〕）具有名

⓭　因此，㊾b句與'很遺憾，連他{也/都}不來'在認知意義上同義。參
　　Paris (1979:88)。

詞組或「體語」(nominal) 的句法功能；所謂動作子句(〔S{得/的}〕)並不形成名詞組或充當體語，而是由述語動詞與形容詞組補語 (V(P)＋AP〕) 形成「合成述語」(complex predicate)，並組成如⑩的結構佈局。**⑲**

⑩

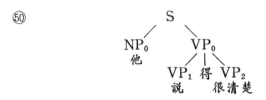

Paris (1978,1979) 並不嚴格區別以形容詞組(AP)為補語的「狀態補語」(如⑩)與以子句(S或S')為補語的「結果補語」(如㉑)，而統稱為「狀態補語」(descriptive complement)。

㉑　a.　他寫中國字寫得很累。
　　b.　他洗衣服洗得很乾淨。

Paris (1979:30) 仿照 Hashimoto (1966) 的分析，為㉑a與㉑b

---

⑲　Paris (1979:28) 並主張漢語裏虛詞'的'與'得'的意義與用法必須加以區別：'的'出現於名詞組或相當於名詞組的句法成分的前面（如關係子句與中心語的中間、準分裂句的中間）或句尾（如分裂句的句尾）；而'得'則出現於謂語的前面。因此，下面(i)與(ii)的兩個句子並不同義。
（i）　〔NP 窮的我〕〔VP 流出眼淚來〕。
（ii）　〔VP 窮得〕〔S 我流出眼淚來〕。

句分別擬設⑫a與⑫b的結構佈局，然後利用「同指涉名詞組刪除」
(Equi-NP Deletion) 把補語子句裏與母句主語指涉相同（如⑫
a)或與母句賓語指涉相同（如⑫b）的子句主語加以刪除。

⑫　a.

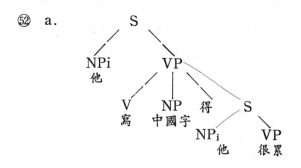

⑫　b.

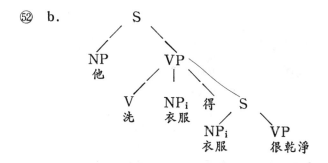

她並援用 Mei (1972:10) 有關漢語同指涉名詞組可以「順向刪除」
(forward deletion)亦可以「逆向刪除」(backward deletion)
的建議，從⑬ a 的基底結構一方面經過順向刪除來衍生⑬ b 的句
子，而另一方面則經過逆向刪除來衍生⑬c的句子。

⑬　a.〔我激動得〔我流出了眼淚來〕〕。

b. 〔我激動得〔e流出了眼淚來〕〕。

c. 〔e激動得〔我流出了眼淚來〕〕。

但是 Paris (1979:29-30) 卻又仿照 Mei (1972:29-30) 與 C. Li (1975) 的分析，爲(54)a,b 的例句擬設(55)的結構佈局。依據我們的分析，(51)的例句所包含的是結果補語，而(54)的例句所包含的是狀態補語。

(54) a. 他寫中國字寫得很快。

b. 他洗衣服洗得很忙。

(55)

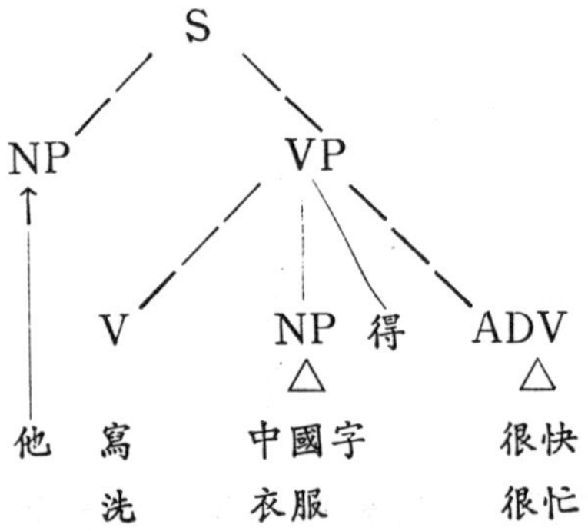

Paris (1979:31-32) 還提出下面的語法事實來支持她的分析：

(一) 母句賓語與子句主語的指涉相同(如(51)b句)時，纔可以有「把字句」(如'他把衣服洗得很乾淨')與「被字句」(如'衣服被他洗得很乾淨')。

（二）　由子句（S）支配的補語（如⑤句）允許形容詞的重疊（如'他吃得{很飽/飽飽的}、'他把衣服洗得{很乾淨/乾乾淨淨的}'）·卻不允許形容詞在狀語的位置重疊（如'*他飽飽的吃'、'他乾乾淨淨的洗衣服'）；而由狀語（ADV）支配的補語（如⑤句）則不允許形容詞的重疊（如'*他走得慢慢的'），卻允許形容詞在狀語的位置重疊（如'他慢慢的走'）。她的分析確實顯示：主語名詞組、述語動詞、賓語名詞組與'得'並不形成詞組單元（S，S'或NP）；也顯示副詞與情態動詞的修飾範域可以及於述語與謂語。但是受狀語（ADV）支配的狀態補語，卻無法說明這些補語在句子裏充當實質上的述語，因而可以否定（如'他（寫中國字）寫得不快'）或形成正反問句（如'他（寫中國字）寫得快不快？'）。而且，下列例句顯示有些形容詞在補語與狀語這兩個位置都可以重疊。

⑤　a.　他說話說得客客氣氣的；他客客氣氣的說話。

　　b.　她吃飯吃得斯斯文文的；他斯斯文文的吃飯。

　　c.　他走得匆匆忙忙的；他匆匆忙忙的走了。

　　d.　她走得慢吞吞的；她慢吞吞的走。

另外，她的分析並沒有交代'得'字的句法身份與功能（因而⑤、⑤、⑤的樹狀圖解裏支配'得'的節點都沒有標名），也沒有交代帶有賓語或補語後面的述語動詞究竟是由於什麼樣的動機以及經

過怎麼樣的過程來重複的。⑳

　　Huang（1988）區分狀態補語（如⑰句）與結果補語（如⑱句）。這兩種補語結構都含有述語，但是只有結果補語可以含有主語（如⑱句）。試比較：

⑰　我跑得很快。

⑱　a.　他們跳得很累。

　　b.　他們哭得手帕都濕了。

狀態補語與結果補語都以動詞或形容詞爲述語，結果含有這些補語的句子都含有前後兩個述語：「主要子句」（host　clause）的述語在前面，而「補語子句」（complement　clause）的述語則出現於後面。因而，在語法分析上產生了前後兩個述語中究竟那一個述語纔是句子的「主要動詞」（main　verb）這一個問題。

---

⑳　Paris（1988:434-436）在漢語期間補語的討論中，曾經指出：述語動詞應否重複，與述語動詞的「動貌結構」（aspectual structure）有密切的關係。如果述語動詞所表達的動作是「不受限制」（atelic; unbounded）的，那麼這個述語動詞必須在賓語名詞與期間補語之間重複（如'修水管已經修了一個鐘頭了'）。相反的，如果述語動詞所表達的動作是「受限制」（telic; bounded) 的，那麼這個述語動詞就不能重複（如'＊他修完水管已經修完了一個鐘頭了'）。另外，Paris（1988:46）還指出：述語動詞與動貌結構不僅與述語本身的語意屬性有關，而且還與賓語名詞的定性有關。例如，帶無定賓語的行動動詞常要出現於期間補語的前面（如'我昨天等一個朋友等了一個鐘頭'）；而帶有定賓語的行動動詞則不必出現於期間補語的前面（如'我已經等你（等了）一個鐘頭了'）。

Huang（1988:275ff）主張：出現於補語子句的述語是「次要述語」（secondary predicate），整個補語在句子裏充當「附加語」（adjunct），而出現於主要子句的述語纔是「主要述語」（primary predicate）。根據這樣的分析❷，⑤⑦句的狀態補語具有下面⑥⓪a或⑥⓪b的結構佈局。

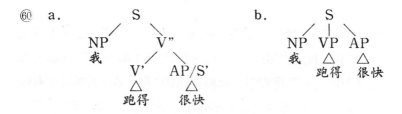

他並列舉下面一些語法事實與分析來反駁 Dragnov（1952）與 Chao（1968）以來許多學者❷所採取的以補語子句爲主要述語的結構分析，如⑥①a與⑥①b。

---

❷ 根據 Huang（1988），Mei（1972,1978），Paris（1979），Zhu（1982），Huang（1982），Ross（1984），Li（1985）等都屬於「以補語結構爲次要述語的分析」（the Secondary Predication Hypothesis）。

❷ 根據 Huang（1988），Chao（1968），Dragnov（1952），Tai（1973），Tang（1977），Li & Thompson（1978, 1981），C.-R. Huang & Magione（1985）等都屬於「以補語結構爲主要述語的分析」（the Primary Predication Hypothesis）。

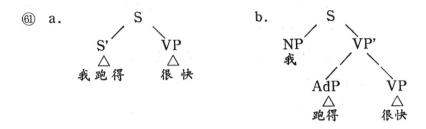

⑥ a.
b.

(一) '得'字與「體語化語素」(nominalizer) 的'的'字不同，並不與前面的句法成分合成詞組單元 (句子 (S') 或副詞組 (AdP))。雖然在引導狀態補語的'得'字後面常可以有停頓，甚至常可以安插表示停頓的語氣助詞 (如'啊、呀、哪')，但是這並不表示'得'一定與前面的句法成分形成詞組單元。因為這裏的'得'字可能在句法上原本有獨立的地位，而只是在語音上依附前面的句法成分而成為「依前成份」(enclitic)。Huang (1988:277) 認為：這裏的'得'字可能是引導補語子句 (S') 的「補語連詞」(complementizer; COMP)，或是引導形容詞組 (AP) 做為「狀語」(adverbial modifier) 的「標誌」(marker)㉓，也可能分析為動詞的「詞尾」或「後綴」(suffix)。

(二) 出現於狀態補語的述語形容詞可以形成正反問句 (如㉖ a)，也可以形成否定句 (如㉖ b)。相形之下，出現於主要子

㉓ 參 Ross (1984)。

句的述語動詞則比較不容易形成正反問句（如⑥a）或否定
句（如⑥b）。試比較：

⑫　a．　他們跑得快不快？
　　b．　他們跑得不快。
⑬　a．　*他們跑不跑得快？
　　b．　*他們不跑得快。

但是 Huang（1988:279-282）認爲：補語子句裏述語形容詞的
形成正反問句或否定句，並不能證明這個形容詞是主要述語，因
爲在下面⑭的例句裏正反問句也出現於從屬子句。㉔

㉔　'認爲、以爲、猜、覺得'等是 Li & Thompson（1979:205）所謂
　　的「語意空靈的動詞」（semantically bleached verb）。以這些動
　　詞充當述語的句子都以補語子句所表達的命題爲「信息焦點」（infor-
　　mation　focus），因而例外的允許正反問句出現於補語子句。湯
　　（撰寫中b）把例句⑭a分析爲具有下面(i)的深層結構與(ii)的表層結
　　構或邏輯形式。
　　（i）[cpe [c'[IP 你認爲 [cpe [c'[IP 他們會不會來] [c呢]]]] [ce]]]？
　　（ii）[cpe [c'[IP你認爲 [cpe [c'[IP他們會不會來] [cti]]]] [c呢i]]]？
　　述語動詞'認爲'等只能以「命題」（proposition; P）或「陳述」
　　（statement）爲補語子句，而不能以「疑問」（question; Q）爲補
　　語子句；也就是說，補語子句的補語連詞不含有疑問屬性(亦卽含有
　　[-WH])，而主要子句的補語連詞則含有疑問屬性(卽含有[＋WH])
　　。因此，出現於補語子句裏補語連詞的疑問助詞'呢'在表層結構或
　　邏輯形式裏經過「主要語(至主要語的)移位」（Head (-to-Head)
　　Movement)) 而移入主要子句裏補語連詞的位置。因此，補語子句
　　（→）

⑥④　a.　他認為他會不會來(呢)？

　　　b.　我不知道你喜不喜歡他(*呢)。

　　　c.　你喜不喜歡他(*呢)並不重要。❻

───────────────

(→)的「疑問範域」(scope of question) 獲得及於整句的「寬域解釋」 wide-scope interpretation)，疑問助詞'呢'就可以出現。相形之下，在⑥④b 與⑥④c 的例句裏，補語子句與主語子句的補語連詞分別含有疑問屬性。因此，疑問範域都只及於從屬子句而只能獲得「狹域解釋」(narrow-scope interpretation)，疑問助詞'呢'就無法出現於從屬子句。

❻　Huang (1988:281-282) 還指出：在(i)到(iii)的例句裏，含有疑問詞的「特殊問句」可以出現於從屬子句，而「正反問句」則不能出現於從屬子句。

(i)　a.　誰在公司的時候你正要找我？

　　　b.　*我在不在公司的時候你正要找我？

(ii)　a.　我看什麼書比較好？

　　　b.　*我看不看什麼書比較好？

(iii)　a.　你最喜歡讀用哪一種文字寫的文章？

　　　b.　*你最喜歡讀用不用英文寫的文章？

他認為：這是由於在這些例句裏，特殊疑問詞'誰、什麼(書)、哪一種(文字)')都出現於「論元位置」(A-position; 如主語與賓語的位置)，而正反疑問詞('在不在、看不看、用不用')卻出現於「非論元位置」(A'-position; 如「附加語」(adjunct) 的位置或屬於「功能範疇」(functional category) 的主要語的位置)。特殊疑問詞與正反疑問詞都在「邏輯形式」(LF)裏移到「C統制」(c-command) 這些疑問詞的非論元位置(根據 Huang (1988:281) 的分析，可能是「加接到」(be adjoined to) 主要子句(S)的左端)。結果，特殊疑問詞的「移位痕跡」(trace) 因受到「適切的管轄」(proper government) 而獲得認可；另一方面，正反疑問詞的移位痕跡則未受到適切的管轄而無法獲得認可。關於 Huang (1988) 有關漢語正反問句的分析，我們將另文評介。

（三）　帶有描述補語 與結果補語 的述語動詞 ， 一般都不能帶上
　　　　「動貌標誌」(aspect marker) ‘了、著’等。相形之下，
　　　　出現於結果子句的述語動詞卻可以帶上動貌標誌。 試比
　　　　較：

⑥　a．　他氣得流出了眼淚。
　　b．　*他氣了得流出(了)眼淚。

但是 Huang (1988:282-286) 指出：完成貌標誌‘了’的「同位
語」(allomorph)‘(沒)有’卻可以與主要子句的述語動詞連用而
否定整個謂語，因而也可以在主要子句裏形成正反問句，例如：

⑥　a．　他(並)沒有氣得流出(了)眼淚？
　　b．　他(並)沒有跑得很快。
⑥　a．　他有沒有氣得流出(了)眼淚？
　　b．　他有沒有跑得很快？

而且，主要子句的述語動詞也可以用‘(不)是、(不)會、(不)能’
等來否定整個謂語或形成正反問句，例如：

⑥　a．　他不是氣得流出(了)眼淚(，而是氣得面孔發青)。
　　b．　他是不是跑得很快？
⑥　a．　他決不會氣得流出(了)眼淚。
　　b．　他能不能跑得很快？

Huang（1988:305）還指出⑥⑥到⑥⑨的例句顯示：這些句子的
「否定範域」（scope of negation）或「疑問範域」（scope of
question）應該及於補語子句；也就是說，主要子句的述語應該
是整個句子的主要**述語**。 因此 ， 他認為：如果補語子句的述語
動詞或形容詞前面緊跟著出現否定詞‘不’或正反疑問語素‘〔＋
WH〕’時，這個述語動詞或形容詞就形成否定句或正反問句；反
之，如果否定詞或正反疑問語素出現於主要子句裏「屈折語素」
（INFL）的位置時，包含補語子句在內的整個謂語就形成否定句
或正反問句。❷⑥Huang（1988:289）還注意到，在下面⑦⑩的例句
裏，否定詞與正反疑問語素都出現於主要子句。

⑦⑩ a. 如果你不跑得快，你就得不到獎品。

   b. 不管你跑不跑得快，你都得不到獎品。

他認為：這些例句的存在否定了以補語子句的述語為主要述語的
分析，卻並未否定以主要子句的述語為主要述語的分析。根據他

---

❷⑥ Huang（1988:286-287）援用 Koopman（1984）有關「動詞移位」
（Verb-movement）的理論來主張：漢語的「否定詞」（NGR）與
「正反疑問語素」（〔＋WH〕）都在深層結構中以「粘著語」（bound
form）的形式衍生於屈折語素底下，並與「時制語素」（tense）、「呼
應語素」（AGR）等一樣經由動詞提升而「依附」（be attached to）
於「主要語動詞」（V°）或與主要語動詞「形成詞語」（be lexically
realized with V°）。結果，否定詞或正反疑問語素都與提升的動詞
共同形成單元，因而也形成了‘（不要＞）別、（不有＞）沒（有）、（不
用＞）甭’等否定詞與動詞的「融合語式」（fused form）。

的分析，⑦句裏的主要語動詞‘跑’並未提升而移入屈折語素的位置；因為在這些例句裏的屈折語素底下出現不具語音形態的「情態詞」(modality element)，在語意功能上相當於表示「預斷」(future prediction) 的‘會’或表示「意願」(volition) 的‘想’。補語子句述語的否定與主要子句述語的否定二者之間的語意差異，可以從下面⑦裏兩個例句的比較中看得出來。

⑦　a.　他跑得不快，是因為他跑不快。
　　b.　他不跑得快，是因為他不想跑。

他的結論是：述語動詞之能否帶上完成貌標誌‘了’，與該述語動詞的是否充當主要述語無關，而與述語動詞(以及其賓語或補語)之是否表示「受限制的事件」(bounded event) 有關。因此，在下面的例句裏，⑦ a 的補語子句由於表示受限制的事件而可以使用完成貌標誌，而⑦ b 的句子則由於不表示受限制的事件而不能使用完成貌標誌。

⑦　a.　你以為你欺騙了他。
　　b.　*你喜歡了他。

同樣的，⑦ a 句表示特定的事件而可以使用完成貌標誌，而⑦ b 句則表示一般的事態而不能使用完成貌標誌。

⑦　a.　他很快的跑了。
　　b.　*他跑了得很快。

(四) Huang (1988:305-307) 還援用 Huang (1982:41) 所提出的「詞組結構限制」(the Phrase Structure Constraint) ⑭，藉以限制在漢語動詞後面出現兩個或兩個以上的句法成分。

⑭ 漢語的「X標槓結構」(X-bar structure) 必須具備下列形式：
   a. (如果 n 等於 1，而 X 不等於 N) $[_{x^n} X^{n-1} YP*]$
   b. (在其他條件下) $[_{x^n} YP* X^{n-1}]$ ㉗

根據這個限制，漢語裏名詞以外的「X單槓範疇」(V', A', P') 都是「主要語在首」(head-initial) 的結構；而所有的「X雙槓範疇」(即 NP, VP, AP, PP) 以及名詞的X單槓範疇(即 N')都是「主要語在尾」(head-final) 的結構。如此，動詞、形容詞與介詞的補述語都必須出現於主要語的後面，而修飾動詞、形容詞、介詞的狀語則出現於主要語的前面。也就是說，漢語的述語動詞不能同時帶上賓語與狀語(包括回數補語、期間補語、狀態補語、給果補語等)，例如：

⑮ a. 他唸書*(唸)了兩次。
   b. 他唸書*(唸)了兩個鐘頭。
   c. 他唸書*(唸)得很快。

㉗ Huang (1984:45) 把這個限制的有關動詞部分簡化為：漢語動詞組的主要語(V)只能在最低槓次的投射(即 V')裏向左分枝。

d. 他唸書＊(唸)得很累。

⑦⑤裏「動詞的重複」（Verb-copying），以及⑦⑥a裏「賓語名詞的提前」（Object-preposing）、⑦⑥b裏「賓語名詞的主題化」（Object-topicalization）、⑦⑥c裏「把字句」（BA-construction）與⑦⑥d裏回數補語與期間補語的「併入」（incorporation）都是漢語的句子爲了遵守⑦④的「詞組結構限制」所發生的句式變化。

⑦⑥　a. 他書唸｛了兩次/了兩個鐘頭/得很快/得很累｝。
　　　b. 書，他唸｛了兩次/了兩個鐘頭/得很快/得很累｝。
　　　c. 他把書唸｛了兩次/了兩個鐘頭/得很快/得很累｝。
　　　d. 他唸了｛兩次書/兩個鐘頭的書｝。

Huang（1988:306-307）認爲：如果把主要子句的述語動詞分析爲動詞組的主要語，而把狀態補語與結果補語連同回數補語與期間補語分析爲狀語或附加語，那麼⑦⑤與⑦⑥裏一些例句的合法度判斷就獲得了適當而統一的處理。

　　Huang（1988）可以說是迄今有關漢語補語結構最爲詳盡而有力的分析❷，不但指出了「以補語子句述語爲主要述語的分析」所犯的缺失，而且還提出了一些有意義的語法分析，包括：（一）擬設「否定詞」（NEG）與「正反疑問語素」（〔＋WH〕）在深層結構裏出現於屈折語素底下，並經由「動詞提升」（V-raising）或

---

❷　其中有關漢語結果補語部分的分析，我們將另節討論。

「動詞移位」（V-movement）而與述語動詞融合為一；（二）以「詞組結構限制」這個「表層結構濾除」（S-structure Filter）來規範各種詞組結構裏「主要語」(head) 與「補述語」(complement)、「指示語」(specifier) 或「附加語」(adjunct) 之間的線性次序，並藉此統一處理動詞組在賓語（補述語）之後不能緊接著出現狀語或補語（附加語）；（三）在結果補語之中區別「使動式」(causative) 與「起動式」(inchoative)，不但為這兩種句式擬設不同的深層結構與衍生過程，而且還藉此突顯了「使動結構」(phrasal causativization; 如‘這瓶酒醉得張三站不起來’）與「使動複合動詞」(lexical causativization; 如‘這瓶酒醉倒了張三’）之間在「語意與論旨關係上的對稱性」(semantic-thematic parallelism)。不過，下列幾個問題似乎尚未完全解決。

（一）　Huang（1988）雖然在名稱上區別了狀態補語與結果補語，卻未針對這兩種補語結構分別就（甲）主要子句述語動詞的語意屬性或類型、（乙）‘得’字的詞法身份或句法地位、（丙）補語子句的句法範疇或內部結構等做非常清楚的討論或交代㉙。另一方面，朱（1984:133-137）並未區分狀態補語與結果補語，不過把狀態補語分為 A 與 B 兩式。A 式的狀態補語只包含未修飾或重疊的形容詞（如⑰ a 的例句），而 B 式的狀態補語則含有以程度副詞修飾的形容詞或經

㉙　Huang（1988）僅在276頁與299頁分別提出有關狀態補語與結果補語的樹狀結構分析，但是狀態補語的結構分析相當簡陋；不但述語動詞與‘得’字共同形成‘V’’或‘VP’，而且狀態補語本身也由‘AP’或‘S’’支配，似乎並未就這些結構做出具體的決定。

過重疊的形容詞（如⑦b與⑦c的例句）。試比較：❸

⑦　a.　他{飛得高/走得遠/洗得乾淨}。

　　b.　他{飛得很高/走得老遠/洗得挺乾淨}。

　　c.　他{飛得高高的/走得遠遠的/洗得乾乾淨淨}。❸

根據朱（1982），A式與B式兩種狀態補語有下列幾點語意與句法上的差別：

（i）　　A式表示斷言，而B式則表示描寫。

（ii）　 A式是靜態的，而B式却是動態的。

（iii） A式不包含量的概念，而B式則包含量的概念。

（iv）　B式可以受‘早就、已經、連忙、馬上’等時間副詞的修飾，例如：

⑦　a.　他{早就想得很透徹/已經走得很遠/馬上忘得乾乾淨淨/
　　　　連忙躲得遠遠的}。

　　b.　*他{早就想得透徹/已經走得遠/馬上忘得乾淨/連忙躲
　　　　得遠}。

（v）　　B式可以與‘把、被、給’等介詞連用，而A式則不能，例如：

---

❸　以下⑦到⑦的例句與合法度判斷均採自朱（1982:134-136）。

❸　漢語形容詞的重疊還包括‘亮晶晶、糊裏糊塗’等不同的形式，程度副
　　詞的修飾也包括‘雪白、通紅、烏黑、稀爛、一乾二淨’等比較特別的
　　形式。

⑲　a.　{他把眼睛睜得大大的／一筐鷄蛋被壓得稀爛／兩只手給
　　　綑得緊緊的}。

　　b.　*{他把眼睛睜得大／一筐鷄蛋被壓得爛／兩只手給綑得緊}。

(vi)　B式可以做狀語用，而A式則不能，例如：

⑳　a.　{他站得高高的往下瞧／她把衣服洗得乾乾淨淨的收著}。
　　b.　*{他站得高的往下瞧／她把衣服洗得乾淨的收著}。

　　　朱 (1982)所謂的A式狀態補語，其實就是我們在前面所討論
的由形容詞充當的可能補語。由於是形容詞（A）來充當，所以不
能重疊或受程度副詞的修飾而形成形容詞組　（AP），也就不含量
的概念而屬於靜態的敍述。含有可能補語的動詞組表示涉及過去
、現在、未來「一切時」（generic time）的能力，在敍述的性質上
屬於斷言而不屬於描寫；因而不受時間副詞的修飾，也不出現於
表示處置的「把字句」與表示被動的「被字句」或「給字句」❷。又
含有可能補語的複合詞在句法範疇上屬於動詞，因此不能加上後
綴而充當狀語。另一方面，朱 (1982)的B式狀態補語纔是我們這
裏所謂的狀態補語。這一種補語由形容詞組充當，所以受程度副
詞的修飾並可以重疊，也就含有量的概念而表示「主觀」（sub-
jective）與「情緒」（emotive）意義的動態描寫。狀態補語並不
一定表示涉及一切時的能力，所以可以受時間副詞的修飾，也可

---

❷　在不含'得'字的述補式複合動詞裏，補語動詞或形容詞在句法與語意
　　功能上屬於結果補語，所以可以出現於「把字句」（如'他把杯子摔破
　　了、你快要把我逼瘋了'）與「被字句」（如'杯子{被/給}他摔破了、
　　我快要{被/給}你逼瘋了'）。

以出現於「把字句」與「被字句」。同時，狀態補語在句法範疇上屬於形容詞(組)，所以猶如一般的形容詞(組)可以加上後綴'的'(或'地')而充當狀語。

朱(1982)並未提及「結果補語」(resultative complement)這個類名，卻提到除了形容詞以外，動詞、動詞性結構或主謂結構也可以充當狀態補語，並舉了下面⑧1到⑧3的例句。

⑧1　a．〔他〕疼得直叫喚。

　　b．〔我〕忙得沒工夫吃飯。

　　c．〔鞋跟〕磨得只剩下一小截了。

　　d．〔車燈〕亮得睜不開眼睛。

⑧2　a．〔他的字〕寫得誰也看不懂。

　　b．〔我〕熱得滿頭大汗。

　　c．〔他〕笑得氣都喘不過來。

　　d．〔那可憐的小孩子〕嚇得臉色都變了。

　　e．〔他把我〕說得一個錢不值。

⑧3　a．走得我累死了。

　　b．氣得他直哆嗦。

　　c．愁得他吃不下飯、睡不著覺。

　　d．嚇得那孩子直哭。

　　e．吃得他越來越胖。

我們認為這些例句裏的補語結構都屬於結果補語，並且與狀態補語之間在句法結構與語意功能上有下列幾點差別：

（甲）　狀態補語的主要子句述語似乎限於「動態」（actional; dynamic）動詞❸；而結果補語的主要子句述語則似乎不受這種限制，「靜態」（stative）動詞（如⑧①的‘磨’、⑧① d 的‘亮’、⑧②d與⑧③d的‘嚇’、⑧①a的‘疼’、⑧③a的‘愁’）與形容詞（如⑧①a的‘疼’、⑧①b的‘忙’、⑧②b的‘熱’）也都可以充當主要子句的述語。

（乙）　狀態補語本身的述語似乎限於形容詞組，而結果補語的述語則似乎不受這種限制。因此，除了形容詞組（如⑧③ a 與⑧③e句）以外，動詞組（如⑧①句）與主謂結構（如⑧②句與⑧③句）也都可以充當結果補語的述語。而且，⑧①到⑧③句裏的動詞組補語實際上也可以分析爲含有以「空號代詞」（empty pronoun），亦卽不具語音形態「隱形的稱代詞」（covert pronominal）‘pro’❹，爲主語的主謂結構，例如：

---

❸　因此，我們認爲在‘他像父親像得很’、‘她氣得不得了’等例句裏出現的補語結構並不屬於純粹的狀態補語，而屬於由「數量詞組」（quantifier phrase; QP）充當的「程度補語」（degree complement）。

❹　由於具有語音形態的「顯形名詞組」（overt NP）也可以充當結果補語的主語，而且空號代詞還可以出現於結果子句賓語的位置，所以我們暫且把這裏的空號代詞分析爲「小代號」（pro）。但是漢語的「小代號」與「大代號」（PRO）都可能概括爲「空號代詞」（Pro）。參 Huang（1989）, Mei（1990）與湯（1990e）。在「原則參數語法」（the Principles-and-Parameters Approach）裏，這種空號代詞的存在是「投射原則」（the Projection Principle）與「擴充的投射原則」（the Extended Projection Principle）的要求下必然的結果。

⑧④ a. 他疼得 pro 直叫喚。

　　 b. 我忙得 pro 沒工夫吃飯。

　　 c. 鞋跟磨得 pro 只剩下一小截了。

　　 d. 車燈亮得 pro 睜不開眼睛。

⑧⑤ a. 他的字寫得誰也看不懂 pro。

　　 b. 我熱得 pro 滿頭大汗。

　　 c. 他笑得 pro 氣都喘不過來。

　　 d. 那可憐的小孩子嚇得 pro 臉色都變了。

　　 e. 他把我說得 pro 一個錢不值。

⑧⑥ a. 走得我 pro 累死了。

　　 b. 氣得他 pro 直哆嗦。

　　 c. 愁得他 pro 吃不下飯、睡不著覺。

　　 d. 嚇得他 pro 那孩子直哭。

　　 e. 吃得他 pro 越來越胖。

在⑧④與⑧⑤的例句裏，補語子句的空號代詞都與主要子句裏標有黑點的主語名詞組（如⑧④a,b,c與⑧⑤ b,c,d）、賓語名詞組（如⑧⑤e）或主題名詞組（如⑧⑤a）的指涉相同。

（丙）　在狀態補語裏，'得'字與述語形容詞組之間可以出現停頓或表示停頓的語氣詞（如'啊、呀、哪、吧'，如⑧⑦（＝⑧①）與⑧⑧（＝⑧②））。但是在結果補語裏，停頓或表示停頓的語氣詞則出現於'得'字與後面的名詞組之間，如⑧⑨（＝⑧③）：❸⑤

---

❸⑤　例句⑧⑨、⑨⓪、⑨①與合法度判斷均採自朱（1982:136）。

⑧⑦ a. 他疼得啊直叫唤。

　　 b. 我忙得啊沒工夫吃飯。

　　 c. 鞋跟磨得啊只剩下一小截了。

　　 d. 車燈亮得啊睜不開眼睛。

⑧⑧ a. 他的字寫得啊誰也看不懂。

　　 b. 他熱得啊滿頭大汗。

　　 c. 他笑得啊氣都喘不過來。

　　 d. 那可憐的小孩子嚇得啊臉色都變了。

　　 e. 他把我說得啊一個錢不值。

⑧⑨ a. 走得我啊，累死了。

　　 b. 氣得他啊，直哆嗦。

　　 c. 愁得他啊，吃不下飯，睡不著覺。

　　 d. 嚇得那孩子啊，直哭。

　　 e. 吃得他啊，越來越胖。

在⑧⑨裏五個例句的主要子句裏，表面上找不到主語，卻分別與⑨⑩句與⑨①句的五個例句在「認知意義上同義」（cognitively synonymous）。

⑨⑩ a. 我走得累死了。

　　 b. 他氣得直哆嗦。

　　 c. 他愁得吃不下飯，睡不著覺。

　　 d. 那孩子嚇得直哭。

　　 e. 他吃得越來越胖。

(91) a. 把我走得累死了。
b. 把他氣得直哆嗦。
c. 把他愁得吃不下飯，睡不著覺。
d. 把那孩子嚇得直哭。
e. 把他吃得越來越胖。

(89)與(91)的句式是結果補語獨有的句式，在狀態補語裏找不到這樣的句式。這些觀察顯示：(83)(＝(86)＝(89))的例句是含有賓語名詞組的「使動句」(causative sentence)。因此，(89)裏‘得’後面的賓語名詞組‘我、他、他、那孩子、他’不表示「主事者」(agent）而表示「受事者」(patient) 或「感受者」(experiencer)；也就是說，‘得’後面的名詞組都是受了某種外來的誘因纔會成爲結果子句裏的空號主語(pro)。這種主要子句裏賓語名詞組與結果子句裏主語名詞組 (pro) 的指涉相同關係，表現於這些名詞組之在(90)句裏成爲受事者或感受者主語，以及在(91)句裏成爲「把字句」的受事者賓語。

(丁) 含有狀態補語的句子，在不受時間副詞的修飾或不帶情態動詞的情形下，常做「有關一切時的陳述」(generic statement ）。但是含有結果補語的句子卻通常都不做這樣的陳述。試比較：

(92) a. 他跑得很快。
b. 他昨天跑得很快。
c. 他明天一定會跑得很快。

d. 他跑得越來越快。

㊽ a. 他(昨天)跑得很累。

b. 他明天一定會跑得很累。

漢語的狀態補語常可以翻譯成英語的「情狀副詞」（manner adverb），而漢語的結果補語則常可以翻譯成由 'so much so that' 引導的兼表「結果」（result）與「程度」（extent）的狀語子句。試比較：

㊾ a. He runs very fast.

b. He ran very fast yesterday.

c. He will surely run very fast tomorrow.

d. He is running faster and faster every day.

㊿ a. He ran so much so that he got very tired (yesterday).

b. He will surely run so much so that he will get very tired tomorrow.

(二) Huang (1988:277) 對於 '得' 字的詞法身份與句法範疇只含糊的提到：(i) '得' 字可能是「引導子句的補語連詞」(a clausal COMP of S'),(ii)可能是依附於動詞的「表示後面的形容詞組是狀語的標誌」(a marker of the following AP as an adverbial modifier), (iii) 也可能視爲「動詞的某種後綴」(a suffix of the verb)。在這三

種選擇中，(i)的「補語連詞」（complementizer）似乎應該以句子（S）而非以形容詞組（AP）爲補述語；而且，湯（1989a：233-236,540-543；1989：96-97）提出了一些理由與證據來支持漢語的句尾語氣詞（如'的、了、嗎、呢、啊'）與「體語化語素」（nominalizer）或「關係子句標誌」（relative-clause marker）'的'應該出現於漢語「大句子」（S'）的主要語（C）的位置，也就是英語的補語連詞'that, whether, if, for'等出現的位置。而(ii)的「狀語標誌」（adverbial marker）則不但與漢語裏在形容詞等後面充當後綴'的/地'來形成狀語（如'他｛慢吞吞/急急忙忙/三番兩次/若有所思/充滿喜悅/心懷感激｝{的/地}到我家裏來'）的情形有異，而且也與漢語裏一般「構詞詞尾」或「派生詞尾」（derivational suffix）之屬於後綴或後加成分的情形不符。至於(iii)的「動詞後綴」（verb suffix），則究竟屬於那一種後綴？是表示「動貌」的後綴？表示「動相」的後綴？還是具有其他功能的後綴？根據Huang（1988：299）有關'這瓶酒醉得張三站不起來'的分析，'得'字要依附述語動詞'醉'從補語子句主要語動詞的位置移入主要子句屈折語素的位置來。但是如果'得'字是動詞後綴，那麼爲什麼與其他動詞後綴不同，要在深層結構中直接衍生於補語子句的述語動詞底下，而不衍生於支配這個述語動詞的其他位置（例如，主要子句裏屈折語素的位置）？這些問題似乎都無法在他的論文裏獲得答案。

(三) Huang（1988）詳盡的論證了主要子句的主語名詞組與述

語動詞不能合成主語子句，也論證了狀態補語的形容詞組不是主要述語。但是這個補語形容詞組與主要子句裏述語動詞之間的句法關係究竟是怎樣的關係？述語動詞之確與補語形容詞組合成謂語動詞組，可以從下面 ⑯ 例句裏的「並列結構」(coordinate structure) 與「選擇問句」(alternative question) 看得出來。❸

⑯ a. 他跑得快也跑得很好看。

   b. 他跑得快還是(跑得)不快？

但是述語動詞與補語形容詞組之間的關係，究竟是主要語動詞(V)與補述語的關係，是動詞節(V')與附加語的關係，還是兩個主要語動詞的「連謂結構」(serial-VP construction)？又補語結構的形容詞組是否含有空號代詞做爲補語子句的主語？

在 Huang (1988:276) 的樹狀結構分析 (a)＝⑯a裏，狀態補語'很快'與述語動詞'跑(得)'的結構關係似乎是動詞節（V'）與附加語 (AP/S') 的關係；而在 (1988:277, 299) 的樹狀結構分析裏，述語動詞'醉得'與結果補語'pro 站不起來'的結構關係卻似乎是主要語動詞(V)與補述語 (S') 的關係。但他並沒有提出任何理由或證據來支持這個結構分析上的區分。

狀態補語與結果補語都不是述語動詞的「必用論元」(obli-

---

❸ 根據這個理由，Huang (1988:276) 的樹狀結構分析 (b)（＝⑯b）裏補語形容詞組'很快' (AP/S') 與述語動詞組'跑得' (VP)不合成謂語動詞組的結構分析，應該是有問題的分析。

gatory argument），也都不受述語動詞的「論旨管轄」（θ-government）。因此，這兩種補語結構照理不應該充當主要語動詞(V)的補述語，而只能充當動詞節(V')或屈折詞節(I')的附加語。但是如果主要子句的述語動詞與‘得’共同形成複合動詞，那麼這兩種補語結構就可能分析為補述語。（關於這一個可能性容後詳論。）同時，充當狀態補語的形容詞組既然能形成正反問句而具有述語的功能，似乎應有其陳述的對象做為這個形容詞組句法上或語意上的主語。狀態補語形容詞組所陳述的對象或狀態補語形容詞組語意上的主語，有兩種可能性：一種可能是主要子句的主語或賓語；另一種可能性是除了補語結構以外的整個主要句子。下面⑨的例句之分別與⑨的例句同義，似乎顯示：⑨ a 的‘很快’、⑨b‘的很好看’、⑨c‘很頹喪’與⑨d 的‘很潦草’是分別以‘他跑(步)’、‘他跳(舞)’、‘字’、‘他’為陳述的對象的。

⑨　a．他(跑步)跑得很快；?*他步跑得很快 ；*他把步跑得很快。

　　b．他(跳舞)跳得很好看；?*他舞跳得很好看 ；*他把舞跳得很好看。

　　c．他(寫字)寫得很潦草；他字寫得很潦草；他把字寫得很潦草。㊲

㊲　‘他(寫字)寫得很潦草’與‘他字寫得很潦草’可能是「有關一切時的陳述」；但含有處置意義的‘他把字寫得很潦草’卻通常不表示「有關一切時的陳述」，除非加上適當的時間副詞（如‘他{經常/老是}把字寫得很潦草’）。

　　d. 他{顯/變}得很頹喪。⑱

⑱　a. 他跑(步)的速度很快。

　　b. 他跳(舞)的樣子很好看。

　　c. 他寫的字(跡)很潦草。

　　d. 他(的形貌){顯/變}得很頹喪。

如果狀態補語的句法範疇是句子(S'或 S)而不是形容詞組，那麼
⑰的狀態補語就可能要分析爲以空號代詞 'pro' 爲主語（標有黑
點的部分與 pro 的指涉相同）：

⑲　a. 他跑(步跑)得 pro 很快。

　　b. 他跳(舞跳)得 pro 很好看。

　　c. 他寫(字寫)得 pro 很潦草。

　　d. 他{顯/變}得 pro 很頹喪。

我們把狀態補語結構的空號代詞分析爲小代號 (pro)，而不分析
爲大代號 (PRO)，因爲：(i) 狀態補語是附加語，而不是補述語
，所以狀態補語不可能是由主句主語或賓語「義務控制」(oblig-
atory control) 的「控制結構」(control construction)；(ii)
⑰a與⑰b裏狀態補語的空號代詞不以主句主語或賓語爲「控制語」

---

⑱　⑰d的 '顯(得)、變(得)' 是靜態動詞，而且⑰d也不是「有關一切時的
　　陳述」。因此，'很頹喪' 可能是結果補語，而不是狀態補語。但是我
　　們仍然列在這裏以供比較與參考。

(controller)，而以整個主句為控制語，屬於 Williams (1985) 所謂的「句子控制」(S-control)，似乎以小代號代表為宜❸。又充當附加語(可用論元)的形容詞組(如⑩句)與充當補述語(必用論元)的形容詞組(如⑩句)似應區別。前者在賓語後面必須重複述語動詞；後者則不能在賓語後面重複述語動詞。

⑩ a. 他做菜*(做)得{很好。/不好。/好不好？}

b. *他做菜很好。❹

⑩ a. *他待朋友待得很好。

b. 他待朋友{很好。/不好。/好不好？}❹

目前，我們並沒有充分的證據來支持狀態補語裏確實有空號主語的存在，但是如果要仿襲 Huang (1988) 的分析而擬設述語動詞移入屈折語素位置並與疑問語素〔＋WH〕融合來形成正反問句，那麼既然狀態補語的形容詞組也可以形成正反問句，似乎也應該在補語子句裏承認屈折語素(I)的存在而間接支持句子 (IP) 與句子指示語 (specifier of IP) 'pro'的存在。❹

---

❸ 參❸。

❹ '〔ₛ他做菜〕〔ₐₚ 很好〕'是合語法的句子；但這裏的 '很好' 是以子句 '他做菜'為主語的述語形容詞組，而不是狀態補語。

❹ ⑩b 的例句不能分析為 '〔ₛ他待朋友〕〔ₐₚ 很好〕'；因為述語動詞 '待' 是「三元述語」(three-term predicate)，除了主語與賓語以外，還必須帶上情狀副詞。

❹ 不過，如此一來，也要根據同樣的理由來承認補述語形容詞組亦受句子的支配。關於漢語的正反問句應該如何形成以及為何正反問句無法充當子句主語等問題，我們將另尋機會評論。

(四) Huang (1988) 以「詞組結構限制」(Phrase Structure Constraint) 的表層結構濾除來禁止漢語裏主要語動詞後面連續出現兩個以上的句法成分。但是如 Huang (1988: 306)所說，這個限制只是「描述上的條理化」(a descriptive generalization)，在本質上是專為漢語句法擬定的「規範性濾除」(stipulative filter)，因而並不具有真正的「詮釋功效」(explanatory power)。他在305頁的註35裏甚至懷疑這個限制可以從普遍語法的原則系統演繹出來。Li (1985) 雖然試圖利用「格位理論」(Case theory) 的「格位濾除」(Case Filter) 來詮釋為什麼回數補語、期間補語、狀態補語、結果補語等與賓語連用時必須重複述語動詞，但是她的處理方式似乎在語法事實與分析方面含有一些瑕疵 ❹。針對漢語裏在述語動詞後面例外允許兩個句法成分出現的情形(例如，雙賓動詞後面出現直接賓語與間接賓語)，Huang (1982) 提議動詞組直接支配動詞、間接賓語與直接賓語(如 $[_{VP} [_V$ 給了 $[_{NP}$ 我$]$ $[_{NP}$ 一本書$]])$ 形成「三叉分枝」(ternary-branching) 的結構。結果，由於動詞組 (V"; n=2) 不經過動詞節 (V'; n=1) 而直接支配動詞(V; n=0) 與雙種賓語，所以可以不受 ❼「詞組結構條件」裏有關 'X^n' 與 'X^{n-1}' 詞組成分之間的限制。另一方面，Li (1985) 則主張在這種情形下利用「名詞組併入」(NP-incorporation) 與「重新分析」(reana-

---

❹ 參湯 (1988a:501-507) 與 C.J. Tang (1990a, 1990b)的有關討論。

lysis) 把原來的詞組結構'〔VP〔v'〔v'〔v 給〔NP 我〕〕〔NP 一本書〕〕〕轉變爲'〔VP〔v'〔v 給我〕〔NP 一本書〕〕〕',然後由「合成述語」(complex predicate)'給我'來指派格位給名詞組'一本書'以便符合「格位濾除」的要求。但是這兩種處理方式都缺乏獨立自主的證據,似乎有點任意武斷之嫌。而且,這兩種分析都無法充分詮釋在狀態補語與賓語之間必須重複動詞的動機或理由。

C.J. Tang (1990a, 1990b) 則提議藉用 Larson (1985) 的「論元顯現的原則」(Principle of Argument Realization) 與「論旨階層」(Themartic Hierarchy) 的理論,讓所有擔任「論旨角色」(θ-role) 的論元都依序出現於動詞組的「X 標槓結構」(X-bar structure) 裏。她並參酌 Larson (1988) 與 Bowers (1989) 的動詞組與「述詞組」(predicate phrase; PrP) 的結構分析,爲漢語謂語擬設「二叉分枝」(binary-branching) 的X標槓結構分析;凡是屬於「可用論元」(optional argument) 或「語意論元」(semantic argument) 的期間補語、回數補語、狀態補語、結果補語或目的狀語(如'我自己煮鷄湯來喝、我可以借錢給你買房子')都可以充當動詞節的附加語㊹,而直接賓語與間接賓語則分別充當動詞節的指示語與動詞的補述語。述語動詞經過「動詞提升」而移入述詞組主要語位置 (Pr) 的結果,這些語

㊹ C.J. Tang (1990b:15) 認爲這些語意論元充當述語動詞的補述語。但是我們認爲這些論元與述語動詞的「次類畫分」(subcategorization) 無關,應不受述語動詞的「θ 管轄」(θ-government);因而似宜分析爲附加語。

意論元與間接賓語都可以與直接賓語共同出現於述語動詞的後面，例如：

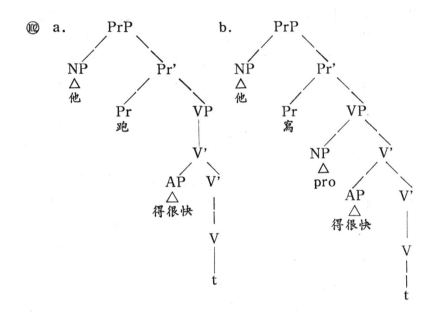

至於'得'字不可以與顯形賓語名詞組一起出現於述語動詞後面這個句法限制(如'＊他寫字得很快')，則依'得'字的依附性質來處理；卽'得'字在「表面結構」(surface structure) 或「語音形式」(PF) 中必須遵守「鄰接接件」(Adjacency Condition) 而依附於前面的述語動詞。根據「投射原則」，⑩ b 的空號代詞 (pro) 必須投射於深層結構、表層結構與邏輯形式這三種句法表顯層次上，卻不出現於與語音形式有關的表面結構中。因此，在句法表顯層次裏空號代詞的存在並無礙於'得'字在表面結構裏依

附述語動詞而出現。

C.J. Tang（1990a, 1990b）的分析似乎較能妥善處理漢語動後成分的分佈與限制❹，但是她的分析仍然留下兩個問題：

（ i ） ‘得’字的詞法身份與句法功能並未交代清楚。而且，究竟是什麼理由使得‘得’字必須依附述語動詞而存在？

（ ii ） 針對著帶有補語的主要子句含有顯形賓語名詞組時，述語動詞常在賓語的前後重複出現的情形（如‘他寫字寫得很快’），C.J. Tang（1990a:199）認爲述語動詞與賓語名詞組（如‘寫字’）在這裏合成「述詞組」並充當表示「領域」（domain）的狀語。但是這種「領域狀語」的分佈似乎只限於與回數、期間、狀態、結果等補語結構連用的時候。因此，似乎需要一些獨立自主的證據來支持這樣的分析。

四.二 閩南話的狀態補語：

閩南話裏與北平話裏含有狀態補語的例句⑩a 相對應的例句是⑩b。試比較：

---

❹ 有關雙賓動詞間接賓語與直接賓語的格位指派問題，可以藉雙賓動詞的分別指派「固有格位」（inherent Case）與「結構格位」（structural Case）給雙種賓語的方式來處理。另外，C.J. Tang（1990a, 1990b）建議從「功能背景」（functional perspective）的觀點來處理狀態補語形容詞組之可以形成正反問句的問題。也就是說，在具有語音形式的表面結構裏主要子句可以充當「主題」（theme），而狀態補語則可以充當「評論」（rheme）；因此，狀態補語形成「信息焦點」（information focus）而可以形成否定句或正反問句。

⑩ a. 他跑得很快。

b. 伊走{φ/了/著/甲}足緊。

在⑩ b 的例句裏，閩南話與北平話不同，述語動詞後面不帶'得'字，而可以有'φ'（即在述語動詞與狀態補語之間不需要帶任何句法成分）、'了'、'著'、'甲'❹ 等幾種不同的選擇。其中'了'與'著'似乎是表示「動相」(phase) 的後綴❹，因為在句法與語意功能上分別相當於北平話的'了'(讀〔ㄌㄧㄠ∨〕)或'完'與'著'(讀〔ㄓㄠ∨〕)或'到'，而且可以在動詞與這些後綴之間插入表示有無或可能的'有/無'與'會/獪'，例如：

⑭ a. 這本冊我看{有/無/會/獪}了。

（這本書我{看完了/沒(有)看完/看得完/看不完}。）

b. 這款代誌阮攏想{有/無/會/獪}著。

（這種事情我們都{想到了/沒(有)想到/想得到/想不到}。）

至於'甲'則似乎是表示終點的介詞(後面接名詞組)或連詞(後面

---

❹ 依照鄭(1989)的閩南話羅馬拼音，'了'、'著'與'甲'分別讀做〔liau〕、〔tioh〕與〔kah〕。其中'了'與'甲'常分別弱化為〔lo〕與〔ah〕。

❹ 楊(1989:46)認為'了、著、甲'都是動詞的詞尾（即後綴），並以下面 (i)到(iii)的例句說明這些詞尾在語意功能上的差異：(i)評論那匹馬跑的結果；(ii)肯定那匹馬潛在的能力；(iii)敘述那匹馬跑的情況。(i)彼隻馬走了眞緊。（那匹馬跑得很快。）(ii) 彼隻馬走著眞緊。(iii)彼隻馬走甲眞緊。

接子句)，相當於北平話裏表示終點的介詞或連詞‘到’，例如：

⑩ a. 伊一直等甲十點。（他一直等到十點。）

b. 伊一直等甲我來。（他一直等到我來。）

　　根據上面的語料，我們似乎可以透過閩南話就北平話的狀態補語做下列幾點推測：

（一）　北平話裏表示體語化的語素（常寫做‘的’）與引導狀態補語的‘得’（亦寫做‘的’），雖然二者讀同音（〔ㄉㄜ・〕），但是應該分屬於兩個不同的語素。因為閩南話裏的體語化語素讀〔e〕，與出現於狀態補語的〔liau, tioh, kah〕是全然不同的發音。❹這似乎顯示：狀態補語的‘得’與表示體語化的‘的’是不同的語素，‘得’字也就不太可能與主要子句的主語與述語合成句子或子句。

（二）　閩南話裏出現於述語動詞與補語形容詞組之間的‘了’與‘著’很可能是表示動相或動貌的詞尾。關於‘了’，梅（1981）認為漢語完成貌詞尾的形成可以分為兩個階段：

　　（i）　在南北朝到中唐之際，〝動詞＋賓語＋完成動詞（‘訖、畢、已、竟’）〞的句式早已形成，後來詞彙發生變化，形成唐代〝動詞＋賓語＋‘了’〞的句式。

　　（ii）　從中唐到宋代之際‘了’字移到動詞與賓語之間的位

---

❹　朱(1982:134)也指出：在上海話與廣州話裏這兩種語素也分別有〔gəʔ〕與〔təʔ〕以及〔kɛ〕與〔tɐk〕的區別。

置，形成完成貌補語❹。楊 (1990:49-50)更指出：唐五代的〝動詞＋'了'＋賓語〞在閩南話裏的演變卻把賓語提前，形成〝動詞＋賓語＋'了'〞的句式。如果'了'後面不接補語，'了'本身就成爲補語；如果'了'後面再接補語，'了'就成爲動詞詞尾，與主流漢語的把'了'移前成爲動詞詞尾的情形，大異其趣。勢至今日，動詞詞尾'了'在北平話（出現於動詞與賓語之間，表示動作的完成貌）與閩南話（出現於動詞與補語之間，連繫這兩個句法成分）扮演不同的句法與語意功能；也就說明了這兩種方言之間下列例句在合法度判斷上的差異。❺

⑩⑥ a. 他洗了衣服了。

　　 b. *伊洗了衫矣。❺

⑩⑦ a. *他洗了很乾淨。

　　 b. 伊洗了真清氣。

　　如果含有補語 結構的句子同時又 帶有賓語 ，那麼閩南話的詞尾'了'只能出現於述語動詞的後面。這時候，閩南話

---

❹ 梅(1981)更指出：完成動詞移前插入動詞與賓語之間的原因有二：
(i)動詞組後面的'(不)得'與結果補語同時往前移；
(ii)放在動詞與賓語之間的結果補語早就表示完成貌。

❺ ⑩⑥與⑩⑦的例句與合法度判斷採自楊(1990:49)。

❺ '矣'在這裏是借字，讀〔a〕，在句法與語意功能上相當於北平話的句尾語助詞'了'。

'了'的分佈與北平話'得'的分佈完全相同。試比較：

⑩⑧ a. 他洗衣服洗{得/*了}很乾淨。

　　 b. 伊洗衫洗了真清氣。

⑩⑨ a. 他衣服洗{得/*了}很乾淨。

　　 b. 伊衫洗了真清氣。

⑩⑩ a. (這件)衣服他洗{得/*了}很乾淨。

　　 b. (這領)衫伊洗了真清氣。

⑪⑪ a. *他洗衣服{得/了}很乾淨。

　　 b. *伊洗衫了真清氣。

⑪⑫ a. *他洗{得/了}衣服很乾淨。

　　 b. *伊洗衫了真清氣。

　　關於'著'，梅(1988)認爲虛詞'著'在漢語方言裏有三種用法
：(i)方位介詞，相當於'坐在椅子上'的'在'字；(ii)持續貌詞尾
，相當於'坐著吃'的'著'字；(iii)完成貌詞尾，相當於'坐了一
會就走'的'了'字。❺❷ 根據他的分析，'著'的方位介詞用法是持
續貌與完成貌用法的來源；而在閩南語裏方位介詞用法分佈得最
廣，保存得也最爲完整。'著'的方位介詞用法在表示靜態的動詞

---

❺❷ 梅(1988)還引用趙金銘(1979)、邢公畹(1979)、王育德(1969)等來指
　　出：(i)'附著'的'著'是介詞'著'的直接來源，持續貌詞尾'著'的間
　　接來源；(ii)上海話、安慶話、長沙話都分別用'仔'、'著'、'達'來
　　表示持續貌與完成貌詞尾；(iii)閩南話裏'坐咗椅仔頂'(坐在椅子上)
　　的'咗'〔ti〕字，其本字也是'著'。

後面(如'坐著殿上''藏著瓶中')相當於北平話的'在'字,而在表
示動態的動詞後面(如'送著寺中''擲著門外')則相當於北平話的
'到'字。但是 '{看/見/聽/想/買/拍…}({有/無/會/獪})著'
('({有/沒(有)/會/不會}{看/見/聽/想/打…})到')等眾多
例詞的存在顯示:閩南話裏以'著'表示動相詞尾的用法也相當普
遍❸。楊(1990:46)也認為閩南話裏出現於補語結構前面的'著'
是主要動詞的詞尾,而且還指出唯有與潛能有關的動補結構纔能
與'著'連用❸;也就是說,動詞的語意屬性與詞尾'著'之間有一
定的選擇限制,一如動詞與其他動相詞尾(如北平話裏的'到、掉
、完、住')之間有一定的選擇限制。

(三) 至於'甲'❸的詞法、句法與語意功能,則似乎較少人討論
　　。'甲'在現代閩南話似乎不做動相詞尾使用,因為我們並

---

❸ 這種'著'字的動相詞尾用法,可能是經過動詞與方位介詞的重新分析
　(如'[ᵥ看][ₚₚ[ₚ著][ₙₚ伊]]]→[ᵥ看著][ₙₚ伊]')而成為動詞的
　詞尾(如閩南話),也可能是經過"動詞+賓語+著→動詞+著+
　賓語"的句式演變而成為動詞的結果補語(如北平話)的。這樣的分析
　似乎也暗示:漢語的動貌詞尾是經過'動詞→動相詞尾(或結果補語)
　→動貌詞尾'的演變而發展出來的。

❸ 楊(1990;46)除了提到"無關乎潛能的動補結構便不能用詞尾'著'"與
　"凡用詞尾'著',都和能力或者性質有關"以外,並未就"潛能、能力
　、性質"這些詞的語意內涵做更進一步的討論。不過, 她在文中所舉
　的病句包括'*衫(穿)著無好勢也敢出門'(衣服沒有穿得整齊也敢出
　門)、'*睏著飽眠始有精神'(睡得飽纔有精神)等。

❸ '甲'(讀音[kah])這個訓讀字的選擇是根據鄭(1988:101)北平話虛詞
　'得'的注字,而楊(1990)則直接用[ₒka]的注音來表示。因此,我
　們推測鄭(1988)裏'甲'字的選擇可能是以語音上的相似性為主要的考
　慮。參❸。

沒有'{看/聽/想/買/拍}{有/無/會/艙}甲'等說法。我
們認為這裏的'甲'可能是表示終點的連詞用法,在句法與
語意功能上相當於北平話裏表示終點的介詞或連詞的'到'
。介詞與連詞,在X標槓結構上可以視為歸屬於同一個句
法範疇(卽介詞組),二者的不同在於:介詞以名詞組為補
述語,而連詞則以小句子 (S＝IP) 或大句子 (S'＝CP) 為
補述語❺。閩南語的'甲'〔kah〕與'到'〔kau〕不僅在語音
上相似❺,而且在語意上(表示終點)也極為相近;所不同
的是在句法功能上'到'字可以做動詞與動相詞尾使用。試
比較:

⑬　a.　伊一直等{到/甲}十點。

　　b.　伊一直等{到/甲}我來。

　　c.　伊底當時{到/*甲}日本?(他什麼時候到日本?)

---

❺　如果以小子句(IP)為連詞的補述語,那麼就可以自然的說明:(i)為
　　什麼漢語的句尾語助詞無法出現於附加語子句裏面,以及 (ii)為什麼
　　這些附加語子句會形成移位上的「孤島」(island;參 Huang (1982)
　　有關「移位領域的限制」(Constraint on Extraction Domain))。
　　我們不擬在這裏就此問題詳論。

❺　我們因而推測閩南語的訓讀字'甲'會不會是由動詞'到'演變而來的。
　　連金發先生 (p.c.) 指出:《臺日大辭典》162頁認為'〔kah〕2a'('到
　　達(目標)')與'〔kah〕4a'('到達(某個程度)')之間有語意上的關連
　　。連先生也指出:閩南話裏文讀'孝'〔hau〕、'教'〔kau〕與白讀的
　　'孝'〔ha〕、'教'〔ka〕等的對比顯示〔au〕與〔a〕之間有「語音變換」
　　(alternation) 的現象。另外,《臺日大辭典》162頁不以'甲'而以
　　'教'來訓讀'〔kah〕4a'。

　　d.　伊底當時{到/*甲}位？（他什麼時候到達？）

　　e.　我絕對做{會/燴}{到/*甲}。（我絕對做{得/得到}。）

把引導補語子句的'甲'字分析為與表示終點的連詞'到'字同義且同功能（甚至把'到'字的動詞用法視為介詞、連詞與動相詞尾用法的來源，並把'甲'字視為'到'字在語音上的弱化與句法功能上的虛化），不僅有助於說明閩南語裏出現於補語結構前面'甲'字的語意功能，而且也有助於說明'甲'字的句法功能、分佈與限制。由於'甲'字表示終點而與'到'字同義，由'甲'字所引導的補語子句自然可以表示結果或程度（'到…)的{結果/地步/程度}）'）。又由於'甲'字引導子句，所以補語結構裏可以出現主謂結構（包括以空號代詞（pro）為主語的主謂結構）。在漢語裏表示終點的補語經常出現於述語動詞的後面（如'我要寄些錢{到美國/給弟弟}'、'我一直會等到{九點鐘/你來（為止）}'）。但是閩南語裏表示終點的'甲'與表示終點的'到'不同；'甲'字不但不能做動詞與動相詞尾使用（如⑬c,d,e句），而且也不能引導處所終點介詞組出現於述語動詞的前面做狀語（如⑮c句）；就是出現於述語動詞後面做結果補語的時候，也似乎不容易允許賓語出現於動詞與結果補語之間（如⑯c句）。試比較：

⑭　a.　他到九點才來。

　　b.　伊到九點始來。

　　c.　伊甲九點始來。

⑮　a.　他到公園（去）散步。

    b.　伊到公園(去)散步。

    c.　*伊甲公園(去)散步。

⑯ a.　我會等你到我太太來。

    b.　我會等你到阮太太來。

    c.　??我會等你甲阮太太來。

⑭c與⑮c兩句的對比顯示：在'甲'字的時間終點用法裏'到'字的動詞意義雖然已經虛化，但是處所終點用法裏'到'字的動詞意義卻依然存在。而⑯c句的瑕疵則似乎暗示：在述語動詞與'甲'字所引導的補語子句之間可能有某種動相或動貌詞尾的存在。❺⁹ 而這個不具語音形態的動相或動貌詞尾可能就是我們在⑩⁸b句裏，與閩南語的動相詞尾'了、著'並行擬設的'ϕ'。一般說來，閩南話的動相詞尾具有下列三點句法分佈上的特徵：（i）可以出現於動詞與狀態補語之間；（ii）不能出現於動詞與介詞組或從屬子句之間；(iii)不能出現於賓語與補語之間。試比較：

⑰ a.　伊走({了/著})足緊。

    a'.　他跑*(得)很快。

    b.　伊(跳舞)跳(*{了/著})到九點。

    b'.　他(跳舞)跳(*{了/過/著/完})到九點鐘。

    c.　我(等伊)等(*{了/著}){甲/到}伊來。

---

❺⁸ 有不少本地人認為：⑯c句如果解釋為表示時間終點的補語，就似乎可以通；但是如果解釋為表示結果或程度的補語，就顯得不太自然。

  c'. 我(等他)等(*了/過/著/完})到他來。

  d. 我等(*{了/著})伊等{甲/到}伊來。

  d'. 我(等他)等(*{了/過/著/完})到他來。

  e. 伊(跳舞)跳(*{了/著})甲歸身軀攏是汗。

  e'. 他(跳舞)跳(*{了/過/著/完})得滿身都是汗。

由於我們所擬設的動相或動貌詞尾'ϕ'不具有語音形態，所以我們無法利用⑰等實際的例句來檢驗其分佈，但是我們可以推測這個不具有語音形態的詞尾與其他具有語音形態的動相詞尾'了、著'在句法分佈上受同樣的限制。

⑱ a. 伊走ϕ足緊。

  b. 他(跳舞)跳(*ϕ)到九點。

  c. 我(等伊)等(*ϕ){甲/到}伊來。

  d. 我等(*ϕ)伊等{甲/到}伊來。

  e. 伊(跳舞)跳(*ϕ)甲歸身軀攏是汗。

如此，我們可以推測⑩c的例句必然不合語法，因為詞尾'ϕ'既不能出現於動詞'等'與賓語'你'之間(參⑰d與⑱d句)，也不能出現於賓語'你'與補語'阮太太來'之間(因為在這個位置裏詞尾'ϕ'沒有動詞可以依附)。

(四) 如果把'了、著、ϕ'等分析為表示「完成」(accomplishment) 或「終結」(achievement) 的動相詞尾[59]，那麼

---

[59] 李臨定(1963:399)也認為帶有北平話'得'與補語結構的動詞或形容詞一般都表現"肯定的，已發生的"事實。

不僅可以說明爲什麼這些句法成分一定要依附動詞而存在
，而且也可以說明爲什麼帶有補語結構的述語動詞都以單
音節的爲多，雙音節的較少⑩。因爲雙音動詞，再加上動
相詞尾以後就形成三音動詞，而在漢語裏含有三音節的動
詞是屬於「有標」（marked）或例外的動詞⑪。雙音動詞
與形容詞⑫之所以很少充當主要子句的述語可能還有一個
理由：那就是，含有‘了、著、φ’與補語結構的句式多見
於口語，雙音動詞與形容詞多半屬於書面語詞彙，因而不
容易出現於狀態補語與結果補語這種口語形式。如果我們
把北平話的‘得’比照閩南語的‘了、著、φ’分析爲動相或
動貌詞尾，那麼主要子句的述語動詞就與詞尾‘得’形成複
合動詞或合成動詞。李（1988）也把‘得’字的一些用法分析
爲：(i)表示動作的可能（如‘你打得別人，近得我？’）；
或(ii)表示動作的時態與結果（如‘你拿得張三時，…’、‘

---

⑩ 李（1963：396）也指出：‘寫、找、考、關、跳’等單音動詞都可以充當
主要子句的述語，但是與這些單音動詞同義的雙音動詞‘書寫、尋找
、考試、關閉、跳躍’等則不能充當主要子句的述語。另外，根據李
思明（1988：151）有關《水滸全傳》裏「動詞＋‘得’」式（表示動作的
可能）的統計，單音動詞佔82.4%，而雙音動詞則佔17.6%。

⑪ 因此，三音節動詞既不能帶上動貌標誌或形成重疊，也不能出現於賓
語名詞組的前面（‘感覺到、意識到、體會到、覺悟到’等含有動相詞
尾‘到’的三音動詞是極少數的例外），也不容易形成正反問句。參湯
（1989a：5-6）。

⑫ 李（1963：396）也指出：‘窮、密、醜’等單音形容詞都可以充當主要子
句的述語，但是與這些單音形容詞近義的雙音形容詞‘貧窮、稠密、
醜陋’等則不能充當主要子的句述語。

方才吃得兩盞，…'、'那裏捉得這個和尚來'、'這許多人
來搶奪得我回來'）的助詞（卽詞尾）❻，而現代漢語詞彙裏
也發現'覺得、曉得、認得、記得、懂得、省得、免得、
值得、變得、顯得、懶得、捨得、曉得'等含有'得'字的
複合動詞。

(五) 如果把閩南話裏「動詞＋'了/著/φ'」的組合與北平話裏
「動詞＋'得'」的組合視爲複合動詞，那麼這些複合動詞就
可以分析爲在「次類畫分」（subcategorization）上以形
容詞組爲補述語（卽＋〔＿AP〕）。漢語裏有些動詞確實以
形容詞組爲補述語（例如'感到、覺得、顯得、變得、待
（朋友）、做（事情）'❻），一如有一些由'動詞＋得'合成的
動詞以名詞組爲補語（例如'認得、記得、懂得'），以動詞
組爲補語（例如'懶得、捨（不）得'），以句子爲補語（例如
'曉得、省得、免得、值得、覺得'）或以名詞組與句子爲
補語（例如'使得'）。而且，這些以形容詞組爲補述語的
複合動詞，一如帶上狀態補語的句子，既可以在補述語形

---

❻ 李(1988)的例句皆採自《水滸全傳》。另外，李(1963:399)也認爲出
現於補語結構前面的'得'字應該是"一個特殊的詞尾或助詞"，其作用
在使"前面的動詞、形容詞固定化，失去獨立性，使聽者期待著後面
的補語"。

❻ '感到'與'覺得'這兩個動詞在次類畫分上的差別在於前者只能以形容
詞組爲補述語（卽＋〔＿AP〕），而後者則可以以形容詞組或子句爲補
述語（卽＋〔{＿AP/S}〕）；例如；'我感到（*他）很快樂'與'我覺得
（他）很快樂'。另外，'待'與'做'兩個動詞是三元述語，都兼以名詞
組與形容詞組爲補述語（卽＋〔＿NP AP〕）；例如'他待朋友很誠懇'
與'他做事情很認眞'。

容詞組裏形成正反問句，也可以在主要子句裏以'有沒有'
或'是不是'來形成正反問句，例如：

⑲　a．你覺得很舒服。

　　b．你覺得舒(服)不舒服？

　　c．你有沒有覺得很舒服？

⑳　a．他顯得很俗氣。

　　b．他顯得俗(氣)不俗氣？

　　c．他有沒有變得很俗氣？

㉑　a．他待朋友很誠懇。

　　b．他待朋友誠(懇)不誠懇？

　　c．他是不是待朋友很誠懇？

㉒　a．她做事情一向很負責。

　　b．她做事情一向負(責)不負責？

　　c．她是不是做事情一向很負責？

　　由於閩南話裏由「動詞｜'了/著/φ'」合成的複合動詞以及
北平話裏由「動詞＋'得'」合成的複合動詞都在次類畫分上以形
容詞組爲補述語，所以含有這些複合動詞與狀態補語的北平話與
閩南話的例句分別具有㉓a與㉓b的詞組結構分析，而且分別可
以有㉔b,c與㉕b,c兩種正反問句❻。試比較：

---

❻　正反問句之能否形成，一方面決定於述語的種類(通常只有述語動詞
　　與形容詞纔能形成正反問句，但是有些靜態動詞(如'以爲')則例外的
　　不能形成正反問句,而有些副詞(如'常')則例外的可以形成正反問句)
　　(→)

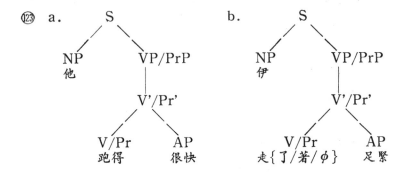

⑫ a. 他跑得很快。

　　 b. 他跑很快(跑)不快？

　　 c. 他{是不是/有沒有}跑得很快？

⑫ a. 伊走{了/著/φ}足緊。

　　 b. 伊走{了/著/φ}有緊(抑)無(緊)？❻

　　 c. 伊{是嘸是/有(抑)無}走足緊？

(→)；而另一方面則決定於述語所代表的「信息價值」(information
value)，唯有句子的「信息焦點」(information focus) 纔能形成
正反問句而成為「疑問焦點」(question focus)。參湯 (1988:339-
347,597-612)。

❻ '有緊抑(是)無緊？'是選擇問句，'有緊無緊？'可能是受北平話句法
的影響之下產生的正反問句，而'有緊無？'是閩南話固有的正反問句
。這種正反問句可以與強調選擇的語氣副詞'到底'連用，例如'伊到
底{會/有}去無？'。在閩南話的正反問句裏出現的'無'，本來是'有'
的否定式(相當於北平話裏的'沒有')，但是似乎已逐漸虛化而在句法
與語意功能上接近疑問助詞(相似於北平話裏的'嗎、呢')。不過'無'
與'到底'的連用似乎顯示：'{會/有}…無？'的疑問句式在句法與語
用功能上仍然屬於正反問句，而不屬於「是非問句」。

（六）　如果把閩南話裏引介結果補語的'甲'與北平話裏引介結果
補語的'得'分析爲在句法（充當介詞與連詞）❻與語意（表
示終點、結果與程度）功能上相當於'到'，那麼我們就可
以把由'甲'與'得'所引介的結果補語分析爲修飾主要子句
述語的附加語。如此，含有結果補語的北平話與閩南話的
例句分別具有⑫a與⑫b的詞組結構分析。

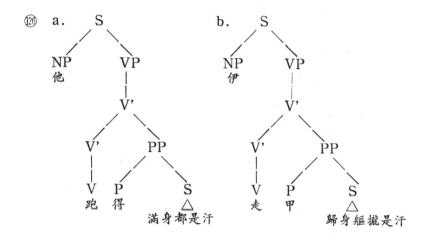

　　結果補語子句的主語可能是顯形的名詞組（如⑫句）；也可能
是隱形的空號代詞（如⑫句）❻，例如：

---

❻　閩南話的'甲'具有介詞用法，而北平話的'得'則不具有介詞用法。參
　　例句⑯a與⑭c。

❻　在⑫的結果補語子句裏也可能在'滿身'與'歸身軀'的前面包含空號代
　　詞'pro（的）'。

⑫ a. 他罵得〔大家都傷心起來了〕。

b. 伊罵甲〔大家攏傷心起來了〕。

⑱ a. 他氣得〔*pro* 話都說不出來〕。

b. 伊氣甲〔*pro* 話攏講膾出來〕。

空號代詞可能與主語名詞組的指涉相同（如⑱句），也可能與賓語
名詞組的指涉相同（如⑲句），甚至可能與整個主要子句（包括主
語與述語）的指涉相同（如⑳句）❻⑨。試比較：

⑲ a. 你把他罵得〔*pro* 流出眼淚了〕。

b. 你將伊罵甲〔*pro* 流出目屎了〕。

⑳ a. 他寫字寫得〔*pro* 很認真〕。

b. 伊寫字寫甲〔*pro* 真認真〕。

有時候，‘得’與‘甲’後面的整個補語子句都被省略，例如：

㉛ a. 哎！啾你說得〔φ〕，老年人就不興美一美了？❼⓪

b. 孩兒，看你那鞋爛得〔φ〕，把這雙鞋穿上。

㉜ a. 看你水甲〔φ〕！（看你美得！）❼①

---

❻⑨ ⑫到⑲例句裏的‘pro’可以說是由「名詞組控制」（NP-control）的
；包括⑫與⑱句的「主語控制」（subject control）與⑲句的「賓語
控制」（object control）。⑳句可以說是「句子控制」（S-control）
的例句，參 Williams (1985)。

❼⓪ ㉛的例句採自李（1963:400），不過我們把例句裏的‘的’字改爲‘得’
字。

❼① ㉜裏閩南話的例句以及北平話裏與此相對應的說法分別採自鄭等
(1989:102) 與呂等 (1980)。

b. 看你講甲〔φ〕！(瞧你說得！)

我們可以在⑬a, b裏‘φ’的位置分別填入‘那樣’與‘那麼厲害’，也可以在⑬a, b裏‘φ’的位置填入‘按呢’或‘卽呢激動’等字樣，來補述省略的語意。這種結果補語的省略顯示：‘得’字不一定與後面的結果補語形成詞組單元，反而可能與前面的動詞形成複合動詞。同時，閩南語裏‘了、著、甲’的混用卻又暗示，這兩種補語結構的界限似乎越來越模糊。這可能是由於動相詞尾‘了、著’與連詞‘甲’都是輕讀的虛詞，都依附前面的述語動詞存在；因而模糊了原有的詞法身份與句法地位上的區別。而且，結果補語與狀態補語兩種補語結構在語意功能上的差別，仍然可以從句法結構(一個以子句為補語，一個以形容詞組為補語)與語意解釋(一個表示結果，一個表示狀態)中加以判斷。根據這樣的觀察，⑫的詞組結構分析也可能經過動詞‘跑、走’與介詞‘得、甲’的「重新分析」(reanalysis)而成為⑬的詞組結構分析。

⑬ a.　　　　　　　　　b.

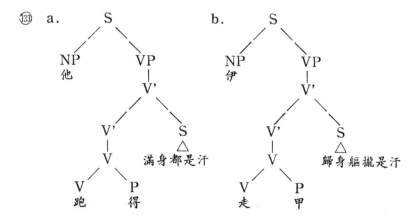

　　我們甚至可以擬設：在現代北平話裏，動詞（如'跑'）與引介結果補語的'得'合成複合動詞（如'跑得'），並以子句為補述語；一如動詞與引介狀態補語的'得'合成複合動詞，並以形容詞組為補述語。

（七）　最後，我們討論所謂「動詞重複」的問題。根據李（1963：402），漢語裏有時候例外的允許述語動詞在不經過重複的情形下直接出現於'得'字前面（如⑬④句）或出現於'得'字的後面（如⑬⑤句）⑫。

⑬④　a．　我們實在感激你得了不得。

　　　b．　他掛念小明得不得了。

⑬⑤　a．　⋯⋯早就恨得小芹了不得。

　　　b．　⋯⋯攻得我也最猛烈。

但是這些例句可能是在方言差異或個人風格影響之下的說法。另外，李（1988：152）也從《水滸全傳》裏舉出述語動詞在不經過重複的情形下出現於'得'字後面的例句：

⑬⑥　a．　打得蔣門神在地下叫饒。

　　　b．　我只咒得你肉片幾飛。

　　　c．　我今只殺得你片甲不回才罷。

---

⑫　⑬④與⑬⑥的例句分別來自丁西林、巴金、趙樹理等人的文章。

這種用法今天似乎仍然在北平話裏保留❼，而且常成爲不含有表面結構主語的「無主句」，例如：❼

⑬ a. 走得我累死了。
　　b. 氣得他直哆嗦。
　　c. 愁得他吃不下飯，睡不著覺。

我們把⑬句的及物動詞‘打、咒、殺’與⑬句的不及物動詞‘走、氣、愁’❼與‘得’字的組合分析爲「使動及物」（causative-transitive）複合動詞，而把含有這些動詞的句子分析爲「兼語式」或「控制結構」。因此，根據我們的分析，⑬b與⑬a, b的例句分別具有⑬a, b, c的詞組結構。

⑬ a. 我只咒得你〔pro 肉片幾飛〕。
　　b. (這一段路)走得我〔pro 累死了〕。
　　c. (那一件事)氣得他〔pro 真哆嗦〕。

李(1988:147-148)指出：動詞‘得’有表示「致使」的使動用法，並從《水滸全傳》中舉出下面的例句：

⑬ a. 把梯子上去拆了，也得耳根清淨。

---

❼　在閩南話裏並無相當於北平話⑬的說法。
❼　例句⑬採自朱 (1984;135-136)。
❼　其中‘氣’與‘愁’似可分析爲來自形容詞的起動與使動用法。

    b.   若得此人上山,宋江情願讓位。

    c.   似此怎得城子破?

因此,及物動詞或不及物動詞與這個表示「致使」的'得'字合成複合動詞是頗有些道理的❼。而且,⑬的詞組結構分析可以說明為什麼在下面⑭與⑭的例句裏,(a)句都「涵蘊」(entail)(b)句與(c)句,而在(d)與(e)句裏停頓語助詞'啊'都出現於「兼語」(即與補語子句主語'pro'同指涉的主要子句賓語)或以'把'字提前的兼語與複合動詞後面❼。試比較:

⑭ a. 我只咒得你〔*pro* 肉片幾飛〕。

    b. 你(將被咒得)肉片幾飛。

    c. 我只把你咒得〔*pro* 肉片幾飛〕。

    d. 我只咒得你啊,〔*pro* 肉片幾飛〕。

    e. 我只把你咒得啊,肉片幾飛。

⑭ a (這一段路)走得我〔*pro* 累死了〕。

    b. 我(給這一段路)走得累死了。

    c. (這一段路)把我走得〔*pro* 累死了〕。

    d. 走得我啊,累死了。

---

❼   湯 (1990a) 有關漢語述補式「使動及物」複合動詞的分析與討論。

❼   李 (1963:399) 也舉了'你看把朝鮮毀得,什麼都沒有了'、'把我恨得呀,拳頭捏得水出了'等例句。李 (1963:402) 還指出:這類句式不能重複動詞,例如'我們剛吃完了飯,你的電話就來了,(*急我)急得我要命'。

e. （這一段路）把我走得啊，累死了。

有時候，這一類結果補語也與例句⑭裏的結果補語一樣，可以省略，例如：**❼**

⑭ a. 我看他那個可憐樣子，我就覺得是我累得他〔φ〕。
    b. 還不是那個沒有良心東西氣得我〔φ〕。

述語動詞與動相詞尾‘得’（相當於閩南話的動相詞尾‘了、著’）或終點連詞‘得’（相當於閩南話的終點連詞‘甲’，但是在北平話裏經過虛化或語法化而成為依前成分）組合或連繫的結果，分別以形容詞組（AP）、小句子（IP）或「大句子」（CP）為補述語，因而無法在這些述語動詞與‘得’字之間或‘得’字之後安插賓語名詞組。我們把例句⑭裏「動詞＋賓語＋動詞＋‘得’＋補語」的句式分析為由兩個謂語「動詞＋賓語」與「動詞＋‘得’＋補語」合成的「連謂結構」（serial VP construction）。**❼**

---

❼ 例句⑭來自曹禺的文章，係由李(1963:400)間接引用。
❼ 另外一個分析的方法是把「主語＋動詞＋賓語」與「動詞＋‘得’＋補語」分別分析為「主題」（topic）與「評論」（comment）。但是我們認為：主題與評論的畫分是屬於句子「信息結構」（information structure）的問題，而不屬於「句法結構」（syntactic structure）的問題；因此，嚴格說來，並不隸屬於「句子語法」（sentence grammar）的範圍。從主題與評論的觀點討論漢語補語結構的分析，參Tsao (1990:445-471)。但是他所提出的「相同主題刪略」（Identical Topic Deletion）與「主題提升」（Topic-raising）都似乎不是「原則參數語法」所能允許或認可的規律。而且，漢語補語結構的關鍵問題，並不在於如何分析其信息結構，而在於如何衍生其句法結構。

⑭ a. 他〔vp〔vp 寫字〕〔vp 寫得〔ap 很漂亮〕〕〕。

　　b. 他〔vp〔vp騎馬〕〔vp騎〔pp得*pro*（的）屁股都疼起來〕〕〕。

　　c. 他〔vp〔vp 騎那隻馬〕〔vp 騎〔pp 得 *pro*（的）四條腿斷了一條〕〕〕。

另一方面，含有使動動詞‘得’（在意義與用法上與複合動詞‘使得’相似，在閩南話裏並無類似的用法）的述語動詞則在‘得’字的後面帶上賓語名詞組與補述語子句。由於述語動詞本身已經有賓語，不必也不能在前面重複動詞，例如：

⑭ a. 我（*咒你）只咒得你〔*pro* 肉片幾飛〕。

　　b.（這一段路）（*走我）走得我〔*pro* 累死了〕。

　　c.（那一瓶酒）（*醉張三）醉得他〔*pro* 站不起來了〕。

我們把⑭分析爲「連謂結構」，而不分析爲「動詞重複」，是由於下列幾點理由：

（ i ）　「動詞重複」勢必在原來的詞組結構之外創造新的「結構節點」（structural node）；結果非但違背「結構保存的假設」（Structure-preserving Hypothesis），而且過份膨脹句法的「描述能力」（descriptive power）。

（ii）　「動詞重複」的句法動機並不十分清楚，與名詞組的「格位指派」（Case-assignment）並無絕對的關連；結果「格位指派語」（Case-assigner）勢必從及物動詞與介詞擴張到不及物動詞（如‘他躺了三個小時’、‘（我走那一段路）走

得我累死了）'與形容詞（如'他累得半死'、'我忙得沒有工夫吃飯'），「格位被指派語」（Case-assignee）也勢必從名詞組擴張到形容詞組與子句❽。

(iii)　「連謂結構」是漢語裏常見的句式（如⑭句）❽，而且有些含有補語結構的句子似乎非得分析爲「連謂結構」不可（如⑭句）：

⑭　a.　他〔VP 走路〕〔AP 很快〕。

　　b.　他〔VP 買票〕〔VP 進去〕。

　　c.　他〔VP 騎馬〕〔VP 抽菸〕。

　　d.　他〔VP 穿了衣服〕〔VP 出去〕。

　　e.　他〔VP 站著〕〔VP 看書〕。

　　f.　他〔VP 悶著頭〕〔VP 走得飛快〕。

⑭　a.　會場上〔AP 一片寂靜〕，〔AP 靜得針落地上的聲音都聽得見〕。

---

❽　參 Li（1985）的有關討論。

❽　在廣義的「連謂結構」裏，兩個（或兩個以上的）動詞組之間的句法與語意關係並不相同：(一)有表示兩個動作同時發生或進行（如'他〔又學英語〕，〔又學日語〕'、'他們〔邊唱歌〕，〔邊跳舞〕'），因而應該分析爲兩個動詞組對等並列的；(二)有表示動作與目的（如'他〔買（了）票〕〔（就）進場〕'、'我〔推門〕〔出去〕'），因而應該把第二個動詞組分析爲表示目的的狀語子句的；(三)有表示情狀與動作的（如'她〔抿著嘴〕〔笑了〕'、'他竟然〔戴著帽子〕〔在吃飯〕'）的；(四)有兩個動詞組表示轉接或遞繫的關係而共用同一個論元（shared argument）的（如'我〔有一個弟弟〕〔住在美國〕'、'她〔煮稀飯〕〔給我吃〕'）；不一而足。又「連謂結構」似乎可以分析爲動詞組的並列，亦可以分析爲句子的並列。試比較：（→）

(→)(ⅰ) a.

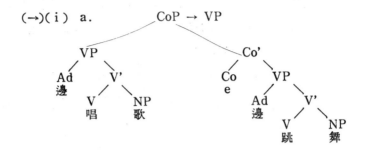

b.

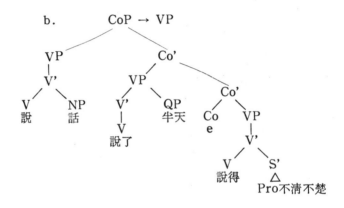

(ⅱ) a.

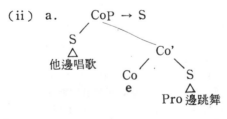

(→)

b. 昌林〔VP 可把腦袋扭過一邊〕，〔VP 光笑〕—〔VP 笑得傻裏傻氣的〕。

c. 問得大家〔VP 又笑起來〕，〔VP 比剛才笑得更響亮、更長久〕。

d. 他〔VP 笑了〕，〔VP 笑得那麼天真〕。

e. 當初〔VP 我賣給你〕〔VP 賣得真便宜〕。㉜

f. 他講呀、講呀、講的一直講個不停。

g. 他說話，說了半天、說得不清不楚。

這些連謂結構在本質上屬於「並列結構」(coordinate structure)。我們利用下列⑭的詞組結構分析，把「並列詞組」(coor-

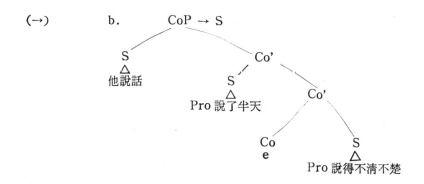

(→)　　　b.　　　　CoP → S

S
△
他說話

Co'

S
△
Pro 說了半天

Co'

Co
e

S
△
Pro 說得不清不楚

㉜ ⑭ a 到 e 的例句來自朱自清、康濯、趙樹理、老舍等人的文章，係由李(1963)間接引用。

dinate phrase; CoP) 納入「X標槓結構」裏面。㉝

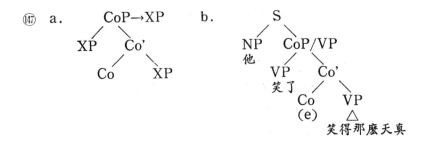

⑭ a.　CoP→XP　b.

不過有一些證據顯示 ： 連謂結構中的第一個動詞組（如⑭c句）的 '寫字' 與⑭d句的 ' 騎馬 '）在與第二個動詞組（如⑭c句的 '寫得很漂亮'與⑭d句的'騎得很累'）比較之下，倒有一點像「附

㉝　「並列結構」的「並列」是屬於句法結構「階層組織」（hierarchical structure）的概念，而不是「語法範疇」（grammatical category）的概念。因此，我們權宜的約定：這個時候把並列結構裏面的「連接項」（conjunct）的句法範疇屬性（即⑭a裏的 'XP' 與⑭b,c,d 裏的 'VP'）都往上「滲透」（percolate）而成為整個並列結構的句法範疇。

加語」(deverbalized adjunct)。例如，在⑭句含有起動結果補語的例句裏，第一個動詞組裏的‘騎馬’既不能形成「把字句」（如⑭b句），也不能形成「被字句」（如⑭c句），卻可以加以刪略（如⑭d句）。

⑭　a. 張三ᵢ〔〔騎馬〕〔騎得〔Proᵢ 很累〕〕〕。

　　b. *張三ᵢ把馬騎得〔Proᵢ 很累〕。

　　c. *馬被(張三ᵢ)騎得〔Proᵢ 很累〕。

　　d. 張三ᵢ(騎馬)騎得〔Proᵢ 很累〕。

但是在⑭句含有使動結果補語的例句裏，主句動詞組裏的‘騎得馬’則可以形成「把字句」（如⑭b句），也可以形成「被字句」（如⑭c句），但不能加以刪略（如⑭d句）。試比較：

⑭　a. (張三)〔騎得馬ᵢ〔Proᵢ 很累〕〕。

　　b. (張三)〔把馬ᵢ騎得〔Proᵢ 很累〕〕。

　　c. 馬ᵢ〔被(張三)騎得〔Proᵢ 很累〕〕。

　　d. (張三)〔騎得*(馬ᵢ)〔Proᵢ 很累〕〕。

被動句⑭c的不合語法與被動句⑭c的合語法符合「Visser 的原理」(Visser's Generalization)：即只有由賓語控制的述語(⑭a句的‘騎得(馬)’)纔能經過被動變形而成爲「被字句」，而由主語控制的述語(⑭a句的‘騎得’)則無法形成「被字句」[84]。⑭d句裏賓語

---

[84]　參 Visser (1973) 與 Huang (1989b)。

名詞組'(騎)馬'的可以刪略與⑭d句裏賓語名詞組（'(騎得)馬'）的可以刪略也符合「Bach 的原理」(Bach's Generalization)：卽只有由主語控制的動詞賓語纔能刪略，而由賓語控制的動詞賓語則不能刪略⑮。這些句法事實都與我們以「起動結果補語」可以含有「受主語控制的空號主語」，而「使動結果補語」則必須含有「受賓語控制的空號主語」的結構分析完全契合。

根據以上的討論，我們的分析旣不完全屬於以補語子句述語爲主要述語的「主要述語假設」(the primary predication hypothesis)，也不完全屬於以主要子句述語爲主要述語的「次要述語假設」(the secondary predication hypothesis)，而可以說是把主要子句的述語與補語子句的述語都視爲述語的「雙重述語假設」(the double predication hypothesis)。就「主謂理論」(Predication Theory) 的觀點而言，主要子句的述語與補語子句的述語都是分別以主要子句主語與整個主要子句或補語子句主語(包括空號主語)爲陳述對象的述語，而且在句法表現（如形成否定句或正反問句）上也確實具有述語的句法功能。不過，主要子句的述語是句子的必要成分，而補語子句卻在某種情形（參例句㉛與㊷）下可以省略（或可以用'ϕ'或'Pro'取代）；同時，主要子句的述語還決定補述語的次類畫分。因此，就這點意義而言，主要子句的述語是「主要述語」。我們的分析把主要子句的述語與'得'字分析爲複合動詞或合成動詞⑯，因而能補救前

---

⑮ 參 Bach (1979) 與 Huang (1989b)。

⑯ 我們在這裏暫不做「複合動詞」(compound verb) 與「合成動詞」(complex verb) 的區別。但是出現於並列式複合動詞的'得'(如'獲得、取得、贏得、博得')都讀本調，而動相詞尾'得'則常讀輕聲而可以分析爲合成動詞，以資區別。

兩種分析的一些缺失，但是仍然有兩個尚待解決的問題：

（ i ）　既然主要子句的述語與補語子句的述語都是述語，而且主要子句的述語是主要述語，那麼為什麼補語子句的述語比主要子句的述語更容易形成否定與正反問句？這個問題似乎與句子信息結構的「功能背景」（function perspective），特別是「從舊到新的原則」（From Old to New Principle）有關；也就是說，代表信息焦點的句子成分盡量靠近句尾的位置出現。補語子句的述語出現於句尾而充當句子的「信息焦點」⑧，並形成否定句與正反問句而分別成為句子的「否定焦點」與「疑問焦點」。另一方面，主要子句的述語則出現於句中的位置，由於並非信息焦點，也就不容易成為否定焦點與疑問焦點。同樣的原則也適用於不含有補語子句的連謂結構，如⑭的例句。在這些例句裏，一般都由第二個謂語充當信息焦點；而第一個謂語則除非藉用表示判斷的動詞‘是’或表示發生的動詞‘有’，否則不容易形成否定句或正反問句。

（ii）　在連謂結構的分析下衍生「動詞＋賓語＋動詞＋‘得’＋補語」這個句式的結果，由⑮ a 的深層結構衍生⑮ b 的「把

---

⑧　Tsao（1990:450-451）也指出：以含有補語結構的句子做答句時，主要子句的述語可以省略，而補語子句的述語則不能省略，例如：

（i）A: 老李念書念得怎麼樣？ B:（念得）不太好。

（ii）A: 你的工作怎麼樣？ B:（做得）很有意思。

字句」與⑮c, d 的「主題句」時會多出一個 '騎' 而必須加以
刪除：

⑮　a.　他騎那隻馬騎得四條腿斷了一條。
　　b.　他把那隻馬(*騎)騎得四條腿斷了一條。
　　c.　他那隻馬(*騎)騎得四條腿斷了一條。
　　d.　那隻馬他(*騎)騎得四條腿斷了一條。

雖然「疊音刪簡」（haplology）在漢語句法裏有其他類似的事例
（例如 '他已經吃了飯了→他飯已經吃(*了)了' 裏完成貌詞尾 '了'
與句尾語助詞 '了' 之間的疊音刪簡、'他給錢給我→他給(*給)我
錢' 裏動詞 '給' 與終點介詞 '給' 之間的疊音刪簡、以及 '記得、認
得、懂得、捨得、吃得' 等含有動相詞尾 '得' 的述補式複合動詞
在中間插入表示可能的 '得' 時，經過 '(記)得得' 的疊音刪簡而變
成 '(記)得')，但是這樣的處理方式並不能令人感到滿意。不過
「動詞重複」這個句法手段也相當任意武斷，不見得比「疊音刪
簡」這個語音處理方式❽來得高明。因此，這個問題的解決恐怕
要等待將來更進一步的研究。

五、漢語的結果補語

在前一節有關狀態補語的分析裏，我們附帶的討論了不少有

----

❽　「疊音刪簡」應該在「語音形式」部門適用，以便從「表層結構」衍生
　　「表面結構」。

關結果補語的句法結構與語意功能的問題。 如前所述， 狀態補語與結果補語在句法功能與表現方面具有許多共同特徵。因此，在這一節裏， 我們簡單整理漢語結果補語的特徵， 並扼要評介 Huang (1988) 有關「主要述語假設」的批評與他自己的分析或論證。

「結果補語」(resultative complement) 又稱爲「程度補語」(extent complement)，在語意上表示動作與變化的結果或變化與事態的程度，常可以用英語 "so much so that S" 來翻譯。 結果補語的主要子句述語可能是動詞(包括動態與靜態動詞)或形容詞 ; 而補語子句本身也沒有什麼特別的限制，主語可能是顯形名詞組或是空號代詞，述語也可能是動詞或形容詞。漢語的結果補語大致可以分爲三類。

(一)第一類結果補語包括表示「程度」的‘很、慌、厲害❽、要命、要死、可以、不行、不成、不得了、了不得、…一樣、…比…還…、像…、…似的’等，似乎可以用「數量詞組」(quantifier phrase; QP) 這個句法範疇來概括起來。這個「概化的數量詞組」(generalized QP)，除了一般的數量詞組以外，還包括程度副詞與比較結構等。這類結果補語多半出現於描寫性的形容詞或動詞(如‘尊敬、敬佩、喜歡、同情’)的後面。由於補語本身是表示程度的，所以帶有這類補語的主要子句述語都不能在前面加‘很、更、太、有點、相當、特別、非常’等程度副詞或在後

---

❽ 李(1963:401)指出：在這一類補語裏，‘厲害’是唯一可以用程度副詞修飾(如‘熱得更厲害些’)而且可以用正反問句提問(如‘熱得厲害不厲害？’)的形容詞。

面加'些、極、了'等程度副詞來修飾。

(二)第二類結果補語是由表示「起動」的不及物動詞來引介，因而不能直接帶上賓語名詞組，而只能帶上以顯形名詞組或空號代詞為主語的補語子句；而且，空號代詞可以出現於補語子句的賓語位置(如'他的字寫得〔誰也看不懂 pro〕')。有關這一類結果補語請參考前面的例句⑧、⑧、⑧、⑧、⑨、⑨、⑨、⑩、⑩、⑩、⑩、⑩以及⑩與⑩的詞組結構分析。

(三)第三類結果補語是由表示「使動」而可以帶上賓語名詞組的及物動詞引介而必須由以空號代詞為主語的子句來充當；如前面出現的例句⑧，並參考例句⑧、⑧、⑨、⑨與⑩。

Huang (1988) 對於「主要述語假設」的批評，不僅適用於狀態補語，而且也適用於結果補語。除此以外，他還針對⑩的例句討論了「主要述語假設」與「次要述語假設」這兩種分析之間的優劣。

⑩ a. 醉得張三站不起來。

b. 激動得張三說不出話來。

Huang & Mangione (1985) 認為：根據「次要述語假設」，⑩的例句應該具有⑩的詞組結構分析，並且主要子句的空號主語'pro'與補語子句的顯形主語'張三'之間具有指涉相同的關係。由於⑩裏主要子句的空號代詞都「片面的C統制」（asymmetrically c-command）子句的顯形主語，結果必然違背「約束原則」（Binding Principle）的「條件C」（Condition C）；即

「指涉詞」（R-expression），如 '張三'，不得「受到約束」（be bound；即受到同指標前行語的Ｃ統制），因而被判爲不合語法。但是⑮是合語法的句子，因此⑯的詞組結構分析顯然有瑕疵。

⑯ a. *pro* 醉得〔張三站不起來〕。

 b. *pro* 激動得〔張三說不出話來〕。

但是 Huang（1988:293-300）卻認爲⑮的例句與⑭的例句並不同義。試比較：

⑭ a. 張三醉得〔*pro* 站不起來〕。

 b. 張三激動得〔*pro* 說不出話來〕。

在⑮句句首的位置裏，有一個不具語音形態或「未指明」（implicit)的「起因」（causer；如 '那一瓶酒' 或 '這一件事'），因而這兩個例句都表示「使動」。另一方面，在⑭的例句裏卻沒有這種未指明的「起因」的存在，因而這兩個例句都只能表示「起動」。換句話說，在⑯的詞組結構分析裏，空號代詞應該代表未指明的「起因」，因而不可能與 '張三' 同指標，也就不可能會發生違背「約束原則條件Ｃ」的問題。

　　根據我們的分析，例句⑮的詞組結構分析應該是⑯，出現於主語位置的空號代詞（pro）代表與顯形主語 '那一瓶酒 、 那一件事' 相對應的「未指明的起因」。

⑮ a. ｛那一瓶酒/pro｝醉得張三〔*pro* 站不起來〕。

　　b. ｛那一件事/pro｝激動得張三〔*pro* 說不出話來〕。

Huang（1988:299）的分析，基本上與我們的分析相似，雖然他並沒有對'得'字的來源與功能做很清楚的交代。根據他的分析，⑮a的深層結構與表層結構分別如⑮a與⑮b。

⑮ a.

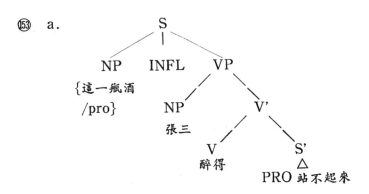

　　b.

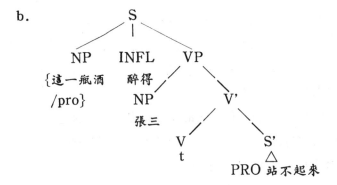

在⑭a的深層結構裏，賓語名詞組‘張三’出現於動詞組裏指示語的位置（如此‘張三’才可以「C統制」並「控制」大代號（PRO）而與此同指標），而動詞‘醉得’也從動詞組主要語的位置移入小句子主要語的位置⑨。

六、‘得’字與「得字句」的歷史演變

我們對於現代漢語的可能補語、狀態補語與結果補語，提出了如上的觀察與分析。但是這種「共時」或「斷代」（synchronic）的分析，能否獲得「異時」或「連代」（diachronic）的證據來支持？岳俊發(1984)認為動相標誌的‘得’⑨起源於動詞，而本義是‘獲得、得到’。在甲骨文與金文裏，‘得’已經有這種意義的述語動詞用法，例如：⑨

⑭　a．貞，其得盒。
　　b．乃弗得。

可見，此時的‘得’字已經有及物動詞（如⑭a句）與不及物動詞（如⑭b句）用法。到了先秦時期，‘得’字可以出現於另一動詞的前面，或單獨出現而有表示‘可能’的情態（助）動詞用法，例如：

---

⑨　這種分析與衍生過程基本上與 Larson（1988）及 Bowers（1989）的分析相似。

⑨　岳（1984）把虛化的‘得’字泛稱為「助詞」。

⑨　本節例句均從岳（1984）間接引用，並省略例句的典籍來源。

⑮　a. 子曰：“里仁爲美，擇不處仁，焉得知？”

　　b. 信禮之亡，欲免得乎？

這種‘得’的用法可能是現代漢語裏引介可能補語的‘得’字之先
聲。自漢代開始，‘得’字也開始出現於另一動詞的後面，而產生
「動詞＋得」的及物動詞與不及物動詞用法，例如：❽

⑯　a. 其後有人盜高廟前玉環，捕得。

　　b. 民採得日重五銖之金。

⑯a的‘捕得’是不及物用法（＋〔＿#〕），而⑯b的‘採得’則是及物
用法（＋〔＿NP〕）。到了東漢末，以‘得’字爲第二項詞根的及物
複合動詞用法越來越普遍，不但以名詞組爲補述語（如⑰a,b），
而且還以數量詞組（＋〔＿QP〕；如⑰c）甚或動詞組（＋〔＿VP〕；
或以空號代詞爲主語之子句，＋〔＿S〕）爲補述語（如⑰d）。試比
較：

⑰　a. 先嫁得府吏，後嫁得郎君。

　　b. 醫得眼前瘡，剜却心頭肉。

　　c. 賣得數斛米。

　　d. 牡丹枉用三春力，開得方知不是花。

----

❽　王力先生以稽康《養生論》中‘得’與‘致’的對舉爲例，指出這種‘得’
　　字具有很明顯的‘獲得’的意義。參岳（1984:11）。

在這些例句裏，'得'字的'獲得'意義已經明顯地消失，而且逐漸虛化而具有動相標誌的句法功能。這一點，從例句⑯b裏'(醫)得'與'(剗)卻'的對舉可知一斑❽。從南北朝到唐代中葉，這種'得'字的虛化用法繼續擴大使用範圍，除了以數量詞組（如⑱a,b)與動詞組（如⑱c句)爲補述語以外，還以形容詞組（+〔__AP〕，如⑱d句)、趨向動詞'來'（+〔__V〕，如⑱e句)與子句（+〔__S〕，如⑱f,g,h)爲補語。例如⑱i的'攜得你來'（＝攜得你〔Pro來〕），甚至可能是「使動及物」（卽+〔__NP S〕) 用法的先驅。試比較：

⑱　a．鋤得五遍已上，不須耩。

　　b．李性耐久，樹得三十年，老雖枝枯，子亦不細。

　　c．平子饒力，爭得脫，踰窗而走。

　　d．清泉洗得潔，翠霸侵來綠。

　　e．彩贄楠瘤剜得來，莫怪家人畔邊笑。

　　f．別來老大苦修道，煉得離心成灰。

　　g．練得身形似鶴形。

　　h．映得美蓉不是花。

　　i．況是攜得你來，交我如何賣你。

另一方面，岳（1981:13) 也指出：先秦後期裏出現的情態用法的'得'字（如前面⑮的例句)，在漢代裏獲得「動詞＋得」（如

---

❽　參岳（1984:11)。

⑯a句)與「動詞＋(賓語)＋不＋得」(如⑯b, c 句)的用法，在南北朝更有「動詞＋得＋賓語」(如⑯ d 句)的用法，而到了唐代中葉則更出現「動詞＋得＋動詞」(如⑯e, f 句)與「動詞＋得＋形容詞」(如⑯g 句)的用法。試比較：

⑯　a　攀城之人，〔誠〕如何耳；使誠若申包胥，一人攀得。

　　b．田為王田，賣買不得。

　　c．今壹受詔如此，且使妄搖手不得。

　　d．大率三升地黃，染得一匹御，地黃多，則好。

　　e．氣象四時清，無人畫得成。

　　f．氣待路寧歸得去，酒樓漁浦重相期。

　　g．劉項真能釀得平。

情態用法的‘得’字，似乎也從原先表示‘可能’的動詞，逐漸虛化而成為表示‘動作完成的可能性’的助詞；因而與⑯的例句裏從原先表示‘獲得’的動詞逐漸虛化而成為表示‘動作完成並有所得’的‘得’字形成相輔相成的關係。我們似乎可以擬設：⑯的例句是現代漢語狀態補語與結果補語的起源，而⑯的例句則是現代漢語可能補語的前身。這幾種補語，從漢代經過魏晉南北朝而到唐代中葉時，已經成型而趨向於固定化。無論在句法結構與語意功能上，都與這些補語相對應的現代漢語各種補語非常相似。

七、結　語

　　以上從北平話與閩南話比較分析的觀點，對於漢語的補語結

構，包括可能補語、狀態補語與結果補語，做了相當詳盡的分析
與討論。我們發現在北平話裏引介這三種補語結構的詞語都經過
語音上的弱化與語法上的虛化而變成詞法身分未明、句法功能曖
昧、而語法內涵模糊的‘得’字。另一方面，在閩南話裏則由動詞
意義與作用都相當明確的動詞‘會’與‘𣍐’來分別引介表示可能與
不可能的補語。閩南話並用由動詞‘了’與‘著’虛化得來的動相詞
尾來引介狀態補語，而由介詞兼連詞的‘甲’(在句法與語意功能
上與另一個在閩南話與北平話裏兼充介詞與連詞的‘到’字相近)
來引介結果補語。結果，針對北平話的虛字‘得’，閩南話則有動
詞‘有、會’、動相詞尾‘了、著’與介詞兼連詞‘甲’這三種不同的
對應關係。

　　我們利用北平話‘得’字與閩南話相關字的對應關係，為北平
話述語動詞與補語成分之間在句法上的結構關係做了如下的擬設
，並依據這個擬設來分析、研究、討論三種補語結構在句法結構
、語法功能與語意內涵上的特徵。

(一)　我們把出現於「動詞＋‘得’＋可能補語」裏面的‘得’字分
　　　析為由動詞‘得’(＝‘得到、獲得’)的情態用法演變而來的
　　　「詞嵌」或「中加成分」(infix)❾⑤。在閩南話裏與這個‘得
　　　’字相對應的‘會’❾⑥則至今仍然具有動詞的意義與作用。

(二)　我們把出現於「動詞＋‘得’＋狀態補語」裏面的‘得’字分
　　　析為表示完成或終結的動相詞尾(在句法與語意功能上與

---

❾⑤　關於表示可能的‘得’與‘不’在漢語裏的由來與演變，參呂(1984:132-
　　144)。

❾⑥　閩南話裏另有中加成分‘有’(如‘聽有著、看有起’)來表示‘已發生’。

現代漢語的動相詞尾'到'或'了'相近)；結果，動詞與動相
詞尾'得'合成複合動詞，並在次類畫分上以形容詞組爲補
述語(卽＋〔__AP〕)。在閩南話裏與北平話動相詞尾'得'
相對應的'了、著'，不但確實具有動相詞尾的功能（由動
詞與'了、著'合成的複合動詞中間還可以挿入表示可能的
'會'與表示不可能的'獪'），而且都是從完整的動詞虛化
而來的。

(三) 我們把結果補語分成三類。第一類結果補語由表示終點或
程度的'得'字引介，並以概化的數量詞組爲補述語（卽＋
〔__QP〕)。這一類結果補語的'得'字在語音與語意上與表
示終點的介詞'到'('到……的程度')相似。由於補述語是
由數量詞組充當，所以除了極少數的例外(如'厲害')以外
，補語本身不能形成否定句或正反問句。第二類結果補語
由表示終結或結果的' 得 '字引介，並以子句爲補述語(卽
＋〔__S'〕)。補語子句的主語可能是顯形名詞組，也可能
是空號代詞；而空號主語可能指涉主要子句的主語、賓語
或整個主要子句。這一類結果補語的'得'字與表示終點或
結果的連詞'到'('到……的結果或地步')在句法與語意功
能上相似。但是從'得'字本身的歷史演變看來，似乎也是
由表示'獲得、得到'的動詞虛化成爲動相詞尾，並與前面
的述語動詞合成複合動詞。第三類結果補語由主句述語動
詞與表示'致使'的補語動詞'得'合成使動及物動詞，並在
次類畫分上以賓語名詞組與含有空號主語的子句爲補述語
(卽＋〔__NP S〕)。這一類複合動詞在本質上屬於「賓語控

制動詞」(object-control verb)，因而結果補語的空號主語必須受到主要子句賓語的控制。在閩南話裏，與引介北平話前兩類結果補語的‘得’字相對應的訓讀字‘甲’(或‘敎’)，兼充表示終點的介詞或連詞，在句法與語意功能上與‘到’字極爲相似，甚至可能由‘到’字演變與虛化而來。至於第三類結果補語，則無法在閩南話裏找到相對應的用法，因而可能是屬於比較「有標」(marked) 的句法結構。

(四) 我們對於「主要述語假設」與「次要述語假設」之爭，採取較爲折衷的立場而提議「雙重述語假設」。我們認爲無論是主要子句的述語或是補語子句的述語都是「主述理論」(Predication Theory) 上的述語；不但在主要子句的主語與述語之間存在著主述關係，而且在主要子句與補語子句之間也存在著主述關係。我們把因動詞重複所產生的前後兩個述語之間的句法關係，暫且分析爲廣義的「連謂結構」的關係，因爲在我們的語感裏主要子句的述語與補語子句的述語都分別做了兩個相關但不相同的「敍述」(predication) 或「主張」(assertion)，如‘他昨天〔騎(了)那隻馬〕(，)〔騎得四條腿都斷了一條〕’❼。「連謂結構」的分析雖然可以避免「動詞重複」的句法手段，卻難免要訴諸「疊音刪簡」的語音策略。關於這個問題的解決，尚待將來更進一步的研究。

---

❼ 同樣的，含有期間補語‘半天’的例句‘他〔做作業〕〔做了半天〕，〔還沒有做完〕’則可以分析爲含有三個敍述或主張。

（五）　補語子句的述語，在動詞或形容詞的功能與作用上（例如
　　　　動貌詞尾的附加，以及否定句與正反問句的形成），似乎
　　　　強過主要子句的述語。以靠近句尾的句法成分爲信息焦點
　　　　的「從舊到新的原則」似乎是大多數自然語言共同遵守的
　　　　功能原則。就是在主要子句裏賓語名詞組的前後出現的兩
　　　　個動詞中間，我們也只能把後一個動詞反覆重疊來強調動
　　　　作的連續（如‘他講話，講呀、講呀、講的講了半天’），卻
　　　　不能把前一個動詞反覆重疊來達到同樣的效果（如‘*他講
　　　　呀、講呀、講的講話講了半天’）❸。由於在一般「無標」
　　　　（unmarked）的情形下，補語子句的述語都充當「信息焦
　　　　點」，所以比主要子句的述語更容易形成否定句或正反問句
　　　　而分別充當「否定焦點」與「疑問焦點」。也由於主要子句
　　　　的述語在信息結構上居於次要的地位，而由補語子句的述
　　　　語傳達主要的信息，所以主要子句的述語不容易或不必要
　　　　成爲「信息焦點」。但是如果有需要，仍然可以借助‘（是）
　　　　不是、（有）沒有、（會）不會、（能）不能’等來形成否定句
　　　　與正反問句，而這個時候補語子句的信息內涵仍然包含於
　　　　「否定」與「正反疑問」的範域中。

　　　這篇文章是筆者個人對於漢語方言比較語法的第一次試探。
由於個人對漢語「異時」（diachronic）的歷史演變與漢語方言
「共時」（synchronic）的描述都缺少研究與造詣，所以這篇文

---

❸　如果把後一個動詞加以省略而說成‘?? 他講呀、講呀、講的講話了半
　　天’就似乎較能接受。

章雖然提出了"大膽的假設",卻恐怕忽略了"小心的求證"。我們知道要眞正了解現代漢語,不但必須追溯根源探討漢語演變與歷史過程,而且還要涉獵全國各地研究漢語方言的事實眞相。我們更明白絕對不能以閩南話一個方言來論斷北平話或現代漢語的補語結構。筆者希望這篇文章能引起大家對漢語方言比較語法的興趣與關心,更希望大家能從衆多的漢語方言中提出各種佐證與反證來討論漢語的補語結構,以便眞正達到抛磚引玉的效果。

  * 本文初稿原擬於1990年 7 月20日至22日在中央研究院歷史語言研究所召開的第一屆中國境內語言暨語言學國際術研討會上發表,後來因爲在國外講學而未能及時回國而作罷。

The Syntax and Semantics of Resultative Complements in Chinese: A Comparative Study of Mandarin and Southern Min

There are three types of complement constructions in Mandarin which are introduced or mediated by the particle 得; namely, the potential complement (as in ①), the descriptive complement (as in ②) and the resultative complement (as in ③).

① 他{跑得快/跑不快}。

② 他{跑得很快/跑得不(很)快}。

③ 他{氣得發抖/氣得説不出話來}。

The controversy as well as intricacy involved in the analysis of Chinese complement constructions have been brought into fcous since publication of Huang (1982, 1984, 1985), immediately followed by critiques by Ernst (1986a, 1986b) and Tai (1986). At issue are the adequate D-stucture and S-structure analyses of Chinese complement constructions which include among other points: (i) What is the morohological and syntactic status of the particle 得? (ii) Which is the main predicate of the sentence, the matrix verb that precedes the particle 得, or the constituent verb phrase or adjective phrase that follows it? (iii) What is the syntactic category and constituent structure of the complement? Is it simply an AP or VP, or is it an S or S'? And how is it related to the rest of the sentence? (iv) What is the syntactic motivation which lies behind the reduplication of the matrix verb when followed by an object NP? And how is this reduplication licensed?

Based on a comparative analysis of Mandarin and Southern Min sentences such as ④ and ⑤, it is suggested in Tang (1990c) that the potential 得 in Mandarin may have derived from the verb 得 (close in meaning to complex verbs such as 得到 and 獲得).

④　a.　我看得到；我看不到。
　　b.　我看會著；我看𣍐會著。
⑤　a.　他跑得快；他跑不快。
　　b.　伊走會緊；伊走𣍐緊。❶

In ④ and ⑤, the Southern Min equivalents of the Mandarin 得 and its negative counterpart 不 are respectively 會 and its negated form 𣍐(＜不＋會). This shows that, in contrast with the phonologically reduced and morphologically neutralized Mandarin 得, Southern Min uses a full-fledged verb 會, which seems to suggest that the postulation that the potential 得 in Mandarin derives diachronically from a verb is by no means implausible.

Tang (1990c) also postulates that the descriptive 得 in Mandarin may function as (and even derive from) an achievement phase marker, like the Southern Min counterparts 了/著, as illustrated in ⑥, and further suggests that the combination of the verb and 得 may be analyzed as a complex verb that subcategorizes for an AP complement. It must be noted that there are

---

❶　Chinese characters used in the exemplifying Southern Min sentences are mainly based on Cheng et al. (1988).

numerous verbs in Mandarin which combine with 得 to form a complex verb and subcategorize for NP (e.g., 認得，記得，懂得), AP (e. g., 顯得，變得，覺得), VP (e.g., 懶得，捨(不)得), S' (e. g., 曉得，省得，免得，值得，覺得), or NP⌒S' (e.g., 使得).

⑥　.a.　他跑得很快。

　　b.　伊走{φ／了／著}足緊。❷

In this paper, we will discuss the structure and function of the resultative complements in Mandarin, with special reference to the corresponding constructions in Southern Min. It is hoped that our discussion will lead to a better understanding of the resultative complement in Chinese and contribute to settling the issues raised above.

The resultative complements in Mandarin have been classified in Tang (1990c) into three subtypes: (i) the 'degree' complement which consists of QP (as in ⑦), (ii) the 'extent' complement which is composed

❷ It is also possible to say '伊走甲足緊' in Southern Min, but we think that the presence of 甲 shows that this sentence falls under the category of resultative complement.

of S or S' (as in ⑧), and (iii) the 'ergative' comple-
ment which follows the matrix causative verb (as in
⑨) ❸.

⑦　他緊張得 {很 / 要死 / 要命 / 不得了 / 了不得}。

⑧　a.　他嚇得說不出話來。

　　b.　他罵得大家都傷心起來。

⑨　a.　走得我累死了。

　　b.　吃得他越來越胖。

The complement in ⑦ is analyzed as a genera-
lized QP, which includes degree adverbs, comparative
expressions and quantificational expressions, because:
(i) only the descriptive predicate may take this subtype
of complement, (ii) the descriptive predicate may take
either a degree adverb or a degree complement, but
not both, and (iii) this subtype of complement does not
generally form a negation or a V-not-V question ❹,

---

❸　Admittedly, the borderlines between these subtypes are
　by no means firm or clear, and overlap on occasions.
　Thus examples such as '他緊張得{像隻驚弓之鳥/比我還要緊
　張}', which resemble a degree complement in semantic
　function, may have to be analyzed as an extent comple-
　ment on syntactic grounds.

❹　Other expressions that fall under this subtype are 慌，
　厲害，可以，不成，不行，要不得，etc. Perhaps with the
　(→)

There seems to be no counterpart in Southern Min that exactly corresponds to the degree complement in Mandarin. However, whenever there is a correspondence, the particle used in Southern Min is 甲 (as in ⑩ b), which is equivalent in syntactic and semantic function to Mandarin 到 (as in ⑪b)❺.

Compare, for example:

⑩   a.   他緊張得要死。

       b.   伊緊張甲會死。

⑪   a.   阮一直等〔$_{PP}$ 甲〔$_{NP}$ 九點〕〕。/阮一直等〔$_{PP}$ 到 〔$_{NP}$ 九點〕〕。

       b.   阮一直等〔$_{PP}$ 甲〔$_{S'}$ 伊來〕〕。/阮一直等〔$_{PP}$ 到 〔$_{S'}$ 伊來〕〕。

(→) exception of 厲害, all the degree complements listed may not form a V-not-V question, and with the exception of such negative polarity items as 不得了，了不得，要不得，不成，不行，which contain a lexicalized negative as an integral part of the expression, they may not form a negation either.

❺ This seems to indicate that, in deeper and more abstract analysis, the 'degree' complement may be generalized under the 'extent' complement. Thus, '會場裏擠得〔$_{QP}$ 慌〕' may be structurally related to '會場裏擠得〔$_{S'}$ 我心慌〕' or '會場裏擠得我〔$_{S'}$ Pro 心慌〕'.

This seems to suggest that 甲 in Southern Min functions both as a preposition, which takes NP as complement, and as a subordinate conjunction, which takes S or S' as complement, and that ⑩b may be analyzed as ⑫, in which the complement contains a null subject that is coreferential with the matrix subject.

⑫　伊緊張 [PP 甲 [S' Pro 會死]]。

The extent complement in ⑧, on the other hand, is analyzed as S or S' because the complement may contain a covert (null) subject, as in ⑧a, or an overt (lexical) subject, as in ⑧b. The covert subject is analyzed as a generalized null pronominal (Pro) ❻, which is coreferential with the matrix subject 他 (as in ⑯a), the matrix object (as in ⑯b), and the entire matrix sentence (as in ⑯c). The particle 得 is analyzed as a subordinate conjunction, possibly a phonologically reduced form of 到, which originally means 'till, until' but comes to be used as a subordinate conjunction meaning '…so much so that…', as in ⑬. ❼ Compare, for

---

❻　See Huang (1989a, 1989b) for a theory of generalized control.

❼　Chao (1968:353-355) has pointed out the alternation that exists between 得 and 到 in such expressions as '說{得/到} (→)

example:

⑬ a. 我們一直等 [PP 到 [NP 九點鐘]]。

　　b. 我們一直等 [PP 到 [S' 他來了]]。

　　c. 我們一直等 [PP 到 [NP [S' [S 連腳都酸(了)] 的]
　　　程度]]。

　　d. 我們一直等 [PP 得 [S' 連腳都酸了]]。

This analysis of the extent complement in Mandarin
is parallel to that in Southern Min, as illustrated in ⑭
and ⑮.

⑭ a. 他嚇 [PP 得 [S' 話都說不出來]]。

　　b. 伊驚 [PP 甲 [S' 話也講獪出來]]。

⑮ a. 他罵 [PP 得 [S' 大家都傷心起來]]。

　　b. 伊罵 [PP 甲 [S' 大家攏傷心起來]]。

The constituent subject in the extent complement
is analyzed as the generalized Pro, because the distri-
bution of pro and PRO in Chinese is rather difficult to
define, and because the empty subject can be corefe-
rential with the matrix subject (as in ⑯a), the matrix
object (as in ⑯b), and even the entire matrix sentence

（→）嘴乾，累 {得/到} 走不動；他搬{到/得}那兒去了，頭髮掉{到/
得}地下了'.

(as i n ⑯c).

⑯　a.　他嚇得〔Pro 話都説不出來〕。

　　b.　你把他罵得〔Pro 眼淚都流出來了〕。

　　c.　他慘敗得〔Pro 出了大家意料之外〕。

Thus sentences ⑯ a, b) mean, respectively, 'He was frightened so much so that he couldn't say a word,' and 'You scolded him so much so that tears came into his eyes.' This observation has led Tang (1990c) to postulate the following D-structure analyses ⑰ and ⑱ for sentences ⑯a and ⑩a, respectvely ❽.

⑰

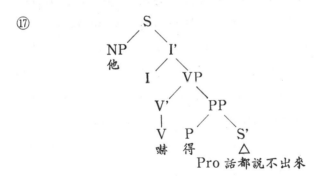

---

❽　For ease of comparison, we will model our structural description of the sentences after those presented in Huang (1988).

⑱

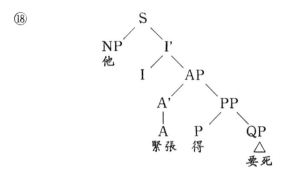

There is an alternative analysis to sentence ⑰, however, which was first proposed in Huang (1988, 1989b). We will pursue his line of analysis, elaborate on his arguments and fill in the details whenever possible. Recall that we have analyzed the descriptive complement in Mandarin by treating the matrix verb and 得 as forming a complex verb. This is supported not only by the existence of lexicalized verbs such as 認得，記得，懂得，顯得，懶得，捨得，曉得，省得，免得，值得，變得，使得 in Mandarin, but also by the occurrence of the phase markers 了 and 著 in Southern Min between the matrix verb and the descriptive complement. The combination of the verb with 得，了，著，moreover, may affect the subcategorization property of the verb, as briefly mentioned above. The 得 in question, which seems to be closely related to 到 in semantic function and/or morphological status, has come to acquire a phase-marker status like that of 到 (as in 看到，聽到，想到，做到，拿到，買到，要到，嚇到，etc.) and become a rather productive phase-marker itself, almost as productive as 到, and even more so. The combination of a verb with the phase-marker 得 also changes this verb into an an achievement verb, which disallows cooccurrence with the perfective marker 了, the progressive marker 在 and 著, the past-experience marker 過, the continuous marker 下去, the inceptive marker 起來, the tentative marker (i.e., the reduplication of the verb), the duration complement (e.g., 兩小時), and the measure complement (e.g., 三次) ❾. Syntactically, the verb that takes the phase marker 得 subcategorizes for an S' (i.e.,+〔__S'〕), with an overt or a covert NP as subject. Under this analysis, sentence ⑯a will have the D-structure representation ⑲: ❿

---

❾ Other phase markers in Mandarin (e.g., 到，完，掉，住) also have a very limited occurrence with various aspect markers and complements.

❿ It is possible, and even plausible, that VP in ⑲ is dominated by an aspect phrase (AsP), which is the maximal projection of a functional head, aspect (As), and the verb (e.g., 嚇) is raised from the head position of the VP into the head position of the AsP, where it is adjoined (→)

⑲

```
            S
          /   \
        NP     I'
        他    /  \
            I     VP
                 /  \
                V    S'
               嚇得   △
                  Pro 話都說不出來
```

As for the ergative complements as shown in ⑨, they are so called because the matrix verbs seem to combine with 得 to form a causative transitive verb or 'ergative' verb. That is, we analyze '走得' and'吃得'

(→) to the aspect marker (e.g., 得), as illustrated below.

```
              S
            /   \
          NP     I'
          他    /  \
              I    AsP
                    |
                   As'
                  /   \
                As     VP
               /  \   /  \
              V   As V    S'
             嚇ᵢ  得 tᵢ    △
                      Pro 話都說不出來
```

We will not enter into a full discussion of pros and cons with regard to this analysis, however.

in ⑳ as a unitary verb which is followed by an object NP and a sentential complement with an empty subject, but never with a lexical NP as subject, as illustrated in ⑳.

⑳　a. 〔ᵥ 走得〕〔ₙₚ 我〕〔ₛ, Pro 累死了〕。
　　b. 〔ᵥ 吃得〕〔ₙₚ 他〕〔ₛ, Pro 越來越胖〕。

This structural analysis can be justified on syntactic and semantic as well as phonological grounds.

First, a pause or pause particle may occur between the NP and the complement, but not between 得 and the NP, as illustrated in ㉑, which seems to indicate that the NP in question is in act the matrix object rather thafn the complement subject ❶.

㉑　a. 走得我啊，累死了。/*走得啊，我累死了。
　　b. 吃得他啊，越來越胖。/*吃得啊，他越來越胖。

Second, sentences ⑳ entail sentences ㉒, which may be termed as the 'inchoative' counterpart to the 'causative' ⑳. Note that in sentences ㉒ a pause or pause

---

❶　The relevant examples and acceptability judgements are mainly from Zhu (1984:136).

particle may occur not only between the NP and the
matrix verb but also between 得 and the rest of the
complement.

㉒　a.　我走得累死了。/我啊，走得累死了。/我走得啊，累死
　　　了。

　　b.　他吃得越來越胖。/他啊，吃得越來越胖。/他吃得啊，
　　　越來越胖。

Third, sentences ⑳ are cognitively synonymous with
sentences ㉓, in which the NPs following the matrix
verbs in ⑳ have been preposed to the preverbal posi-
tion along with 把, and so are ㉔a with ㉔b and ㉔c,
in which the NP following the matrix verb has been
fronted to the sentence-initial position in the BA-con-
struction and passive sentence, respectively.

㉓　a.　把我走得累死了。

　　b.　把他吃得越來越胖。

㉔　a.　凍得兩個耳朵通紅。

　　b.　把兩個耳朵凍得通紅。

　　c.　兩個耳朵被凍得通紅。

Fourth, an NP indicating a 'causer' may be placed at

the head of the sentences in ⑳ so as to function as the subject or topic of these sentences, as shown in ㉕.

㉕ a. 那一段山路{走得我/把我走得}累死了。

b. 一連十天的山珍海味{吃得他/把他吃得}越來越胖。

Finally, when a 'causer' NP is present, the ergative complement may sometimes be omitted, as in ㉖. ❷

㉖ a. 我看他那個可憐樣子，我就覺得是我累得他〔$_S$, ϕ〕。

b. 還不是那個沒有良心東西氣得我〔$_S$, ϕ〕。

The analysis of the matrix verb and 得 as a unitary causative-transitive verb is not only justified on synchronic grounds but also supported by historical evidence. According to Yue (1984), in the Pre-Qin Period as well as in oracle and bronze inscriptions, 得 is used as a transitive and intransitive verb meaning 獲得, then during the Han Dynasty 得 combines with a preceding verb (e.g., 捕得, 採得) to form a complex verb that subceategorizes for NP. During the Southern

---

❷ The relevant sentences are from Li (1963: 400), which are said to be quoted from Cao Yu's (曹禺) plays. We have changed the 的 in the original to 得.

and Northern Dynasties, the complex verb further subcategorizes for QP (e.g., 鋤得五遍), and finally during the Tang Dynasty the complex verb subcategorizes for AP (e.g., 洗得潔), S' (e.g., 煉得離心成死灰, 練得身形似鶴形), and NP followed by S' (e.g., 攄得你 Pro 來) functioning more and more like a phase marker meaning 完成. Note that in '說是攄得你來, 交我如何賣你', which is quoted fron 盧山遠公話, we see the beginning of the causative use of 得. Drawing examples from 水滸全傳, Li (1988: 147-148) points out that 得 was used in this novel as a causative verb meaning 'cause' (致使), for example:

㉗ a. 把梯子上去拆了, 也得耳根清淨。

b. 若得此人上山, 宋江情願讓位。

c. 似此怎得城子破？

Li (1988:152) also gives the following examples which contain a transitive verb followed by 得.

㉘ a. 打的(＝得)蔣門神在地下叫饒。

b. 你若不依得我, 去了, 我只咒得你肉片幾飛。

c. 我今只殺的(＝得)你片甲不回才罷。

Both the simple verb 得 in ㉗ and the complex verb V

＋得 in ㉘ may be plausibly analyzed as a three-term
causative predicate and, furthermore, as an object-
control verb, as illustrated below.

㉙　a. 把梯子上去拆了，也［v 得］［NP 耳根］ᵢ ［Proᵢ 清淨］。
　　b. ……，我只［v 咒得］［NP 你］ᵢ ［Proᵢ （的）肉片幾飛］。
　　c. e ［v 打得］［NP 蔣門神］ᵢ ［Proᵢ 在地下叫饒］。

It is possible that 得 was originally used as a verb of
'causing' (致使) as well as a verb of 'obtaining' (得到)
or 'acquiring' (獲得), and thus comes to combine with a
preceding verb to form a causative complex verb which
subcategorizes for an object NP followed by a sentential
complement (i,e., ＋［＿NP S'］).

　　Our analysis also reveals an interesting correspon-
dence between verbs which take ergative complements
and those which take extent complements: while the
former may fall under the 'causative transitive' verb
that subcategorizes for an object NP and a sentential
complement (i.e.,＋［＿NP S'］), the latter may be
subsumed under the 'inchoative-intransitive' verb
that subcategorizes for a sentential complement only
［i.e., ＋［＿S'］］. This 'causative-transitive' versus 'incho-
ative-intransitive' contrast is prototypically represen-

ted in the more fully lexicalized verbs 使得 and 變得 in Mandarin:

㉚ a. 〔老師的話〕使得〔學生〕〔Pro 很興奮〕。

b. 〔學生〕變得〔Pro 很興奮〕。

Though the inchoative use of V+得 occurs in Southern Min, the causative use does not. My informants have told me that the same situation holds in Hakka, Foochow, Cantonese and several other dialects. If their information is correct, then we might venture to postulate that the causative use of V+得, which seems to be limited to Mandarin and a few other northern dialects, is a marked extension of the unmarked inchoative V+得, whose equivalents are found in most Chinese dialects. It is possible that the inchoative V+得 originated in the combination of a regular verb with the 得 denoting 'obtain, acquire', which acquired the causative meaning and function later; or alternatively, that the preposition-conjunction 到 (equivalent in semantic and syntactic function to Southern Min 甲) was incorporated into the preceding verb by virtue of reanalysis, thereby resulting in an inchoattive verb, which was later generalized to include a causative use.

Heretofore we have been intentionally vague about the morphological status of the V+得 and the categorial status of its sentential complement; that is, is the V+得 a compound or a complex verb? And is the sentential complement of the inchoative and causative V+得 an S or an S'? Though the distinction between a complex verb and a compound verb in Chinese is sometimes rather fuzzy, we will analyze the V+得 as complex verb, because the 得 in question receives neutral tone ⓭ in marked contrast with the second stem 得 in coordinate compounds such as 獲得，取得，贏得，博得，which receive full tone, and because the 得, and not the preceding verb, determines the subcategorization feature of the entire complex verb. We are not claiming, of course, that any verb in Mandarin can form a complex verb with 得, just as we cannot claim that any verb in Mandarin may cooccur with aspect markers 了，過 and 著. But the attachment of 得 to a verb to form an inchoative verb that subcategorizes for a sentential complement is quite productive, and the same morphological process utilized to form a causative

---

⓭ Note that the second stem in more fully lexicalized verbs such as 認得，記得，懂得，顯得，變得，覺得 also receive neutral tone.

verb that subcategorizes for an object NP and a sentential complement, though not as productive as its inchoative counterpart, is sufficiently productive to win for 得 the morphological status of a phase marker **⑭**.

As for the categorial status of the sentential complement, we are still undetermined about whether it should be analyzed as an S or an S'. Aspect markers and modal auxiliaries do arise in the complement, which seems to indicate that it is at least an S, and perhaps a finite one**⑮**. But while the possibility of an extrac-

---

⑭ In general, transitive and actional verbs are more subject to taking the causative 得 than intransitive and stative verbs, and adjectives denoting a physical condition (e.g., 累, 痛, 閑, 忙) or a psychological state (e.g., 急, 氣, 怕, 窘) take the causative 得 much more freely than adjectives denoting other qualities. In addition, colloquial monosyllabic verbs and adjectives form the causative complex verb much more easily than literary bisyllabic verbs and adjectives.

⑮ The most telling piece of evidence in favor of the finiteness of the sentential complement is, in our opinion, the fact that the complement may form a V-not-V question, as illustrated in '{老張醉得/醉得老張} [Pro 是不是站不起來了]?'. But C.J. Tang (p.c.) has informed me that even this piece of evidence is not irrefutable; for 常 ('often'), which is a frequency adverb, may form a V-not-V question (e.g., '你常不常看電影？'), and the sentence '他在家讀書', which contains a PP as a locational adverbial, may form a V-not-V question either with the locational PP or with the predicate verb (e.g., '他在不在家讀書？', '他在家讀不讀書？'.

tion of the object NP across the constituent sentence (as in ㉛) seems to suggest that the CP specifier position is available as an escape hatch for movement, the impossibility of an extraction of the subject NP across the constituent sentence (as in ㉜) indicates otherwise ❶ .

㉛ a. 他病得〔Pro 再也無法經營這家公司{了〕/〕了}。

b. 〔這家公司〕ᵢ 他病得〔Pro 再也無法經營 tᵢ{了〕/〕了}。

㉜ a. 他病得〔我們再也無法期望他的康復{了〕/了}。

b. *〔我們〕ᵢ 他病得 tᵢ 再也無法期望他的康復{了〕/〕了}。

We have argued in several of our previous papers that, in Chinese, while the CP specifier position is to the left of the IP, the complementizer position is to the right of the IP and is occupied by (sentence-)final particles (c.g., 的, 了, 嗎, 呢, 呀). But at this stage we are not absolutely sure whether these final particles occur in the constituent or the matrix complementizer position ❷, or whether they occur in the constituent

---

❶ This seems to be another manifestation of the subject-object asymmetry in Chinese.

❷ In the sentence '你認為誰會贏呢？', the final particle 呢 seems to occur in the constituent complementizer posi-
(→)

complementizer position and are then raised to the mat-
rix complementizer position. For ordinary control verbs,
final particles seem to occur outside the constituent
sentence (as in ㉝), and with a few exceptional cases⓲
final particles do not normally occur inside relative
clauses, appositional clauses, sentential subjects and
objects (as in ㉞), though they may occur in adverbial
clauses of result as in ㉟).

㉝　a.　我已經派人叫他〔Pro 來{＊了]/]了}。

　　b.　你請誰〔Pro 來幫忙{＊呢]/]呢}？

㉞　a.　〔你昨天看完(＊了吧)〕的書放在什麼地方？

　　b.　〔我們怎麼樣籌措經費(＊呢)〕這個問題以後再討論。

　　c.　我們今天要討論的是〔究竟誰來支持這個計畫(＊呢)〕。

　　d.　〔小明學數學(＊哩)〕最適合。

　　e.　〔他來不來(＊呢)〕跟我有什麼關係？

(→) tion at D-structure (i.e., [cp 你認爲 [cp [ip 誰會贏] [c 呢]]
[c e]]?) but is raised to the matrix complementizer posit-
ion at S-structure or LF to have a wide-scope reading.

⓲　For example, question particles occurring in the wh-
complement of such 'semantically bleached' or 'paren-
thetical' verbs as 認爲, 以爲, 想, 猜. But even in this
class of wh-complements, the question particle could be
raised into the matrix sentence to have a wide-scope
interpretation.

f. 我們都知道〔地球是圓的(*哩)〕。

g. 我不知道〔他要來(*呢)還是他太太要來(*呢)〕。

㉟ a. 李先生病了〔所以(他)不能跟我們一起去旅行了〕。

b. 李先生病了〔所以我們要派誰做他的工作呢?〕。

Thus we have been forced to tentatively treat the sentential complement as S' without very firm conviction.

With the foregoing observation and discussion, we are now in a position to offer our views on the issues raised in the beginning of this paper.

(I) First, what is the morphological and syntactic status of the so-called particle 得 in the Mandarin resultative complement? In our analysis the particle 得 could have two different sources: (a) the particle 得 could derive from the preposition-conjunction 到, which could in turn derive from the verb 到 ('arrive'), later lost its phonological and syntactic independence and was cliticized to the preceding verb, resulting in a complex verb V+得 that subcategorizes for a sentential complement; or alternatively, (b) the particle 得 could derive from the verb 得 denoting 'obtain, acquire', which was later attached to a verb to indicate 'achievement', gradually losing its phonological and syntatactic independence, and has finally become a phase marker to form a complex verb that subcategorizes for a sentential complement. This complex verb V＋得, which was originally used in 'inchoative' sense and subcategorized for a sentential complement, came to acquire a 'casuative' use in Mandarin and subcategorize for an object NP and a sentential complement. As for the degree resultative, which is found in Mandarin but not in Southern Min, it may have come into existence by analogy to the extent resultative already in use. Consider, for example, sentences ㊱ through ㊵:

㊱　a.　我跑得{累死了/脚都酸了}。

　　b.　我走{了／著／甲}{呑死矣/脚攏酸矣}。

㊲　a.　跑得我{累死了/脚都酸了}。

　　b.　??走甲我{呑死矣/脚攏酸矣}。

㊳　a.　那段山路跑得我{累死了/脚都酸了}。

　　b.　?*彼段山路走甲我{呑死矣/脚攏酸矣}。

㊴　a.　他{怕/緊張}得要死。

　　b.　伊{驚/緊張}{了／著／甲}會死。

㊵　a.　他{怕/緊張}得很。

　　b.　*伊{驚/緊張}{了／著／甲}{真/足}。

The treatment of 得 as an achievement phase marker, or a quasi-aspect marker, not only accounts for the fact that V+得 disallows cooccurrence with aspect markers and duration complements, but also explains why 得 must be attached to the preceding verb and why it is impossible for an object NP to occur between the precedind verb and 得. Note that while 得 receives full tone in coordinative compounds such as 獲得, 取得, 贏得, 博得, it receives neutral tone in complex verbs such as 認得, 記得, 變得, 使得. Note also that the Mandarin 得 is parallel in syntactic and semantic function to the Southern Min phase markers 了 (〔liau; lə〕) and 著 (〔tioh〕). Note further that 得 must occur along with the preceding verb, but may occur without the following complement, as showu in ㉖ and ㊶.

㊶　a.　看你美得〔$_{S'}$ ϕ〕。

　　b.　瞧你説得〔$_{S'}$ ϕ〕。

(Ⅱ) Second, which is the main predicate of the sentence, the matrix verb that precedes the particle 得, or the constituent verb phrase that follows it? Both are predicates in terms of predication theory and their syntactic behaviors, but the matrix predicate seems to

function more like the main predicate, because it is
the matrix predicate that is the obligatory constituent
of the sentence (as shown in ㉖ and ㊶) and it is also
the matrix predicate that subcategorizes the occrrence
of the complement sentence. Nevertheless, the consti-
tuent verb phrase and adjective phrase contained in
the sentential complement is also a 'main' predicate
within its own clause, which means that there are two
predications, one in the matrix sentence and the other
in the complement sentence. Thus rather than making
a hard-and-fast choice between 'the Primary Predication
Hypothesis' and 'the Secondary Predication Hypothesis'
❶, we opt for 'the Double Predication Hypothesis'. Note
that there are a few three-term predicates in Mandarin
(e.g., 待, 做) which subcategorize for an object NP
followed by an adjective complement. Note also that in
Southern Min adjectives may occur as a descriptive
complement without 了, 著, 甲 preceding them. In both
cases, adjective complements may form a V-not-V
question, as illustrated in ㊷ and ㊸.

㊷　a.　他待朋友很親切。/他待朋友親切不親切？

---

❶ See the discussion of these two hypotheses in Huang
(1988).

    b. 他做事情一向很謹慎。/他做事情一向謹慎不謹慎？

⑷ a. 伊走足緊。/伊走有緊(抑)無緊？

    b. 伊跳舞跳真水。/伊跳舞跳有水(抑)無水？

If a V-not-V question is triggered by the '+〔WH〕' morpheme dominated by INFL as argued in Huang (1988), then these adjectives should be contained in a sentence (IP), regardless of whether they are analyzed as occurring in a complement position or in an adjunct position. Although it is easier for the complement predicate to form a negation and a V-not-V question than the matrix predicate (as in ⑫ through ⑭), yet this may be due to Ernst's 'Chinese Information Principle', which states in effect that Chinese keeps the new, asserted information as focused as possible by isolating it after the verb, or more generally 'From Old to New Principle', which states in effect that in unmarked cases constituents representing new and important information tend to be placed at the end of the sentence. In this sense, the matrix predicate is predicated of the matrix subject, and the resultative complement containing the constituent predicate is in turn predicated of the matrix sentence. This will account for the fact that the focus of negation and question tends to fall on the focus of information which is represented by the resultative complement in this case.

㊹　a.　他跑得很累。

b.　他{不*(是)/沒有}跑得很累。

c.　他跑得{不(是)/沒有}很累。

d.　??他跑不跑得很累？

e.　他跑得累不累？

(Ⅲ) Third, what is the syntactic category and constituent structure of the resultative complement? Is it simply an AP or a VP, or is it an S (=IP/TP) or an S' (=CP)? And how is it related to the rest of the sentence? We have analyzed both inchoative and causative complements as S or S', which may have as subject a lexical NP or an empty pronoun in the case of inchoative complement, but only an empty pronun in the case of causative complement. The S-structure as well as D-structure representations of inchoative and causative complements are schematically shown below.

㊺　他累得站不起來。

```
                    TP
                   /  \
               NP      T'
               他ᵢ    /  \
                    T     AgP/PrP  ●
                         /  \
                     (tᵢ)    Ag'/Pr'
                            /  \
                      Ag/Pr     VP
                      累得ⱼ      |
                                V'
                               /  \
                              V    S'
                              tⱼ   △
                                  Proᵢ 站不起來
```

---

⑳ 'AgP' and 'PrP' stand for 'agreement phrase' and 'predicate phrase', respectively. See Larson (1988) and Bowers (1989) for the justification of motivating a rule of Verb-Raising and postulating a structural configuration similar to the one presented here.

⑯ （那段山路）累得他站不起來。

$$
\begin{array}{c}
\text{TP (=S)} \\
\text{NP} \qquad \text{T'} \\
\text{（那段山路）} \\
\text{T} \qquad \text{AgP/PrP} \\
\text{Ag'/Pr'} \\
\text{Ag/Pr} \qquad \text{VP} \\
\text{累得}_j \\
\text{NP} \qquad \text{V'} \\
\text{他}_i \\
\text{V} \qquad \text{S'} \\
t_j \qquad \triangle \\
\text{Pro}_i \ \text{站不起來}
\end{array}
$$

The empty pronoun occurring in the resultative complement is very much like the controlled empty pronoun (PRO in English) in the control construction. In the case of the inchoative complement, the controller is the matrix subject, while in the case of the causative complement, the controller is the matrix object, as illustrated in ⑰, ⑱ and ⑲.

⑰ a. 〔他〕ᵢ 醉得〔〔Pro〕ᵢ 站不起來〕。

　　b. （那瓶酒）醉得〔他〕ᵢ 〔〔Pro〕ᵢ 站不起來〕。

　　c. ？〔他〕ᵢ, 那瓶酒醉得〔〔Pro〕ᵢ 站不起來〕。

⑱　a.　〔他〕ᵢ 騎得 〔〔Pro〕ᵢ 很累〕。

　　b.　〔他〕ᵢ 騎那一匹馬騎得 〔〔Pro〕ᵢ 很累〕。

　　c.　那一匹馬，〔他〕ᵢ 騎得 〔〔Pro〕ᵢ 很累〕。

⑲　a.　他騎得 〔那匹馬〕ᵢ 〔〔Pro〕ᵢ 很累〕。

　　b.　他把 〔那一匹馬〕ᵢ 騎得 〔〔Pro〕ᵢ 很累〕。

　　c.　?〔那一匹馬〕ᵢ，他騎得 〔〔Pro〕ᵢ 很累〕。

The empty pronoun may also refer to, or be controlled by, the entire matrix sentence⓴, as illustrated in ㊿.

㊿　a.　〔他輸〕ᵢ 得 〔〔Pro〕ᵢ 出了大家意料之外〕。

　　b.　〔他慘敗〕ᵢ 得 〔連自己也無法相信 (Proᵢ?)〕。

---

❷　The Pro in sentence ⑲c may also be interpreted as coreferential to the matrix subject ('他'), in which case the S-structure is derived from the D-structure underlying ⑲b (=⑱b=(i)) by preposing the object NP (as in (ii)) and deleting one of the reduplicated verbs ('騎') (as in (iii)) as a consequence of haplology.

（ⅰ）　〔他〕ᵢ 騎那一匹馬騎得 〔〔Pro〕ᵢ 很累〕。

（ⅱ）　那一匹馬 〔他〕ᵢ 騎騎得 〔〔Pro〕ᵢ 很累〕。

（ⅲ）　那一匹馬 〔他〕ᵢ 騎得 〔〔Pro〕ᵢ 很累〕。

❷❷　This may be subsumed under what Williams (1985) calls 'S-control', and furthermore, the empty subject occurring in the descriptive complement seems to fall under this category; e.g., '〔他寫字〕ᵢ 寫得 〔〔Pro〕ᵢ 很快〕'.

In addition, the constituent subject can be an overt NP instead of an empty pronoun, as illustrasted in (51).

(51) a. 他氣得〔他太太都嚇壞了〕。
b. 他罵得〔所有在場的人不敢抬頭看他〕。

(Ⅳ) Lastly, what is the syntactic motivation which lies behind the reduplication or copying of the matrix verb when followed by an object NP, and how is this reduplication or copying licenced? Li (1985) attempts to account for the presence of the 'reduplicated' verb occurring between the object and the complement (e.g., the underlined verbs 氣 and 躺 in (52) by resorting to the Case Filter; namely, the reduplicated verb is required in order to assign Case to the complement. However, this would mean, among other things, that even intransitive verbs like 躺 in (52)b will assign Case and, furthermore, adjective phrases like 很舒服 and embedded setences like 渾身發抖 in (52) must also receive Case. In addition to this seemingly unnecessary extension of the Case Filter, the proposed mechanism of Verb-Copying, which creates a new node in the P-marker and inserts a phonologically realized lexical item, is descriptively too powerful a device to employ.

⑤② a. 他（氣太太）氣得渾身發抖。

　　 b. 他（躺在水床上）躺得很舒服。

Furthermore, examples in ⑤③ show that Verb-Copying is not obligatory at least in some dialects, and sentences ⑫a, b show that with certain verbs an AP may occur immediately after the object NP without triggering Verb-Copying. ⓯

⑤③ a. 我們實在感激你的了不得。（丁西林）

　　 b. 他掛念小明得不得了。（巴金）

　　 c. …，早就恨得小芹了不得。（趙樹理）

　　 d. 在會上數他發言次數多攻得我也最猛烈。（《人民文學》）

　　 cf. 我們剛吃完了飯，你的電話就來了，急得我要命。（丁西林）

C.J. Tang (1990a, b), on the other hand, suggests that the so-called 'reduplicated' or 'copied' verb following the object is in fact base-generated as a main verb, while the 'root' verb preceding the object is also base-generated and along with its complement functions as

---

⓯ Examples in ⑤③ are indirectly quoted from Li (1963:402, fn.1).

an preverbal adjunct, or what she calls a 'domain' adverbial. Thus in her analysis the structural description of (52) will be something like (54).

(54) a. 他〔VP〔AdP 氣太太〕〔VP 氣得渾身發抖〕〕。
b. 他〔VP〔AdP 躺在水床上〕〔VP 躺得很舒服〕〕。

Our proposal concerning the structural description of (52) is closer to her analysis, but instead of analyzing a VP as an adverbial phrase, we will simply treat (52) as a case of independently existing 'serial VP' constructions with the structural description of (55).

(55) a. 他〔VP 氣太太〕〔VP 氣得渾身發抖〕。
b. 他〔VP 躺在水床上〕〔VP 躺得很舒服〕。

Sentences (56) show that structural descriptions like those in (55) are independently necessary, and (57) and (58) show schematically how these structural descriptions might be generated ('JP' means 'conjoined' or 'coordinate' phrase).

(56) a. 會場上〔AP 一片寂靜〕〔AP 靜得針落地上的聲音都聽得見〕。(朱自清)

b. 昌林〔VP 可把腦袋扭過一邊〕〔VP 光笑〕〔VP 笑得傻裏傻氣的〕。(康濯)

c. 問得大家〔VP 又笑起來〕，〔VP 比剛才笑得更響亮、更長久〕。(趙樹理)

d. 當初我〔VP 賣給你〕〔VP 賣得真便宜〕。(老舍)

e. 他講呀、講呀、講的一直講個不停。

f. 他說話，說了半天，說得不清不楚。

⑤⑦ a.

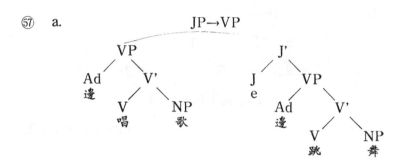

b.

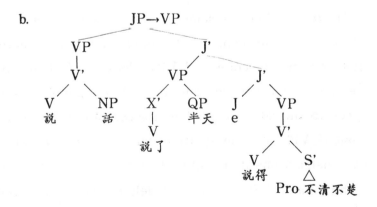

⑱ a.

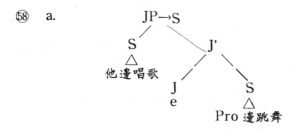

b.

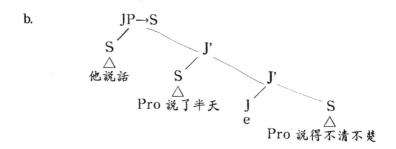

However, there is some evidence which seems to indicate that the 'copied' VP, which may derive as the first conjunct of conjoined VPs, does in fact behave like an 'deverbalized adjunct'. For example, sentences ⑲ and ⑳ show that while the object NP in the 'copied' VP' may be omitted but may not occur in BA-constructions or passivized sentences, the object NP in the 'main' VP may not be deleted but may occur in BA-constructions and passivized sentences.

㉟ a. 張三ᵢ〔〔騎馬〕〔騎得〔Proᵢ 很累〕〕〕。

    b. *張三ᵢ把馬騎得〔Proᵢ 很累〕。

    c. *馬被(張三ᵢ)騎得〔Proᵢ 很累〕。

    d. 張三ᵢ(騎馬)騎得〔Proᵢ 很累〕。

⑥⓪ a. (張三)〔騎得馬ᵢ〔Proᵢ 很累〕〕。

    b. (張三)〔把馬ᵢ 騎得〔Proᵢ 很累〕〕。

    c. 馬ᵢ〔被(張三)騎得〔Proᵢ 很累〕〕。

    d. (張三)〔騎得*(馬ᵢ)〔Proᵢ 很累〕〕。

The ungrammaticality of ㉟c and the grammaticality of ⑥⓪c are reminicent of Visser's Generalization, which states to the effect that only object-control predicate undergo Passivization, but subject-control predicate cannot ❹. On the other hand, the grammaticality of ㉟d and the ungrammaticality of ⑥⓪d are in agreement with Bach's Generalization, which states to the effect that only subject-control verbs, but not object-control verbs, may omit their objects ❺. These grammatical judgments are in accord with our analysis that the inchoative resultative are subject-control complements while the causative resultative are object-control complements.

❹ cf. Visser (1973) and Huang (1989b).

❺ cf. Bach (1979) and Huang (1989b).

Our analysis, though similar to Huang (1989b) in
its basic treatment of the resultative complement, differ
from each other in the following respects.

（Ⅰ）While Huang (1989b:2, fn.8) seems to think
that the resultative clause does not occur as an oblig-
atory complement that is a sister to the V+得, but
rather as an optional adjunct, we explicitly treats the
resultative clause as an obligatory complement that is
a sister to the V+得. However, Huang (1989b, 17) also
says that the V in the V+得 'selects and theta-marks
the resultative', which should mean that the V+得
subcategorizes for the resultative clause.

（Ⅱ）While Huang (1989b: 28, fn.13) maintains that
'張三哭得李四很傷心', with the D-structure representa-
tion of '〔張三〕ᵢ 哭得〔李四〕ⱼ〔Proᵢ/ⱼ 很傷心〕' could be
interpreted in two ways (i.e., transitive and causative),
we think that these two interpretations are derived
from two different D-structure representations; namely,
'〔張三〕ᵢ 哭得〔〔李四〕ⱼ 很傷心〕' and '〔張三(的死)〕哭得
〔李四〕ⱼ〔Proⱼ 很傷心〕'. In other words, our analysis
allows lexical subjects for the inchoative resultative,
but not for the causative resultative, This also shows
that while Huang (1989b) makes a three-way distinc-
tion (i.e., (pure) intransitive, transitive and causative)

among the resultative complements, our analysis makes only a two-way distinction (i.e., inchoative-intransitive and causative-transitive).

(Ⅲ) While Huang (1989b) analyzes the V+得 as a 'complex predicate' without committing himself to the final analysis of the morphological and syntactic status of 得, our analysis ventures to postulate the 得 as a phase marker that forms a complex verb with a preceding verb.

(Ⅳ) Huang (1989b:28, f.13) maintains that the NP in 'NP 哭得〔Pro 很傷心〕' may be understood as Agent or as Patient and that the addition of an internal Theme argument would turn the sentence with the Agent NP into the transitive while the addition of an external Causer argument would turn the sentence with the Theme NP into the causative. Our analysis, however, proposes that the NP in 'NP 哭得〔Pro 很傷心〕' may be only understood as Agent while the NP in 'NP 傷心得〔Pro 流出眼淚〕' may be only understood as Patient (or Experiencer). In other words, 'NP 哭得〔Pro 很傷心〕', in which the only NP is Agent, is an inchoative-intransitive sentence, while 'NP 哭得 NP〔Pro 很傷心〕', in which the second NP is Patient, is a causative-transitive sentence, and they derive from

entirely different D-structures with two distinct pre-
dicates: the inchoative-intransitive 哭得 (+〔__S'〕) and
the causative-transitive 哭得 (+〔__NP S'〕).

（Ⅴ）While Huang (1989b:28ff) uses the structural
analysis '〔張三〕ᵢ 哭得〔他〕*ᵢ/ⱼ〔Pro 很傷心〕' to explain
the disjoint reference between 張三 and the pronoun
他, and the structural analysis '〔張三〕ᵢ 哭得〔自己〕ᵢ
〔Pro 很傷心〕' to explain the binding of the anaphor 自
己 by 張三, our analysis suggests the structural analy-
sis '〔張三〕ᵢ 哭得〔{*他ᵢ/Proᵢ/自己ᵢ}很傷心' to account for
the relevant phenomenon. ❷

* 本文初稿應邀於1991年5月3日至5月5日在美國 Cornell
  University 舉辦的 The Third North American
  Conference on Chinese Linguistics 上發表。

---

❷ We are not sure at this stage whether the embedded
resultative clause contains AGR and thus constitutes the
smallest governing category for the relevant pronominal
and anaphor. Note that sentences like '〔張三〕ᵢ 哭得〔(連)
〔自己〕ᵢ 都不好意思起來 〕' and '〔張三〕ᵢ 哭得〔(連)〔〔他〕ᵢ 的太
太〕都難過起來〕' are perfectly grammatical. And a con-
trast between '〔張三〕ᵢ 哭得〔Proᵢ 很傷心〕' and '*〔張三〕ᵢ 哭
得〔他ᵢ很傷心〕' might be parallel to the following contrast
in English, which may be accounted for by the 'Avoid
Pronoun' Principle.
（ⅰ） *He*ᵢ admitted 〔{*Pro*ᵢ/?? *his*ᵢ} crying miserably〕.
（ⅱ） *He*ᵢ was sad enough 〔{ *Pro*ᵢ/*for *him*ᵢ} to cry
      miserably〕.

閩南話否定詞的語意內涵與句法表現

(On the Semantics and Syntax of Negatives in Southern Min)

一、前　言

　　在許多的漢語方言裡，表示否定的詞語常不只有一個。因為除了單純的否定詞以外，還出現由這個否定詞與動貌詞或情態詞合音或合義而產生的「合體否定詞」（complex negative）。例如，在北平話裡，單純否定由‘不’來表示；‘不’與‘有’連用而形成‘沒有’，並經過簡縮而成爲‘沒’。‘不’並與‘用’及‘要’連用而分別形成‘甭’與‘別’的合音否定詞。其他，如在早期口語與書面語裡出現的‘休’、‘未’與‘非’等，也都可以分析爲‘不要’、‘沒

有'、'不是'等合音或合義否定詞 ❶。這種合體否定詞在古代漢語中卽已普遍存在 ❷，但是隨着年代而逐漸減少。這種否定詞的演變，似乎也顯示從上古漢語的「綜合形式」（單純詞）到現代漢語「分析形式」（複合詞與詞組）的發展趨向。

閩南話裡的否定詞，計有'唔〔m̩〕、無〔bo〕、燴〔be〕、無愛〔bo ai~buai〕、莫愛〔mai〕、（唔）免〔(m̩) bian〕、莫好〔m̩ ho(N)~m̩ mo〕'等❸。但是這些否定詞中，究竟那些是單純否定詞，那些是合體否定詞？合體否定詞又是那一個否定語素與那些動貌或情態語素如何合音或合義產生的？這些否定詞的語意內涵、出現分佈與句法表現又如何？各個否定詞在出現分佈上特定的限制或句法上特殊的表現應該如何規範或詮釋？爲了回答這些問題，我們先把 Li (1971)、Lin (1974)、Teng (1992) 與 Saillard (1992) ❹等人有關分析的重點加以介紹，然後再提出我們的評述與自己的分析。

二、 Li (1971) 的有關分析

Li (1971) 分析閩南話的兩個否定詞'無'與'唔'❺，並認爲

---

❶ 關於北平話否定詞的討論，參湯(1993b)。

❷ 例如，除了'不'以外，尚有'無、毋、莫、勿、亡、末、弗、非、否、未、微、盍'等，參湯(1993a)的有關討論。

❸ 另外有'不'與'非'多出現於文讀的複合詞與成語，或來自北平話的借詞；例如'不過〔put. ko(文讀)；m̩ ko(白讀)〕、不但、不時、不便、不孝(子)、不二價、不仁不義、玉不琢不成器'與'非常(時)、非類、非正式、非賣品、非池中物'等。

❹ 我們以中文姓氏來代表中文著作，並以英文姓氏來代表英文著作。

❺ 由於閩南話裏的許多詞語都牽涉到「有音無字」的問題，我們盡量設法尋找適當的字來代表這些詞語：一方面多方參考前人文獻裏已經使用的
(→)

其他否定詞的語意及句法功能與這兩個否定詞極為相似。'無'是
'有'的否定，因而在語意及句法上與'有'相對應(如①句)。'唔'
實際上代表'唔₁'與'唔₂'，兩個在語意與句法上彼此獨立的語素
，因而在句子裡呈現不同的出現分佈（如②到④句)❻。試比較：

①　伊{有／無}來。
②　伊{會／繪}來。
③　伊{欲／唔}來。
④　伊{是／*繪是／唔是}臺灣人。

根據以上的出現分佈，Li (1971:207) 把'無'〔bo〕、'繪'〔be〕與
'唔₁'〔m̩〕分別分析為否定語素(Neg(ative))與'有'〔u〕、'會'
〔e〕與'欲'〔beh〕的合體，並把'唔₂'〔m̩〕分析為單純的否定詞。這
些否定詞裡，否定語素與後面動詞的合義與合體關係以及'無'
、'唔₁'與'唔₂'的詞項記載可以分別用⑤a.與⑤b.來表示。

⑤　　a.　Neg ＋'有' → '無'

字；一方面根據「義近」與「音似」兩個標準來做適當的選擇、修改或
補充。如果找不到同時滿足這兩個標準的字，就權宜地選擇「義近」的
字來代表實詞，而選擇「音似」的字來代表虛詞。如果實在找不到適當
的字，就暫且以北平話裡所使用的字來代替。又為了減少印刷的麻煩，
我們在這篇文章裡盡可能避免另造形聲字來代表閩南話詞語的做法。
❻ 有關 Li (1971) 內容的重點介紹，參 Saillard (1992:5-12)。又為了
統一整篇論文的用字，並為了分析上的方便，本文在介紹前人文獻時用
來代表閩南話否定詞的漢字，與這些文獻中所使用的漢字並不盡相同。
又為了行文的方便，我們把有關論文的部分評述(尤其是有關例句的分
析與合法度判斷)記載於附註中。

$$Neg + `會' \rightarrow `燴'$$
$$Neg + `欲' \rightarrow `唔_1'$$
$$Neg + \phi \rightarrow `唔_2'$$

b.　'無'　　　　　　　　　　　'唔₁'

$$
\begin{bmatrix}
+neg \\
+completive \\
+existence \\
+V \\
-\rule{1.5em}{0.4pt}\text{[-transition]} \\
+\rule{1.5em}{0.4pt}\text{Adj} \\
+\rule{1.5em}{0.4pt}\text{NP} \\
+\rule{1.5em}{0.4pt}\text{PP} \\
+\rule{1.5em}{0.4pt}\text{Aux} \\
+\rule{1.5em}{0.4pt}\text{VM}
\end{bmatrix}
\qquad
\begin{bmatrix}
+neg \\
-completive \\
-existence \\
+V \\
-\rule{1.5em}{0.4pt}\text{[-transition]} \\
+\rule{1.5em}{0.4pt}\text{Adj} \\
-\rule{1.5em}{0.4pt}\text{Np} \\
+\rule{1.5em}{0.4pt}\text{PP}
\end{bmatrix}
$$

'唔₂'

$$
\begin{bmatrix}
+neg \\
-completive \\
-existence \\
-V \\
+\rule{1.5em}{0.4pt}\text{[-transition]} \\
-\rule{1.5em}{0.4pt}\text{Adj} \\
-\rule{1.5em}{0.4pt}\text{NP} \\
-\rule{1.5em}{0.4pt}\text{PP} \\
-\rule{1.5em}{0.4pt}\text{Aux} \\
-\rule{1.5em}{0.4pt}\text{VM} \\
-volition \\
+Neg
\end{bmatrix}
$$

⑤的分析顯示：除了語意內涵上的差別以外，'唔'與'無'在句法範疇與功能上也屬於不同的詞類：'唔₁'與'無'是動詞，而'唔₂'則是副詞。又'唔₁'與'無'雖然同屬於動詞，但是二者在「次類畫分」（subcategorization）却有區別：'唔₁'只能出現於形容詞（Adjective）或介詞組（PP）的前面；而'無'則可以出現於形容詞、名詞組（NP）、介詞組、（情態）助動詞（Auxiliary）與狀語（Verbal Modifier）的前面。至於'唔₂'，則只能出現於含有「非轉變」（〔-transition〕）這個語意屬性的極少數動詞（如'是'與'知影'）的前面。下面⑥到⑫的例句，說明'無'、'唔₁'與'唔₂'三種否定詞之間不同的出現分佈。試比較：

⑥　伊｛無／唔₁〔❼〕／*唔₂｝老實。（形容組）

⑦　伊｛無／*唔₁／*唔₂｝屑。（名詞組）

⑧　伊｛無／唔₁／*唔₂｝著塍唉。（介詞組）❽

⑨　伊｛無／*唔₁／*唔₂｝愛來。（助動詞）❾。

---

❼　我們認爲：'唔₁＋老實（形容詞）'只能出現於條件句裡；例如，'伊若唔₁（肯）老實，就逼（互）伊老實'。

❽　我們認爲：在⑧裡單獨出現的'著塍'（＝'在田裡'）應該分析爲由述語動詞'著'與處所補語'塍'合成的動詞組（VP）；只有在述語動詞前面出現的時候（如'伊著塍（著）做工'）才分析爲狀語介詞組。'著塍'的述語動詞功能可以從'伊有著塍抑無（著塍）？'的選擇問句與'伊有著塍無？'的正反問句裡看出來。

❾　我們認爲：⑨裡與'唔₁'或'唔₂'連用的'愛來'可以出現於條件句中；例如，'伊若唔愛來，就莫愛來'。參上面例句⑥的合法度判斷與❼。Li（1971:205, fn. 6）本人對於⑨句裡'唔₁愛'的合法度判斷也有所保留，却認爲只有把'愛'分析爲主要動詞的時候'唔₁愛'才能變成合法或可以接受。

⑩　伊{無／*唔₁／*唔₂}真好。（狀語）⑩

⑪　伊{*無／*唔₁／唔₂}是學生。（非轉變動詞'是'）

⑫　伊{*無／*唔₁／唔₂}知影。（非轉變動詞'知影'）

　　綜合 Li（1971）有關'唔'與'無'的分析，除了區別'唔₁'與'唔₂'以外，並在假設抽象的否定語素或否定「形符」（grammatical formative）'Neg' 之下區別'唔₁'（＝Neg＋'欲'）、'唔₂'（＝Neg＋φ）與'無'（＝Neg＋'有'）的語意內涵，且用次類畫分的方式來規範這些否定詞與各種句法範疇之間的連用限制或出現分佈。

三、Lin（1974）的有關分析

　　Lin（1974）指出：在詞法身分上，'唔₂'屬於「粘著語素」（bound form）或「依後成分」（proclitic）；所以不能單獨出現，而必須「依附」（cliticized to）於後續的句子成分。這就說明：在閩南話的選擇問句中，為什麼'無'、'𣍐'與'唔₁'都可以單獨出現於句尾，而'唔₁'則無法出現於這個位置。我們也可以指出：'無、𣍐、唔₁'都可以單獨用來回答問話，而'唔₂'則

---

⑩　我們認為：⑩裡的'真好'應該分析為由程度副詞'真'與形容詞'好'合成的形容詞組（AP）；'無'所否定的不只是程度副詞'真'，而是整個'真好'。因此，⑩與⑥基本上都屬於形容詞（組）的否定；'好'及'老實'與否定詞之間的連用限制也基本上相似。唯一的差別是：'老實'比'好'更容易與情態動詞連用（試比較：'做人愛{老實／？好}'）。我們的分析預測：'好'也與'老實'一樣，可以在條件句與'唔₁'連用；例如，'伊若（講）唔₁好，就叫別人'。

不能如此使用。試比較：

⑬　"伊有來抑是無(來)？""{有／無}(來)。"

⑭　"伊會來抑是燴(來)？""{會／燴}(來)。"

⑮　"伊欲來抑是唔₁(來)？""{欲／唔₁}(來)。"

⑯　"*伊敢來抑是唔₂*(敢來)？""{敢／唔₂*(敢來)}。"❶

⑰　"*伊是學生抑是唔₂*(是學生)？""{是／唔₂*(是學生)。"❷

---

❶　在⑯與⑰的問句與答句裡，只要'唔₂'與情態動詞'敢'或判斷動詞'是'連用，這些句子就可以成立；'敢'後面的主要動詞('來')或'是'後面的補語名詞('學生')則可省可不省。又⑯的例句顯示：'唔₂'可以出現於情態動詞'敢'的前面，而在❾的討論以及'伊(唔)肯來'、'汝(唔)免來'、'汝(唔)好入來'與'伊(唔)願來'等例句裡我們也發現'唔₁'或'唔₂'出現於情態動詞前面的用例。因此，我們認為：只有'無'可以出現於情態動詞前面這個連用限制並不周延。而且，'愛、肯、免、好、願(意)、情願'等情態動詞本身已經表示主語名詞組的主觀意願；所以在這些情態動詞前面出現的'唔'，究竟應該分析為'唔₁'抑或'唔₂'，也不無疑問。又我們認為：閩南話與北平話一樣，除了趨向助動詞'來'與'去'是唯一可能的例外以外，一般所稱的「情態助動詞」(modal auxiliary)事實上只是「情態動詞」(modal verb)。因為漢語的大多數情態動詞都屬於「受主語控制」(subject-control)的「控制動詞」(control verb；如'{他(不)／伊(哈)}{愛／肯} Pro (代表「空號代詞」(empty pronoun)) 來]')，而極少數情態動詞則可能屬於以子句為補語的「提升動詞」(raising verb)；如'{他(不){會／可能}／伊(勿)會／(無)可能}}來'則從'e (代表「空號節點」(empty node)){{(不){會／可能}／{(勿)會／(無)可能}}{他／伊}來]'的基底結構衍生)，在句法表現上與一般的「控制動詞」或「提升動詞」並沒有什麼兩樣，因而殊無另立「情態助動詞」這個句法範疇的需要。不過，我們的分析與結論都與'愛、肯、(情)願'之應否屬於情態動詞或助動詞並無直接的關連。關於漢語情態動詞句法功能的討論，參 Li & Thompson (1981: 172-182) 與湯 (1984)；而關於漢語情態動詞在句子的基底結構所出現的位置以及到表層結構的衍生過程，則參 Lin & Tang (1991)。

❷　我們也注意到：閩南話的'是'與'知影'是可以比照北平話以"動詞＋否定＋動詞"的句式形成正反問句的極少數的例外動詞；例如，'伊是唔是學生？'、'汝知影唔知影伊的名？'。

Lin（1974）的主要貢獻在於從詞法的觀點來支持閩南話裡確實有兩種'唔'的存在與區別：一種'唔'屬於自由語素，因而可以獨立使用，甚至可以單獨成句；另一種'唔'則屬於粘著語素，固而不能獨立使用，更不能單獨成句。這兩種'唔'的區別似乎與前面'唔₁'與'唔₂'的區別吻合，因而間接支持 Li（1971）的分析。

四、Teng（1992）的有關分析

Teng（1992）討論'唔'、'𣍐'與'無'三個否定詞，並分別以"無意願（intention not to；與「行動動詞」（action verb）連用時）；相對（contrary；與「狀態動詞」（state verb）連用時）"、"無可能（unlikelihood；與行動動詞連用時）；相反（contradictory）或相對（與狀態動詞連用時）"與"不存在（non-existence；不論與行動或狀態動詞連用時）"這三種語意內涵分派給這三個否定詞 ⓭。他還認爲：在閩南話的否定詞中，'唔、未、免'是由單一的語素形成的「單語素詞」(mono-morphemic word)，而'無、𣍐、𣍐、莫'是由兩個語素合成的「雙語素詞」 (bi-morphemic word) ⓮；而且，'唔'是現代閩南話的「原始

⓭ Teng（1992:610）也提到'免、未(但出現於複合副詞'猶未'〔ia-boe〕)、𣍐(相當於我們的'莫愛'〔mai〕)'等，但沒有做更進一步的分析與討論。

⓮ 但是他並沒有說明：「單語素詞」與「雙語素詞」的區別是如何界定的。如果說語素的數目是純靠語意來決定的，那麼'未'（'已'的否定）與'無'（'有'的否定）的詞義都含有否定與時間或動貌的雙層意義（'未'在'未必、未免、未亡人、未定草、未卜先知、未雨綢繆、革命尚未成功'等文言或書面語說法裡都做'(還)沒有'解，讀音的〔boe〕也暗示在表示否定的〔b-〕或〔bo-〕外還有其他語素的存在）；又日語裡'未'的讀音〔mi〕(反映《切韻》的「吳音」)與〔bi〕反映長安音的「漢音」)也(→)

否定語素」（primitive negative morpheme），其他的「雙語素否定詞」（bi-morphemic negative）⑮ 都可以分析爲‘唔’與（情態）動詞‘有、會、愛、好’等的合音：

⑱　a.　唔　＋有　→　無〔m̥＋u → bo〕⑯

表示這個詞裡除了代表否定的〔m-〕與〔b-〕以外還含有其他語素，並與‘無’的吳音〔m-u〕及漢音〔b-u〕相對應；就是‘唔’也依照其語意分析應該含有否定語素與表示意願的情態語素。另一方面，如果說語素是純靠語音來決定的，那麼‘無、𣍐、勿愛、莫’都可能要分析爲〔b-o〕、〔b-e〕、〔m-ai〕、〔m-mo〕，因而非得承認：漢語的語素除了可以由「音節」擔任以外，也可由「音素」或「聲母」擔任。結果，漢語的「單音(節)詞」（monosyllabic word）不一定就是「(單語素)單純詞」（(mono-morphemic) simple word），也可能是「雙語素複合詞」（bi-morphemic compound word）；連北平話的‘甭’與‘別’也都要分別分析爲〔b-eng〕與〔b-ie〕的雙語素複合詞了。(按：Chao（1968:747）認爲‘甭’與‘別’分別是‘不用’與‘勿要’的「合音」（fusion），但並沒有主張‘甭’與‘別’是複合詞。)又‘免’〔bian〕與‘唔免’〔m-bian〕都表示‘不必、無需’(如‘汝(唔)免來’)，因而‘免’在語意上也可能屬於雙語素，在語音上也含有可能表示否定語素的〔b-〕。

⑮　Teng（1992:611）這段敍述又似乎暗示‘未’與‘免’也可能是雙語素詞，但是下面⑱的說明並沒有包括這兩個詞。

⑯　在我們的分析裡，Teng（1992）的‘無、𣍐、勿愛、莫’可以分別由‘無有、無會、莫愛、莫好’來表示。這樣的分析與表示法有下列幾點好處：(一)所有合音或合義否定詞都用兩個漢字來代表；(二)凡是含有‘無’的否定詞都讀〔b-〕音，而含有‘莫’的否定詞都讀〔m-〕音；(三)‘無’表示不存在(即‘沒有’)，而‘莫’則表示勸止(即‘不要’)。如此，‘莫好’(〔m̥+ho→m̥ hoN ~ m̥ mo〕)的含義與讀音都比‘莫’清楚；‘無愛’(〔bo+ai→bo ai ~ buai〕)與‘莫愛’(〔m+ai→mai〕)在含義與讀音上的區別也與‘汝無(有)愛伊’與‘汝唔好愛伊’的差別相對應。‘無有’與‘沒有’的表示法也似乎有助於閩南話與北平話否定詞的比較分析：(一)閩南話裡‘無有’與‘唔有’之間的語意關係，一如北平話由‘沒有’與‘不有’之間的語意關係；(二)‘唔’在‘有’之前變爲‘無’音，一如‘不’在‘有’之前變爲‘沒’音(即‘唔→無／＿有；不→沒／＿有’)；(三)‘無有’必須合音而成爲‘無’〔bo〕，‘沒有’不合音但可以簡縮爲‘沒’〔mei〕(即‘無有→無；沒有→沒(有)’)；(四)‘無(有)’與‘唔’之間形成互補分佈，一如‘沒(有)’與‘不’之間的形成互補分佈。

b. 唔 ＋會 → 繪〔m̩＋e → be〕

c. 唔 ＋愛 → 勿愛〔m̩－ai → mai〕

d. 唔 ＋好 → 莫〔m̩－ho → m̩ mo〕

Teng（1992:611-612）認為：'唔'是閩南話裡唯一表示「單純否定」（simple negation）的否定詞，並且可以與行動動詞或狀態詞連用，却不能與「變化動詞」（process verb）連用。另一方面，'無'則用來表示「泛稱否定」（generic negation），並與「過去時間」（past time）及「完成貌」（perfective aspect）發生關係。他還談到「相對否定」（contrary nega-tion）與「相反否定」（contradictory negation）的問題，並試圖以統一的概念整合'無'在閩南話的各種意義與用法。由於Teng（1992）是新近發表的論文，而且所涵蓋的範圍與所牽涉的問題也較廣、較多，所以在後面我們自己的分析裡再針對這一篇論文做更詳盡的評述。

五、Saillard (1992) 的有關分析

Saillard (1992) 的碩士論文，首先對前面所引述的幾篇論文做了簡單扼要的介紹以後，提出自己的觀點與分析，並順便對前人的文獻做了某些評述。她與 Teng（1992）一樣，並不在閩南話裡區別兩種不同的'唔'，而且也把'唔'視為表示單純否定的否定詞，但出現於行動動詞前面的'唔'則兼表主觀意願。至於其他的否定詞，則一律分析為「否定情態詞」（negative modal）；並依其音節數目的多寡，分為：(a)「單音(節)否定情態詞」、

(b)含有'會'的「雙音(節)否定情態詞」⓱與③其他雙音否定情態詞(可再細分為與'無'連用的(i)類及與'唔'連用的(ii)類)⓲，如下面⑲。

⑲　a.　無、燴、勿愛、免

　　b.　燴曉、燴使、燴得、燴當

　　c.　(i)　無愛、無應該、無應當、無可能；

　　　　(ii)　唔愛、唔捌、唔敢、唔肯、唔通

她認為：除了'唔'的「非情態用法」(non-modal use)⑲以外

⓱　Saillard (1992:23) 的原文是："在肯定式中出現於其他情態詞後面的「多音(節)情態詞」(polysyllabic negative modal)"。但是所舉的例詞都屬於以'會'為前項語素的雙音詞。

⓲　她的原文是："在肯定式中不出現於其他情態詞的多音否定情態詞"。但是在她所舉的例詞'應該、應當、可能'裡出現的'應、該、當、可、能'等語素都可以分析為情態詞。又'無愛'讀成〔bo ai〕時固然是雙音詞，但讀成〔buai〕時却是單音詞。

⑲　Saillard（1992:24）關於這一部分的文字與內容容易令人產生疑義。因為她在二十三頁20至21行中曾說："由'唔'否定的〔動詞〕都不帶情態成分"。同時，出現於名詞、動詞或形容詞前面的'無'並不表示特別的情態意義(除非把'有'所表示的「不存在」或「未實現」也解釋為情態意義)。另外，在「否定情態詞」中，'免'的情態來源與詞彙結構比較特別。例如，'免'〔bian〕不能分析為由表示否定的〔b-〕與另一語素〔-ian〕合成，因為我們根本不知道'-ian'這個語素可能代表什麼意義。又如，'免'的否定'唔免'却與'免'同義；除了雙音詞可能比單音詞更能強調免除或許可的情態意義以外，二者之間在意義與用法上似無差別(但參下面㉓)。雖然北平話裡也有肯定與否定同義的情形(如'好(不)容易才買到票'、'差一點(沒有)昏過去')，但是我們却推測；閩南話'免'(可以不、不必)的否定與情態意義，與北平話'休'(不要)的否定與情態意義一樣，都來自'免'的動詞用法(如'免禮、免稅')，然後在與其他「否定情態詞」的比照類推下(請注意在㉑a.的否定情態詞一覽表
(→)

，所有閩南話的否定詞都與情態詞有關，甚而與情態詞合音而成爲單詞(如⑲a.)的'無、燴、勿愛、免'等)；然後依照傳統的分類法，把這些否定情態詞分成(a)表示義務、許可、禁止、能力等的「意願情態詞」(deontic modal)與(b)表示推測、可能性等的「認知情態詞」(epistemic modal)。

⑳ a. （勿)愛、（無)應該、（無)應當、（勿)會使、
　　 （勿)會得、（勿)會當、（唔)通、免、唔敢、唔肯⑳

　 b. （無)有、（勿)會、（勿)會曉、（無)可能、唔捌㉑

接着，她在毫無分析與討論之下主張：(一)認知情態詞的'(勿)會'(如'這本册會眞重')是「提升動詞」㉒，因爲補語子句主語

裡，只有'免'沒有帶上否定語素)產生'唔免'的說法。這種由於比照類推而產生的錯誤用法也見於北平話裡'別'及'休'與'要'的連用('別'與'休'都表示'不要'而不應該再與'要'連用)；例如，'小囝兒，你別要說嘴'(《金瓶梅詞話》)，'你休要打我'(《救風塵》)。Saillard（1992：24)也承認'免'的特殊性，却在毫無討論之下認爲'免'是「非衍生詞」(non-derived word)。

⑳ 我們還可以加上表示禁止或勸止的'唔好'。

㉑ 把表示"所有、存在、完成"的'無、有'歸入認知情態詞似乎有些勉強。表示「完成貌」的'有'宜與英語的'have (V-en)'一樣歸入「動貌(助)動詞」(aspectual (auxiliary) verb)；表示能力的'(勿)會曉'也應歸入意願情態詞；表示經驗的'捌'應否歸入意願類也值得商榷。'(無)可能'的'可能'，除了充當情態詞以外，還可以有名詞用法(如'伊無{這／彼}個可能來做這款代誌)；而且，後面可以帶上其他情態詞(如'伊可能{會／會當／會曉／愛／應該／敢／免}來')，而這些情態詞與動詞都可以同時受到否定(如'伊無可能勿會唔來唉')。

㉒ Saillard（1992：25)這個主張是以郭（1992)的分析爲根據的，並在該頁脚⑬裡說：郭(1992)所稱的「控制動詞」(意願情態詞)與「提升動詞」(認知情態詞)精確地說應該是「(受)主語控制」的控制動詞與
(→)

〔其實也是母句主語〕不是由情態動詞來決定的，而是由子句的述語動詞來決定的；（二）意願情態動詞的‘免’是「主語控制動詞」，因為‘*這本册免眞重’的不合語法是由於母句主語（‘這本册’）與情態動詞‘免’的不能連用，而非由於子句主語（‘PRO’）與述語形容詞（‘眞重’）的不能連用㉓。此外，她也參考 Cheng（1981）

「（從主語）到主語」的提升動詞；又以‘可能’做為提升動詞分析時，由於補語子句的主語名詞組不必提升移位，因而導致母句主語位置的空缺，並與主張句子的主語位置必須填滿的「管（轄）約（束）理論」（GB theory）發生衝突云云。但是意願情態動詞是以含有空號主語的子句為補語的「二元述語」，因而只可能「受主語控制」，不可能「受賓語控制」；管約理論的「格位理論」（Case theory）與「論旨理論」（theta theory）也只允許「從主語到主語」的提升，而不允許「從主語到賓語」的提升，更不允許「從賓語到主語」或「從賓語到賓語」的提升。又把漢語認知情態動詞分析為提升動詞的理論問題主要有二：（一）如何以獨立自主的論證來支持漢語裡需要‘〔IP e V〔IP …〕〕’的基底結構，卽認知情態動詞是以子句為補語而非以子句為主語的述語動詞；（二）如何以獨立自主的論證來主張認知情態動詞的補語子句是「非限定子句」（non-finite clause），因而補語子句的主語名詞無法在子句內獲得格位而必須移入母句，以便獲得格位。管約理論僅以「擴充的投射原則」（the Extended Projection Principle）或「主謂理論」（predication theory）來規範有些自然語言的句子主語必須在表層結構出現。但這個主語可能是「實號名詞組」（overt NP），也可能是「空號代詞」（covert pronoun）；包括「小代號」（pro）與「空號填補詞」（null expletive））；而個別自然語言是否允許空號主語則是屬於「參數」（parameter）或「參數變異」（parametric variation）的問題。至於漢語應否承認空號填補詞的存在，那又是另外一個問題。又‘可能’除了充當情態動詞（如‘他可能會來’）以外，還可能充當副詞（如‘可能他會來’）；因此，‘可能’的出現於句首也不是一個問題。

㉓ Saillard（1992:25-26）這段分析與敍述並不完全正確。認知情態動詞是以命題或子句為陳述對象的（如‘〔〔這本册眞重〕會’或‘〔e 會〔這本册眞重〕〕’），所以充當母句述語的認知情態動詞對於補語子句裡主語名詞與述語動詞之間的連用限制完全不能過問。但是我們却不能據此認定這個認知情態動詞就是「提升動詞」（英語的‘will’也具有與閩南語的‘會’相似的句法與語意特徵，但是不能因而斷定英語的‘will’是提升動
（→）

所提供的語料來檢驗 Teng（1992）所提出的否定詞'唔、獪、無'與行動動詞、狀態動詞、變化動詞之間的連用限制，以及'無'與「泛稱否定」之間的連帶關係。她的結論是：她自己的調查結果與 Teng（1992）所做的結論頗有出入❷；而且，她也不同意

詞）。又「主語控制動詞」(subject-control verb) 要求補語子句的主語('PRO') 必須受到母句主語的控制（卽 PRO 與主語名詞必須「同指標」(co-indexed)）；母句主語與情態動詞之間的連用關係倒不是關鍵問題。情態動詞'免'的「意願來源」(deontic source) 是「說話者」(speaker)，而「意願對象」(deontic target) 是句子的主語名詞；因此，'免'做'可以不(做)'解時，主語名詞常用屬人名詞(如'{汝／伊}明仔早免來')。但是'免'做'不必'解時，主語名詞也可以用無生名詞(包括抽象的行爲名詞)，述語也可以是形容詞(如'(帶)厝(唔)免大(間)'與'(娶)某(唔)免水'；有些人認爲表示'不必'時，'唔免'似比'免'自然通順)。不過，這個時候主語名詞組通常都是「泛指」(generic)，而不是「殊指」(specific) 或「定指」(definite) 的。'這本册免{讀／印／送／推銷／出錢買}'這些例句，與'*這本册免眞重'一樣，都在表面上以'這本册'爲主語，並以'免'爲情態動詞，但都是合語法的句子。這是因爲在這些例句裡'這本册'充當主題並以「空號代詞」(pro) 爲主語，具有'〔這本册$_i$〔0_i〔pro 免 {讀／印／推銷／出錢買} t_i〕〕〕'('t'代表'這本册'或「空號運符」(null operator) 移位後所留下的「痕跡」(trace))'的句法結構分析。另一方面，'*這本册免眞重'却由於'這本册'的定指與述語形容詞'眞重'的選擇而不容易獲得'不必'的解釋；而把'免'解釋爲'可以不'並以'這本册'與'pro'分別充當主題與主語所分析的句子(卽'*〔這本册〔pro 免〔PRO 眞重〕〕〕')之所以不合語法，是由於補語子句的空號主語'PRO'並未受到母句主語'pro'的控制，反而受到主題名詞'這本册'的控制的緣故。根據「控制理論」(control theory)，「大代號」必須受到出現於「論元位置」(A-position) 的句法成分(如主語或賓語)的控制而尋得其指涉對象，不能以出現於「非論元位置」(A-bar position) 的主題爲其「控制語」(controller) 而獲得指涉對象。Saillard (1992) 的論文中出現不少有問題的分析與討論，我們不再一一詳細評述。

❷ 她在三十頁的註15中提到：這些出入的部分原因可能來自 Cheng (1981) 與她的語料是根據臺灣南部的閩南話，而 Teng (1992) 的語料是以臺灣北部的閩南話爲基礎。

只有‘無’能參與泛稱否定，因爲‘𣍐’與狀態動詞連用時也可以表示泛稱否定。最後，她還討論‘無’的句尾助詞用法、否定範域、否定詞提升、否定連用詞等問題。

六、我們的分析：兼評前人文獻

以上我們扼要介紹了 Li (1971)、Lin (1974)、Teng (1992)、Saillard (1992) 等論文的主旨，並利用附註對這些論文的部分內容做了評述。在這一節裡，我們要提出自己的分析與結論，並在進行分析的過程中針對以上論文的有關部分做更詳細的評述。

(一)我們把閩南話的否定詞分爲：(甲)讀成單音節的「單純否定詞」（simple negative），如‘唔、無、𣍐、無愛〔buai〕⑳、莫愛〔mai〕、莫好〔m mo〕㉖、免’以及(乙)讀成雙音節的「合成否定詞」（complex negative），如‘𣍐{曉／使／得／當}’。也就是說，只有否定詞在語音上變成「依後成分」（proclitic）而與後面的動詞「合音」（fusion）形成單音節時，才承認有「單詞化」(lexicalization) 的可能。至於單獨成音節的否定詞(包括‘唔’〔m̥〕)與動詞的連用，則一律視爲句法上的結合㉗。我們說這些否定詞有「單詞化」的可能，因爲我們認爲這

---

⑳　我們把讀成雙音節〔bo ai〕的‘無愛’分析爲否定詞‘無’與動詞‘愛’的連用。

㉖　這是 Teng（1992）‘莫’的讀音。如果這個讀音是讀成兩音節〔m mo〕，那麼我們就與〔m ho〕或〔m hoN〕的讀音一樣視爲否定詞‘唔’與情態動詞‘好’的連用。

㉗　這個觀點與我們對北平話否定詞的分析立場一致：只有合音的‘甭’與‘別’是單純否定詞，‘沒’是‘沒(有)’的「簡縮」(reduction)；而其他情形則一律視爲句法上的結合。

些否定詞以羅馬音拼字時應該拼成一個單詞，甚至不反對把這些否定詞用一個方塊字來書寫。但是我並不主張這些否定詞一定要以單詞的形式儲存於詞彙裡，因為除了儲存於詞彙之外還有其他可能的處理方式：例如，否定詞在句法結構裡獨立存在，然後在「語音形態」（phonetic form）裡才與後面的詞語（如情態動詞與動貌動詞等）合成單音節；一如英語的'{will/shall/must/ought/have}'等與否定詞'not'都在句法結構上各自獨立，而在語音形態上才合成'{won't/shan't/musn't/oughtn't/haven't}'。我們也注意到：這些否定詞裡否定語素'勿、無、莫'（其實都是否定語素'唔'幾種不同的語音形態或書寫方式）與動詞語素的結合，與'無聊、唔願、不服、勿忘草'等複合詞裡否定詞語素與其他語素結合的情形並不相同。'無聊、唔願、不服'裡的'聊、願、服'都是不能單獨出現或自由運用的粘着語，也不能直接受程度副詞的修飾而說成'*眞{聊／願／服}'。但複合詞'無聊、唔願、不服'是可以單獨出現而自由運用的自由語，也可以受程度副詞的修飾而說成'眞{無聊／唔願／不服}'；而且，在這些複合詞裡否定語素'無、唔、不'的「否定範域」（scope of negation）只限於複合詞內部，並不及於複合詞外部。反之，'𣍐、無愛、莫愛、𣍐曉、𣍐使'等否定詞裡的'會、愛、會曉、會使'本來就是可以單獨出現而自由運用的自由語；而且，否定語素'勿、無、莫'的否定範域也不限於這些「否定情態詞」的內部而及於外部。例如，在'我{無／𣍐／無愛／𣍐使}讀三本冊'的例句裡，所否定的不只是'有、會、愛、會使'等動貌或情態動詞，而且還包括'讀三本冊'。因此，'我無讀三本冊'並不表示'讀書'的行為根本沒有發生，而只表示所讀的書不到三本。另外，'〔〔勿忘〕草〕'

的詞法結構分析顯示，否定語素‘勿’修飾動詞語素‘忘’形成‘勿忘’之後，‘勿忘’再以定語的功能修飾名詞語素‘草’而形成獨立的複合名詞。反之，‘燴{曉／使}’則只能分析爲‘〔勿〔會{曉／使}〕〕’，而且並沒有形成複合詞；因爲‘會曉’與‘會使’本身是可以單獨出現的複合動詞，否定詞‘勿’本來也是獨立的詞，只是在語音上變成「依附成分」(clitic)而與後面的‘會’合音而已（與英語的‘not’變成依附成分‘n't’而與前面的動詞合音的情形並無二致）。因此，在句法結構上，‘勿’與‘會{曉／使}’是兩個獨立的詞；‘燴曉講英語’的詞組結構分析不應該是‘〔〔燴曉〕〔講英語〕〕’，而應該是‘〔勿〔會曉講英語〕〕’。就這點意義而言，Saillard (1992)所稱的「否定情態詞」(negative modal)可能是容易引人誤解的「誤稱」(misnomer)。

　　(二)在我們所列舉的否定詞中，唯一沒有與動貌詞或情態詞連用而單純地表示否定的是‘唔’[28]。Li（1971）、Teng（1992）與 Saillard（1992）都提到‘唔’的「意願意義」(volitional meaning)。Li（1971）認爲這個意願意義(〔+volition〕)是否定詞‘唔$_1$’(＝Neg＋欲)固有意義的一部分，因而把這個‘唔$_1$’與不具有意願意義的‘唔$_2$’(＝Neg＋ϕ)加以區別；並且還認爲‘唔$_1$’具有動詞的屬性(〔+V〕)而可以出現於「非變遷動詞」(〔−transition〕，如‘是、知(影)、敢’)以外的動詞[29]、形

---

[28]　這個觀點與 Li (1971) ‘唔$_2$’(＝Neg＋ϕ) 與 Teng (1992) ‘唔’的分析相似。我們與 Teng（1992）相同而與 Li (1971) 不同的是根據下述理由不在‘唔$_1$’與‘唔$_2$’之間做區別。

[29]　Li (1971:208) 爲‘唔$_1$’所規定的「次類畫分屬性」(subcategorization feature) 中，並沒有表示可以出現於動詞前面的‘+〔＿＿V〕’(→)

容詞或介詞組的前面，而 '唔₂' 則不具有動詞的屬性(〔—V〕)並只能出現於「非變遷動詞」的前面。如果我們細看 Li (1971: 208) 爲'唔₁'與'唔₂'所規範的語意句法「屬性母體」（feature matrix)，那麼不難發現這兩種否定詞的語意屬性'+neg, —completive, —existence'完全一樣，而句法屬性'____〔—transition〕, ____Adj, ____PP'的正負值則正好相反❸，而且都不能出現於名詞組的前面('—〔____NP〕')。以上的觀察顯示：'唔₁'與'唔₂'，除了「意願」與「非意願」的差異以外，所表示的語意內涵完全相同；而二者所出現的句法語境則形成「互補分布」

（或+〔____〔+transition〕〕)，而只有表示不能出現於「非變遷動詞」前面的'—〔____〔—transition〕〕'。雖然次類畫分屬性一般都不用語意屬性來表示語境，更不用「負值」（'—'）來消極地規定不能出現的語境，但我們仍然把他的符號解釋爲"可以出現於「非變遷動詞」以外的動詞前面"（亦可改寫爲積極規定的"可以出現於「變遷動詞」的前面"，卽'+〔____〔+transition〕〕)；又 Li (1971) 對於「變遷」與「非變遷」動詞之區別，除了舉些少數的例詞以外，並未做詳細的說明。

❸ '唔₂'的句法屬性中還有'—〔____VM〕'與'—〔____Aux〕'。根據 Li (1971) 的例句，'VM' (verbal modifier) 指的是'眞好'（例句 (11, ii)) 的'眞'；如此，'VM'可以分析爲修飾形容詞的程度副詞，並與上面的'—〔____A〕'合併爲'—〔____AP〕'。'〔____Aux〕'的句法屬性沒有出現於'唔₁'的屬性母體中，所以我們並不知道'唔₁'是否能與情態動詞連用（如果所有的句法屬性都用「正值」（'+'）來表示，那麼我們就可以推定凡是沒有在屬性母體裡登記的語境都不能出現。但是由於屬性母體裡「正值」與「負值」並用，所以我們也不能做這樣的推論)。同時，情態詞'肯、愛'本身含有意願意義；因此，我們很難決定出現於這些情態詞前面的'唔'究竟是'唔₁'還是'唔₂'（如果說'肯、愛'表示意願，所以出現於前面的'唔'必然是'唔₁'，那麼決定意願意義的不是'唔'，而是後面的動詞了)。'唔₁'與'唔₂'之間唯一不同的是：'唔₂'底下記載著表示「非意願」的'—volition'與表示「語法形符」(grammatical formative) 的'+Neg'，而'唔₁'底下卻沒有這樣的記載。但是這個差別並非觀察語言事實所獲得的客觀描述，而是作者所提出的主觀假設；而我們所急需探討的是這個假設的眞僞。

（complementry distribution）。這就表示'唔₁'與'唔₂'並不是兩個獨立的語素，而是共屬於同一個語素的兩個同位語；甚至事實上可能只有一個語素'唔'，並沒有兩個同位語'唔₁'與'唔₂'。也就是說，所謂意願或非意願，並非'唔'本身的固有意義，而可能是由述語動詞的語意屬性(如「行動動詞」（action verb）、「狀態動詞」（state verb）、「完成動詞」（accomplishment verb)、「終結動詞」（achievement verb）等區別)，時制與動貌意義「語態」(mode)的「眞實」（realis）與「非眞實」(irrealis)，以及主語名詞的「主事性」（agency）與「定指性」(definiteness) 等諸多語意因素「滙集」（amalgamate）所得到的語意或語用解釋㉛。

　　Teng （1992）卽從這個觀點探討否定詞'唔'的意願意義。他認爲：(一)'唔'與行動動詞連用時表示「主事者」(agent)的意願而含有'拒絕（refusal to）、無意（intention not to）'等意思；(二)除了少數例外（如'好、驚、敢、是'㉜)以外，'唔'一般都不能與狀態動詞連用；(三)'唔'不能與「變化動詞」'沈、破、醒'等連用。我們基本上贊同 Teng（1992）的觀察結果，但是願意更進一步討論：在那些語意、句法或語用條件下可以獲得'唔'的「主觀意願」解釋。

　　(甲)主語名詞經常都是「有生名詞」（animate noun），特別是「屬人名詞」（human noun）；以包括抽象名詞在內的

㉛　參湯(1993b)針對 Chao (1968)、呂等(1980)與朱(1984)所稱北平話的'不'表示「主觀意願」的立場所做的評述。

㉜　我們還可以加上'通（＝能）、著（＝對）、捌（＝曾）、肯、愛、甘(願)'等。

・153・

「無生名詞」（inanimate noun）爲主語的句子，無法用‘唔’否定。這是因爲只有有生名詞才有主事性而可以充當行動動詞的主語。試比較：

㉑ a. 天氣太熱，{囝仔／狗仔}唔(肯)呷(飯)。

 b. {伊／*樹仔}唔(肯)振動。

 c. {伊／狗仔／*行情}唔(肯)爬起。

但是也有人認爲：‘車(＝汽車)、計程車’等雖然是無生名詞，但因本身裝有引擎馬達並可供人駕駛而具有啓動行走的能力，所以在適當的語境下也可以與‘唔’連用，例如：

㉒ a. 車(若)唔發動，我哪有什麼辦法？❸

 b. 時間傷過晏，{司機／計程車}唔(肯)來。

以表示自然力的‘天’等爲主語的句子，有時候也可以與‘唔’連用，例如：

㉓ 天若唔落雨，哭也無路用。

(乙)主語名詞組一般都是「定指」（definite）、「殊指」(spe-

---

❸ 參與此相對應的英語例句‘The car won't start’裡‘won't’的用法。日語裡也有‘車がスタートしない’(＝‘車子{不肯發動／發不動}’)這樣的說法。

cific)或「遍指」（universal）的。以「泛指」（generic）名
詞組充當主語的句子雖然常用‘無’或‘獪’否定，但是許多人也接
受用‘唔’否定的例句。試比較：

㉔　a.　汝的朋友明仔早{會／欲／唔}來。
　　b.　（我）有一個朋友明仔早{會／欲／唔}來。
　　c.　{每一個／大家}攏{會／欲／唔}來。
　　d.　狗仔和貓仔攏{無／獪／唔}呷草。

（丙）屬於「動態」（actional）的行動動詞一般都可以用‘唔’否
定而表示主語名詞主觀意願的否定（即拒絕或無意）。但是如果
行動動詞帶上‘有、了、著、煞（＝完）、掉’等「動相標誌」
（phase　marker）、‘{落／入}（去）’等方位補語以及期間、回數
、狀態、結果等各種補語而變成完成動詞或終結動詞，那麼就不
能用‘唔’否定，而用‘無’或‘獪’否定。試比較：

㉕　a.　伊早起時{唔／無／獪}讀冊。
　　b.　伊(*唔)讀有冊；伊讀{*唔有／無(有)㉔}冊。
㉖　a.　伊人無奧快{唔／無}呷飯；飯呷了伊就來。

㉔ ‘讀有(冊)’(＝讀得懂(書))的‘有’是表示成就的動相標誌，不能把‘有’
或‘無’放在動詞前面肯定(存在或發生)或否定(如‘*伊{有/無}讀有冊’)
，而只能把‘有’或‘無’放在動相標誌的前面肯定或否定；例如‘讀無有
(冊)→讀無(冊)’與‘讀有有(冊)→讀有(冊)’。‘無有’的‘無’(也可能是
基底結構的單純否定語素‘唔’)與‘有’合音而成為‘無’；而‘有有’則經
過「疊音刪除」(haplology)而成為‘有’。

    b. 飯{*唔呷／呷無}了，伊就來。

㉗ a. 汝({唔／無})找頭路(嘛無要緊)。

    b. 汝{{*唔／無／？獪}找／找{*唔／無／獪}著}頭路（嘛無要緊）。

㉘ a. 飯，我{(唔)呷／(*唔)呷落去(唉)}。

    b. 飯，我呷{*唔／無／獪}落去(唉)。

㉙ a. 這本冊，我{*唔／無／獪}讀三點鐘。

    b. 這本冊，伊{??唔㉟／無／獪}讀五擺。

    c. 彼隻馬{*唔／無／獪}走甲(＝得)真緊＝(快)。

    d. 伊{*唔／無／獪}氣甲面色攏變。

(丁)屬於「靜態」(stative)的狀態動詞(包括形容詞)的否定，一般都用‘無’(否定事態的存在)，或‘獪’(否定事態的變化或發生)，不能用‘唔’否定。試比較：

㉚ a. 李小姐{*唔／無／獪}(傷){肥／瘦／高／矮}。

    b. 李小姐{*唔／無／獪}(傷過){老實／親切／古意／骨

㉟ 例句㉙a.b.裡如果出現情態動詞‘肯’，句子的合法度就會明顯地改善；例如，‘這本冊，伊唔肯〔PRO讀{三點鐘／五擺}〕’。這可能是由於在這個例句裡期間與回數補語都只修飾或限制子句動詞‘讀’，而不修飾母句動詞‘肯’；也就是說，只有子句動詞‘讀’因期間與回數補語的出現而「受限」或「有界」(bounded)，所以不能與‘唔’連用，但這並不妨礙母句動詞‘肯’與‘唔’的連用。這個分析與結論也支持意願情態動詞是「控制動詞」，而不是「助動詞」。又雖然在動詞後面帶有補語但是仍然做行動詞使用的時候，可以用‘唔’否定(如‘伊刁工唔洗清氣’)。另外，在表示意願或條件的時候，帶有補語的動詞也可以用‘唔’否定(如‘伊(若)唔(肯)吞落去，我那有法度’)。

力}。

c. 李小姐{*唔／無／繪}親像伊的老母。

d. 李小姐{??唔／無／繪}屬於國民黨。

e. 伊{??唔／無／繪}姓李。

但是，如果這些狀態動詞出現於「非現實語態」的條件子句裡，那麼'唔'就可能與這些狀態動詞連用。試比較：

㉛ 伊若唔(啃){老實／(？)親像伊的老母／屬於國民黨／姓李}我也無辦法。

同時，我們也應該注意到「語用因素」(pragmatic fator) 在語意解釋上可能扮演的角色。例如，㉜的例句顯然比㉚ e.裏用'唔'的例句好。

㉜ 李小姐是新女性主義的信徒。伊欲姓家己的姓唔(肯)姓伊翁(＝她丈夫)的姓。

不過，有少數狀態動詞例外地與'唔'連用㊱。這些動詞包括：
(一)判斷動詞'是'與知覺動詞'知(影)'；(二)表示情態、情感等的形容詞'好、著(＝對)、驚、敢、甘(願)、情願'與(三)表示情態控制詞'通)＝能)、肯、愛、捌(＝曾(經))；好、敢、驚、甘願、(情)願'(部分動詞與(二)類形容詞重複)等。這些狀態動詞

㊱ 判斷動詞'是'甚至只能用'唔'否定，而不能與其他否定詞連用。

雖然在語意內涵上並未形成語意屬性完全相同的「自然類」（
natural class)，却在句法表現上有下列共同的特點。

(i)這些狀態動詞可以以肯定動詞與否定動詞直接連用的方
式(動詞＋'唔'＋動詞)形成正反問句，例如：

㉝　a.　汝是唔是學生？

　　b.　汝知(影)唔知(影)伊去臺北；伊去臺北，（汝)知(影)
　　　　唔知影？㊲

　　c.　按呢做，{好唔好／著唔著／敢唔敢／肯唔肯／通唔通／
　　　　（？）驚唔驚／（？）甘唔甘}？

　　d.　汝{捌唔捌去臺北／？*去臺北，（汝)捌唔捌}？㊳

㊲　根據一些人的反應，後半句出現於句尾位置的正反動詞似乎比前半句出
現於句中位置的正反動詞來得自然；例如，'伊好唔好來？'與'伊來好
唔好？'、'汝甘唔甘用即呢多錢？'與'汝用即呢多錢，甘唔甘？'。有趣
的是，這個合法度上的差異不但反映閩南話的正反問句以"動詞組＋否
定詞＋動詞"的句式爲主而以"動詞＋否定詞＋動詞組"的句式爲副的事
實，而且與北平話「正反問句」從"動詞＋否定詞＋動詞組"到"動詞組
＋否定詞＋動詞"的演變相吻合。

㊳　㉝b.與㉝d.後半句的合法度對比顯示：因表示經驗而兼具副詞功能的
'捌'似乎比純屬動詞的'知(影)'更不容易因動詞組移前而留在句尾充當
述語。又有些人認爲在下面(i)的例句裡，(ia)比(ib)好。這可能是由於
在(ia)裡主語名詞'汝'「C統制」(c-command) 並「控制」(control)
大代號(PRO)，而在(ib)裡主語名詞'汝'却沒有控制大代號的緣故。
　（i）a. 汝肯唔肯〔PRO 去臺北〕？
　　　　b. ?〔PRO 去臺北〕汝肯唔肯？
(ii) 裡兩個例句的合法度對比更顯示：在'肯'的補語子句裡「實號名詞
組」(overt NP) '伊'也可以充當主語((iia))，但不能在補語子句裡含
有情態動詞'欲'((iib))；因爲子句主語的'伊'之是否'欲去臺北'並不
能由母句主語'汝'之首肯與否來決定或支配。　　　　　　　（→)

(ii)這些狀態動詞在用'抑是'（＝還是）連接肯定動詞與否定動詞的方式所形成的「選擇問句」中不能把'唔'後面的動詞或補語成分加以省略㊴。試比較：

a. ㉞　伊欲去臺北抑是唔（去（臺北））？

　　b.　伊（有）欲去臺北抑是無（（欲）去（臺北））？

　　c.　伊會去臺北抑是膾（去（臺北））？

　　d.　伊是學生抑是唔*（是（學生））？

　　e.　伊肯去臺北抑是唔*（肯（去（臺北）））？

　　f.　我好去臺北抑是唔*（好（去（臺北）））？

　　h.　伊捌去臺北抑是唔*（捌（去）臺北）））？

(iii)在針對含有這些狀態動詞的 a.「正反問句」、b.「選擇問句」

　　（ii）　a.　汝肯唔肯〔伊去臺北〕？
　　　　　　b.　*汝肯唔肯〔伊欲去臺北〕？
但是（iii）裡的兩個例句却都合語法。可見，（iiib）不是由（iib）的基底結構裡把補語子句'伊欲去臺北'移前來衍生，而是在基底結構直接衍生（iiib）；'汝肯不肯？'是附加於'伊欲去臺北'的「追問句」（tag question）。
　　（iii）　a.　伊去臺北，汝肯唔肯？
　　　　　　b.　伊欲去臺北，汝肯唔肯？
如此，（ib）與（iiia）的例句也不一定由補語子句的移前衍生，而可能是在深層結構裡直接衍生的。

㊴　參 Lin (1974:42-43) 的有關討論。Lin (1974:43) 並根據這個句法事實而認定'唔₂'是不能單獨出現的「粘著語素」。但是我們却認爲'唔'的不能單獨出現是由於'唔'是純粹表示否定的副詞，所以不能單獨出現（這是閩南話的'唔'與北平話的'不'不同的句法功能）；而'無'與'膾'則分別含有動詞'有'與'會'，所以可以單獨出現。

⑩ 與 c.「是非問句」所做的答句裏，也不能單獨用‘唔’來回答。
試比較：

㉟ a. “汝欲*(抑)唔(欲)去臺北？”“{欲／唔}(去(臺北))。”

　 b. “汝欲去臺北抑是唔(*欲)去臺北？”“{欲／唔}（去(臺北))。”

　 c. “汝欲去臺北否(＝嗎)⑪？”“{欲／唔}(去(臺北))。”

㊱ a. “汝有抑無(欲)去臺北？”“{有／無}(((欲)去(臺北)))。”

　 b. “汝有(欲)去臺北抑是無(欲)去臺北？”“(有／無)((欲)去(臺北))。”

　 c. “汝有(欲)去臺北否？”“{有／無}((欲)去(臺北))。”

㊲ a. “汝是唔是學生？”“{是／唔*(是)}(學生))。”

　 b. “汝是學生抑唔是學生？”“{是／唔*(是)}(學生)。”

　 c. “汝是學生否？”“{是／唔*(是)}(學生)。”

這些可以與‘唔’連用的動詞，不但數目非常有限⑫而且句法表現

---

⑩ 除了‘唔’以外的否定詞，都不能以肯定動詞與否定動詞相鄰的句式(動詞＋‘唔’＋動詞)來形成正反問句。這個時候，我們就以用‘抑’連接正反動詞所形成的選擇問句(動詞＋‘抑’＋{無／嬒}＋動詞)做爲 b. 的例句。

⑪ 鄭良偉先生(p.c.)建議用‘唔’(讀〔hoN〕)來代替這裡的‘否’。

⑫ Saillard (1992:66) 還列‘滿’爲可以與‘唔’連用的動詞。但是根據我們的調查，一般人都用‘不滿’而讀〔put　boan〕；不過，這裡又可能牽涉到「方言差異」(dialectal　variation) 的問題。

相當特殊，顯示這些狀態動詞是屬於例外或「有標」（marked）
的動詞。這個「有標性」（markedness）在這些動詞的「正反問
句」的句法表現上，尤爲顯著。漢語的「正反問句」大致可以分
爲 "動詞＋否定詞＋動詞組"（V-Neg-NP）與 "動詞組＋否定詞＋
動詞"（VP-Neg-V）兩大類❹，而閩南話的動詞則基本上採用 "動
詞組＋否定詞＋動詞" 的句式，例如：

㊳　a.　汝（有）欲去臺北無？

　　b.　汝有去臺北無？

　　c.　汝會去臺北無？

　　d.　汝會愛去臺北｛燴／無｝？

　　e.　汝有愛去臺北｛無／*燴｝？

　　f.　汝有想欲愛去臺北｛燴／無｝？

　　g.　汝看有著無？

　　h.　汝看會著｛燴／無｝？

　　i.　汝看有無？❹

---

❹　「正反問句」（V-not-V question; A-not-A question）又稱「反復
　　問句」，而 Yue-Hashimoto（1988）則稱爲不表示問話者的意見而單
　　純地向聽話者發問的「中性問句」（neutral question）。朱(1985)把
　　正反問句的基本結構分析爲 "動詞組＋否定詞＋動詞組"，以便包羅‘吃
　　不吃？’(動詞＋否定詞＋動詞)、‘吃飯不吃飯？’(動詞組＋否定詞＋動
　　詞組)、‘吃飯不吃？’(動詞組＋否定詞＋動詞)與‘吃不吃飯？’(動詞
　　＋否定詞＋動詞組)等四種不等的句式。關於漢語正反問句的討論，參
　　Lin (1974)、Li & Thompson (1979)、湯(1984,1986,1993c)、朱
　　(1985,1990)、黃(1988)、Yue-Hashimoto (1988,1991,1992) 與郭
　　(1992)等。

❹　(38i)的‘看有’是由行動動詞‘看’與表示達成的動相標誌‘有’合成的「合
　　成動詞」（complex verb），可以在動詞‘看’與標誌‘有’的中間插入動
　　　　　　　　　　　　　　　　　　　　　　　　　　　　　　　（→）

然而，我們的例外動詞却只能以"動詞＋否定詞＋動詞組"的句式形成正反問句，而不能以"動詞組＋否定詞＋動詞"的句式形成正反問句。試比較：

㊴ a. 汝{是唔是學生／*是學生唔是}？㊺

b. 汝{知影唔知影伊的名／*知影伊的名唔知影}？

c. 汝{愛唔愛汝的某／*愛汝的某唔愛}？

d. 我{好唔好和汝做夥去／*好和汝做夥去唔好}？

Yue-Hashimoto（1988,1992）參朱(1985)的分析與結論，主張閩南話裡㊳與㊴的對比是「詞彙擴散理論」(lexical diffusion theory)在句法演變上的效應。根據她的調查，在四百多年前以閩南話撰寫的前後四種不同版本的《荔鏡記》裡所出現的總數二百二十六個正反問句中，二百二十三個都屬於"動詞組＋否定詞

貌動詞'有'與'無'來肯定或否定動作目標的達成：即'〔看〔有〕有〕' →
'看有'；'〔看〔無〕有〕' → '看無'。試比較下面'看有'與'看著'（由行動
詞'看'與動相標誌'著'合成）的肯定式與否定式的對稱性：

（ⅰ） a. 我看著人。

b. 我看有著人。

c. 我看無著人。

（ⅱ） a. 我看有人。

b. 我看（有有→）有人。

c. 我看（無有→）無人。

㊺ 雖然有人向我們反應'汝是學生敢唔是？'的句子似乎可以通，但是這個例句可能應該分析爲由'汝是學生'的陳述句與'敢唔是(＝難道不是)？'的追問句合成，並非純粹的正反問句。關於閩南話疑問句裡'敢'的用法，參黃(1988)與湯(1993c)。

＋動詞"裡否定詞與動詞合音的句式 ❹，而只有三個是否定詞與動詞不合音的'有文書沒有'、'有啞沒有'與'是實情不是'。她認爲這個不合音的"動詞組＋否定詞＋動詞"只限於常用詞'有'('沒'是來自北方官話的借用詞)與'是'，而且是在十六世紀裡與北方官話接觸後受了北方官話的影響而產生的新句式。這個新句式並沒有一下子普及到閩南話裡所有的動詞，而先影響到兩個常用的動詞'有'與'是'。她還提到在現今的閩南話裡，動詞'是'的正反問句却全都出現於"動詞＋否定詞＋動詞組"的句式(以她所調查的臺灣宜蘭地區的閩南話爲例，在總共八十個正反問句的用例中動詞'是'都使用這個句式，另外還有四個'汝是唔是欲來'這樣以'是'來表示強調的用例)，因而認爲這是受了南方官話影響的結果。我們對於這個問題有不同的看法與分析 ❹；而且，上面所舉的例外動詞並不限於'是'，也不包括'有'，所以無法從詞彙擴散的觀點來解釋這個例外現象，而必須另覓答案。我們在這裏只提及這些例外動詞都不能與表示意願的情態動詞'欲'或表示完成的動貌動詞'有'連用，而在下面的討論以及有關'唔'的意義與用法的結論中才詳細提出我們的觀點與分析。

（戊）行動動詞所指涉的是可以由「主事者」（agent）主語名詞組的意願所控制，而且有起點、過程與終點的行動；狀態動詞所指涉的是沒有明確的起點或終點的延續狀態；而變化動詞所指

---

❹　Yue-Hashimoto（1988,1992）把閩南話的'伊有歡喜無？'分析爲"動詞組＋否定詞"(VP-Neg)的句式，但是事實上'無'是否定詞'唔'與動詞'有'的合音，所以我們仍然把這個句式分析爲"動詞組＋否定詞＋動詞"(VP-Neg-V)。

❹　參湯(1993c)。

涉的則是沒有起點或過程却有固定終點的事件或變化。行動動詞
幾乎無例外地可以與表示意願的情態動詞'欲'連用，並可以用
'唔'的否定來表示主事者拒絕採取這個行動或無意使這個行動發
生。狀態動詞表示「非主事者」(non-agent；包括「感受者」
(experiencer) 與「客體」(theme; patient) 等) 的屬性或情
狀，絕大多數都不能與表示意願的'欲'連用；除了少數例外，也
不能用'唔'否定，而只能用'無'或'𣍐'的否定來表示這個屬性或
情狀的不存在或不大可能發生。變化動詞與狀態動詞一樣，都以
「非主事者」為主語，絕大多數也都不能與表示意願的'欲'連用
或用'唔'否定，例如：

㊵　a.　這款車(駛){*唔/𣍐}歹(＝壞)。
　　b.　代誌(＝事情){*唔/𣍐/無}發生。
　　c.　這個病人{*唔/勿會/無}死。

但是變化動詞也與狀態動詞一樣，在特殊的語用情境下允許與
'唔'及'欲'連用，例如：

㊶　(伊)欲死唔死，是伊的代誌，和我無關係。

　　(己)閩南話與其他大多數漢語方言一樣，並沒有明顯的「時
制標誌」(tense marker)；就是常用的「動貌動詞」(aspectual
verb) 與「動貌標誌」(aspect marker) 也只有「進行貌」(pro-
gressive aspect) 的'著'(＝在)、「完成貌」(perfective aspect)

的'有'與「經驗貌」（experiential marker）的'過'等少數幾個
而已❹。下面㊷的例句顯示，否定詞'唔'不能與這些動貌標誌連
用。㊸的例句更顯示，'唔'也不能插入動詞與動相標誌'著、有
、掉、煞（＝完）、了、到'等的中間來表示不可能或未達成。試
比較：

㊷　a.　伊（{*唔／無／𣍐}）著呷飯。❹
　　b.　伊盈暗（＝今晚）({*唔／無}有呷飯。（'無有'→'無'）
　　c.　這本小説我（{*唔／無／*𣍐}）看過。❺
㊸　a.　伊按怎找也找（{*唔／無／𣍐}）著頭路。
　　b.　這本册我看{*唔／有／無}。
　　c.　這寡菜可能賣{*唔／𣍐}掉。
　　d.　伊若講起話就講{*唔／𣍐}煞。
　　e.　菜傷多呷{*唔／無／𣍐}了。
　　f.　伊絕對做{*唔／𣍐}到。

但是以'捌'與'好'爲動相標誌或可能補語的時候，在'捌'之前只

---

❹　閩南話的完成貌動詞'有'一般都表示"已存在"、"已發生"或"已實現"。
　　另外有表示新情境的句尾助詞'唉'可以出現於狀態動詞或變化動詞後面
　　表示「起動貌」（inchoative　aspect）；例如，'{(較){肥／大／高／
　　水}／{歹／破／腫起來}}唉'。
❹　在'伊著厝'裡出現的'著'是狀態動詞，所以不能與'欲'連用或用'唔'否
　　定。在'伊盈暗({唔／無／𣍐})著厝呷飯'裡出現的'著'是介詞，而行
　　動動詞'呷(飯)'才是述語動詞，所以可以與'欲'連用，也可用'唔'否
　　定。
❺　'伊唔捌去過日本'這樣的例句不能做爲否定詞'唔'與經驗貌標誌'過'不
　　能連用的反例，因爲'唔捌'與英語的'never'一樣，只修飾或限制'捌
　　；ever'，並不修飾或限制述語動詞。

能插入'唔'，而在'好'之間則可以插入'唔、無、燴'。

㊹ a. 這個字我看{唔/*無/*燴}捌。

　　b. 這項代誌萬一若做{唔/無/燴}好，大家攏著愛負責。㊿

又'唔'可以用來否定發生於未來、現在、過去以及兼及這三個時間的「一切時」(generic time) 的事情；但是如果不牽涉到主語的意願而只表示事情的不存在或未發生就用'無'，而對於未來的預斷則用'燴'。試比較：

㊺ a. 伊{明仔早/今仔日/昨方/逐日攏}唔來開會。

　　b. 伊昨方{唔/無/*燴}來開會。

　　c. 伊逐日攏{唔/無/燴}來開會。

　　d. 伊{唔/唔是/無/燴}逐日攏來開會。㊼

　　e. 伊明仔早{唔/*無/燴}來開會。

　　f. 伊常常{唔/無/*燴}來開會。

　　g. 伊現在{*唔/無/?燴}著開會。

㊿ "動詞＋'唔好'"多出現於條件句中；例如，'汝若{寫／讀／做／繪／唱}唔好'。

㊼ 在㊺c.裡「量化詞」(quantifier)'逐日'(＝每天) 的「修飾範域」(scope of modification) 大於否定詞'唔、無、燴'的「否定範域」(scope of negation)；而在㊺d.裡則否定詞的否定範域大於量化詞的修飾範域。又㊻d.裡的'唔'表示主語意願的欠缺或拒絕；'唔是'則不牽涉到主語的意願，而單純地表示事實的否定。

(庚)有些述語動詞或形容詞在表示「現實語態」(relias mode)
的直述句裡不能或不容易與'唔'連用 ❺，但是在表示「非現實語
態」(irrelias mode) 的條件句裡却可以與'唔'連用，例如：

㊻　a.　伊唔愛來。(Li (1971:205(10ii)))
　　b.　伊若唔愛來，就免來。
㊼　a.　伊唔老實。(Li (1971:206(15iii)))
　　b.　伊若唔(肯)老實，就逼互伊老實。
㊽　a.　這項代誌我做唔好。
　　b.　這項代誌萬一我若做唔好，請汝原諒。

　　以上的觀察與分析顯示：'唔'之能否在句子中出現，以及
'唔'之是否表示主語名詞組的意願，所牽涉的因素相當複雜。這
些因素包括主語名詞的「主事性」與「指涉性」、述語動詞的分
類與是否「受限」或「有界」、動貌動詞與動相標誌的是否出現
、以及句子的「語態」是「現實」抑或「非現實」，甚至還可能
牽涉到「語用因素」。但是閩南話'唔'的出現分佈遠比北平話'不'
的出現分佈受限制，以及閩南話'唔'比北平話的'不'更容易獲得
「主語意願」的解釋，却又是不爭的事實。我們應該如何詮釋這個
事實？我們認為：'唔'是閩南話裡唯一表示「單純否定」(sim-
ple negation) 的否定詞；在詞類上屬於副詞，與程度副詞'眞

---

❺　Li (1971) 把下面㊻a.的例句標「星號」('*') 來表示不合語法；㊼a.
　　的例句也只在'唔₁'的解釋下才接受，而在'唔₂'的解釋下則仍標星號。
(→)

、足、較、傷、上’一樣不能離開被修飾語而單獨出現 ❺。我們更認爲：在閩南話的基底句法結構裡‘唔’是唯一的(單純)否定詞，而‘無、莫、燴、莫愛’等合成否定詞都是‘唔’與動詞‘有、好、會、愛’等在表面結構上「合音」(fusion)而成的語音形態。我們不區別‘唔₁’與‘唔₂’，並認爲所謂的「主語意願」並非由‘唔’本身直接表達出來，而是由與‘唔’連用的‘欲’來表達。這個‘欲’在句法的基底結構裡存在，但是在語音的表面形態上却加以刪除。閩南話裡出現於‘唔’後面的‘欲’在語音形態上的刪除規律 ㊽ a.，基本上與北平話裡出現於‘沒’後面的‘有’在語音形態上的刪除規律 ㊽ b.相似；唯一不同的一點是：閩南話裡‘欲’的刪除規律是「必用」(obligatory)的，而北平話裡‘有’的刪除規律則是「可用(可不用)」(optional)的。試比較：

㊽ a. 唔欲 → 唔（必用）

    b. 沒有 → 沒（可用）

依據「原參語法」(the principles-and-parameters approach)的分析，表示主語意願的‘欲’在表達語意的「邏輯形式」(logical form; LF)裡必須存在，所以含有主語意願的意思；但在表示語

---

❺ Jespersen (1924:325) 等人早就指出否定詞‘not’表示‘less than’（‘不及、低於’）而含有「差比」的意思，因而在語意上可以說是一種程度副詞。又閩南話的‘唔’是副詞，並容易成爲「依後成分」(proclitic)而與後面的動詞合音；一如英語的‘not’是副詞並容易成爲「依前成分」(enclitic)而與前面的動詞合音。但是我們並不像 Lin (1974:43) 那樣據此認定‘唔’(或英語的‘not’)是粘著語素。

音的「語音形式」(phonetic form) 裡‘欲’却經過刪除而消失，所以只讀‘唔’而沒有‘欲’的發音。這樣的分析至少有下列幾個優點：

(甲)有關閩南話否定詞的語意內涵、語音形態乃至句法功能與規律等的諸多問題都因而簡化，不但有助於漢語方言否定詞的比較研究，而且從孩童「語言習得」(language aquisition) 而言，對「習得可能性的問題」(learnability problem) 也提供了最簡便的答案。

(乙)我們在前面的討論裡已經確定了‘唔’與句子其他成分之間的連用關係與‘欲’與句子其他成分之間的連用關係相同；更精確地說，所有閩南語否定詞與句子其他成分之間的連用關係都不是由否定詞本身來決定，而是由否定詞後面的動詞來決定的。因此，一切有關否定詞與述語動詞等之間的「連用限制」(cooccurrence restriction) 都可以還原成動貌或情態詞動‘有、好、會、愛’與述語動詞之間的連用限制(這個連用限制本來就需要在詞彙或句法上處理的，因而有「獨立自主的動機或理由」(independent motivation))，不必另外規範否定詞與述語動詞等之間的連用限制。

(丙)把表示意願的‘唔(即 Li（1971）的‘唔₁’)分析為‘唔欲’的結果，不僅使‘唔(欲)’的語意內涵更加「透明」(transparent）而不再需要相當複雜的「語意解釋規律」(semantic interpretation rule），而且也說明了‘唔₁’（＝‘唔欲’）與‘唔₂’（＝‘唔’）的區別，因而也就無需擬設兩個不同的獨立詞或同位語。

(丁)以主事者主語名詞組爲主語的行動動詞前面可以出現表示意願的'欲'；所以'欲'的否定'唔欲→唔'表示意願。以非主事者主語名詞組爲主語的狀態動詞與變化動詞一般都不能或不容易出現'欲'，却可以出現表示已存在或已發生的'有'；所以不可能出現來自'唔欲'的'唔'，却可以出現來自'唔有'的'無'。所謂「例外動詞」前面旣不能出現表示意願的'欲'，也不能出現表示存在或發生的'有'；所以旣不能出現'唔(欲)'，也不能出現'無'，而只能出現單純否定的'唔'。

(戊)'唔'是不能單獨出現的副詞，必須與後面的動詞連用才能獨立出現。而且，只有與'欲'連用的'唔'才可以依據49 a.的刪除規律把'欲'加以省略，而讓'唔'單獨出現。這就說明了爲什麼只有表示意願的'唔〔欲〕'才可以在下面50的例句中單獨出現，而不表示意願的'唔'却不能單獨出現。試比較：

50　a.　"汝欲去臺北抑是唔〔欲〕？" "唔〔欲〕(唉)。"
　　b.　"汝是學生抑是唔*(是)？" "*唔(唉)。"

(己)49 a.的規律也可以說明爲什麼閩南話的情態動詞'欲'沒有相對應的否定式'唔欲'。'唔欲'的'欲'雖然在句子的語音形態(卽「語音形式」)上必須刪除，但在句子的語意內涵(卽「邏輯形式」)裡却仍然存在。Li (1971) 與 Lin (1974) 都注意到肯定的'欲'與否定的'唔'之間的對應關係，而49 a.的規律卽直截了當地把這個對應關係表達出來。我們的分析在表面上似乎與 Li (1971:207) (卽上面⑤的分析) 以及 Teng (1992:

611)（即上面⑱的分析）相似，但是 Li (1971) 的⑤是把否定詞'無、𣍐、唔₁、唔₂'等做爲獨立的「詞項」(lexical item) 來分析的，因此不但擬設了抽象的「否定形符」(Neg)，還在208頁提供這些否定詞的「詞項記載」(lexical entry)，並把各種語意屬性與句法屬性登記在裡面。Teng (1992) 的⑱也是把'無、𣍐、勿愛、莫'等做爲獨立的詞項來分析的，因此才有「單語素否定詞」與「雙語素否定詞」的稱呼與區別[55]。相對於他們兩人從「詞彙語意學」(lexical semantics) 的觀點來探討閩南話的否定詞，我們却純粹從句法的觀點[56]來分析閩南話的否定詞。理論觀點與分析方法不同，所獲得的結論當然也就不相同。

（三）除了出現於句尾的位置而輕讀的'無'可能已經「虛化」(grammaticalized) 而應該做句尾助詞來分析或處理以外，我們把閩南話裡的'無'都分析爲句法基底結構上的'唔有'，並在語音形態上由於'唔'與'有'的合音而變成'無'（如㉛或㉛'）。這種詞

[55] Saillard (1992:24) 批評 Li (1971:207) 與 Teng (1992:61) 的分析是"純粹「異時」或「歷代」性"(purely diachronic) 的分析，而她自己的分析却是"「共時」或「斷代」性"(synchronic) 的描述。但是這個批評顯然有欠公允，因爲 Li (1971) 與 Teng (1992) 都從「詞音變化」(morphophonemic change) 的觀點對當代的閩南話做「共時或斷代的描述」(synchronic description)，並未主張這個變化反映「異時或歷代的演變」(diachronic change)。

[56] 我們這樣說，並不表示否定與語用因素完全無關，因爲我們在前面的討論裡已經屢次提到了語用因素可能扮演的角色。我們只是站在「句法自律的論點」(autonomy of syntax; autonomous thesis) 認爲語用因素是屬於句法與有關現實世界的「知識」(knowledge) 或「信念」(belief) 等之間的「介面」(interface) 的問題，不在狹義的「句子語法」(sentence-grammar) 的討論範圍內。

音變化，基本上與北平話'不有'到'沒有'的語音變化相似（如⑤）。試比較⑤：

⑤　唔有 → 無

⑤'　a.　唔 → 無/__有（必用）

　　　b.　無有 → 無（必用）

⑤　a.　不 → 沒/__有（必用）

　　　b.　沒有 → 沒（可用）

Teng（1992:616）認為：北平話裡的'不'與'沒'之間並不具有任何有意義的關係；而且，出現於'伊無呷薰'的'無'相當於北平話的'不'，但把'無'做為完成貌分析而解釋為英語的"He didn't smoke any cigarettes（at last night）"時却相當於北平話的'沒'。但是上面⑤的分析相當明確地告訴我們北平話裡'不'與'沒'之間的對應關係：'不'與'沒'都在語意上表示單純的否定，在出現分佈上却形成「互補分佈」（complementary distribution；即'沒'出現於'有'的前面，'不'出現於其他地方，而且'沒有'還可以簡縮為'沒'）；因此，'不'與'沒'是同一個否定「語素」（morpheme）的兩個「同位語」（allomorph）。同樣地，閩南話的'唔'與'無'也可以分析為共屬同一個語素的兩個同位語：在句

---

❺　為了方便比較閩南話由'唔'與'無'之間的關係及北平話裡'不'與'沒'之間的關係，我們為閩南話提供了⑤與⑤'兩種不同的分析。除非從歷史音韻學上能夠發現⑤' a.裡出現的'無'與在⑤' b.裡出現的'無'曾經讀過不同的音，因而在歷史演變上可能支持⑤'的分析；否則，就共時的描述觀點而言，⑤是較直截而簡便的分析。

法的基底結構裡㉛ a.的‘唔’與‘無’都表示單純的否定❺❽，而且也與‘不、沒’一樣形成互補分佈。所不同的只是：北平話裡‘沒有’到‘沒’的簡縮或合音是任意可用的，而閩南話裡‘無有’到‘無’的簡縮或合音却是非用不可的。同時，應該注意：這種合音或‘有’的省略只是屬於表示發音的語音形態上面的，在表示意義的語意層次或邏輯形式裡仍然保留着‘有’。也就是說，㉛與㉛’ b.的‘無’以及㉜ b.的‘沒’雖然不讀‘有’的音，但是在語意上仍然保留‘有’的動詞意義或動貌意義。因此，‘伊無呷薰’在基底結構或邏輯形式裡應該分析爲‘伊唔有呷薰’；‘伊有呷薰’裡的‘有’可以解釋爲表示「存在」（有這樣的習慣）的存在動詞‘有’或表示「完成」的動貌動詞‘有’（做了這樣的動作），因而可以有兩種不同的句義解釋或「歧義現象」（ambiguity）。相對地，北平話裡也有‘他抽煙’與‘他有抽煙→他抽了煙’❺❾兩種說法，而這兩個例句的否定

---

❺❽ 請注意我們已經把‘唔’的意願意義從‘唔’裡抽出而歸諸‘欲’；而且，這裡所指的‘無’是出現於㉛ a.裡表示單純否定的‘無’，而不是出現於㉛’ b.裡與‘有’合音的‘無’。

❺❾ 這個詞音變化可以非正式地寫成(i)或(ii)。參 Wang (1965) 與湯 (1993b) 的討論。

（i） 以‘有’做爲「基底形式」（underlying form）：

    a. 有 → 了／～沒＿

        （動詞前面的‘有’前面未出現‘沒’時，‘有’變成‘了’）

    b. 了 ♯ 動詞 → 動詞＋了

        （動詞前面的‘了’要變成動詞詞尾的‘了’）

（ii） 以‘了’做爲基底形式：

    a. 了 → 有／沒＿

        （出現於‘沒’後面的‘了’要變成‘有’）

    b. 了 ♯ 動詞 → 動詞＋了

        （其它的‘了’要變成動詞詞尾）

式'他不抽煙'(「反覆貌」或「泛時貌」)與'他沒有抽煙'(「完成貌」),分別與閩南話'伊無呷薰'裡兩種不同的句義解釋相對應。

　　把'無'分析為'唔有'的結果,我們不必再討論'無'與句子裡其他成分之間的連用關係,而只需要研究'有'與這些成分之間的連用限制,因為根據⑤(或⑤')我們可以預測'無'與'有'在句子裡的出現分佈基本上相同。閩南語的'有'主要有下列幾種意義與用法,而與'有'相對應的否定式'唔有→無'也都可以出現於同樣的語境裡。試比較:

(甲)出現於名詞組的前面表示領有的及物動詞'有',例如:

㊼　a.　我今仔日{有/無}時間(和汝去臺北)。
　　b.　伊{有/無}兄弟姊妹(及伊幫忙)。

(乙)出現於存在句或引介句裡面表示存在的及物動詞'有'❻,例如:

㊽　a.　房間內{有/無}人。
　　b.　今仔日{有/無}風。
　　c.　飯也{有/無},菜也{有/無}。

(丙)出現於動詞前面而表示事情已經發生或事態已經存在的動貌

---

❻　在這種動詞'有'後面出現的名詞組必須是「無定」的,因此這裡的'有'也可以分析為「非賓位動詞」(unaccusative verb)。

動詞'有'，例如：

(55) a. 伊昨方{有/無}來。

b. 伊昨方{有/無}交代伊某。

c. 我{有/無}飼狗。

(丁)出現於形容詞(組)前面而表示事態已經存在或變化已經發生的動貌動詞'有'(61)，例如：

(56) a. 伊(上){有/無}{肥/高/老實/認真/緣投/貧段}。

b. 伊{有/無}{真/足/夠/遮呢/彼呢}{肥/高/老實/認真/緣投/貧段}。

c. 汝{有/無}較肥(起來)。

d. 衫褲{有/無/已經/猶未}乾。

(戊)出現於動相標誌'著、有、掉、煞、了'等的前面表示成就或實現的動貌動詞'有'，例如：

(57) a. 彼本册我找{有/無}著。

b. 這本册汝看{有/無}有。

('有有' →'有'；'無有' →'無')

c. 彼間厝舊年賣{有/無}掉。

(61) 正如北平話的形容詞很少單獨充當述語而常與'很'連用，閩南話的形容詞也很少單獨充當述語而常與'有'連用。

d. 這碗飯呷{有/無}了。

(己)出現於抽象名詞的前面，並可以受程度副詞修飾的'有'，例如：

⑤⑧ a. 汝這個人上{有/無}意思。
b. 伊的話太{有/無}道理。
c. 我感覺著真{有/無}面子。

(庚)出現於數量詞的前面來表示達到這個數量的'有'，例如：

⑤⑨ a. 這片地估計{有/無}五十坪。
b. 從遮到車頭大概{有/無}{三公里/半點鐘路}。
c. 這隻魚敢{有/無}十斤重？

(辛)出現於動詞與期間補語或回數補語之間表示動作開始到完成所經過的時間或所發生的次數，例如：

⑥⓪ a. 我一日睏{有/無}五點鐘。
b. 阮一禮拜見{有/無}五擺(面)。⓺⓶

⓺⓶ 出現於動詞與期間或回數補語之間的'無'似乎常比'有'來得通順自然。又除了期間與回數補語以外，'有、無'也可以出現於情狀補語的前面；例如，'這領衫洗{有/無}清氣'、'這項代誌我想{有/無}清楚'。

　　‘有’與‘無’唯一看似不對稱的情形是出現於疑問句尾的‘無’，但這是由於這些疑問句是正反問句，前面用包括‘有’在內的肯定動詞，而後面則用否定動詞‘無’的緣故，例如㊿：

㉛　a.　伊早起有來{無/*有}？

　　b.　伊是大學生{無/*有}？

　　c.　伊肯及汝帶{無/*有}？

　　d.　汝的脚猶閣會痛{無/*有}？

㉜　a.　伊有生氣{無/*有}？

　　b.　伊有疼囝仔{無/*有}？

　　c.　明仔早會寒{無/*有/燴}？

　　d.　汝的錶仔會準{無/*有/燴}？

Teng（1992:623）認為例句㉛的‘無’與例句㉜的‘無’不同：前者否定整個句子，而後者只是‘有’的否定形。他並以㉝裡 a. 與 b. 的結構分析來說明二者的不同。

㉝　a.

㊿　例句㉛ a. b. c. d.與㉜參自 Teng（1992:623）。

b.

我們却認爲，無論是⑥的‘無’與⑥的‘無’，都是來自‘唔有’的
‘無’，也就是正反問句裡與前面的肯定動詞搭配的否定詞‘無’經
過「半虛化」而來的「準疑問助詞」，二者的語意與句法功能完
全相同。我們所持的理由如下：

(甲)這些虛化的‘無’都在語音上變成輕讀。

(乙)這些虛化的‘無’都在語意上變成中性，不但可以與前面的肯
　　定動詞‘有’(如⑥a.與⑥a.、b.)搭配，還可以與‘是’(如⑥
　　b.)、‘會’(如⑥d.與⑥c.、d.)、‘肯’(如⑥c.)等搭配。

(丙)⑥與⑥的例句都在言談功能上屬於正反問句；因此，只能用
　　只能出現於正反問句的語氣副詞‘到底、究竟’來修飾，不能
　　用只能出現於是非問句的語氣副詞‘眞正、敢’來修飾。這就
　　表示，⑥與⑥的‘無’都應該分析爲出現於正反問句的‘唔有’
　　，並沒有理由擬設⑥的基底結構來加以區別。

(丁)漢語否定詞之充當疑問助詞而出現於疑問句的句尾已經有一
　　段相當長的歷史。在上古漢語中否定詞‘不、否、未、非’等
　　已經出現於句尾形成疑問句；到了唐代連‘無’也開始出現於
　　句尾而具有類似現代北平話疑問助詞‘嗎’功能的用法，例如
　　：

⑭ a. 子去寡人之楚，亦思寡人不？（《史記》・〈張儀列傳〉）

　　b. 丞相可得見否？（《史記》・〈秦始皇本記〉）

　　c. 君除吏已盡未？（《史記》・〈魏其武安侯列傳〉）

　　d. 是天子非？（《後漢書注引獻帝起居注》）

　　e. 秦川得及此聞無？（〈李白詩〉）

　　f. 肯訪浣花老翁無？（〈杜甫詩〉）

在這些例句裡，否定詞都只表示疑問，而不表示否定。這些由否定詞經過虛化而來的疑問助詞與半虛化的準疑問助詞‘無’的唯一不同之點是：前者已經完全虛化而成為「是非問句」的疑問助詞；而後者則尚未完全虛化，仍然保留「正反問句」的功能⑭。

　　（四）討論了閩南話裡意義與用法最為複雜的‘唔’與‘無’之後，由於篇幅的限制，下面只簡單說明‘繪’、‘無愛’、‘莫愛’與‘唔好’的語意與句法功能。‘繪’在句法的基底結構是‘唔會’，而在語音的表面形態上變成‘繪’。

⑮　唔〔m̩〕＋會〔e〕→ 繪

因此，有關‘繪’的語意內涵、出現分佈、連用限制與句法表現等都一律由‘唔’後面表示「對未來的預斷」（future prediction）或「可能性」（likelihood）的情態動詞‘會’來決定。

　　‘唔愛’、‘無愛’、‘莫愛’在句法的基底結構裡分別是‘唔欲

---

❸　但是‘按呢做好無？’（＝這樣做好嗎？）與‘這項代誌好做無？’等例句裏出現的‘無’却可以說是幾乎完全虛化的疑問助詞用法。

愛'、'唔有愛'與'唔愛',而在表面形態上的語音變化如下：

⑥⑥ a.　唔〔m̩〕(＋欲〔beh〕→φ⑥⑤)＋愛₁〔ai〕 → 唔愛〔m ai〕

　　 b.　(唔〔m̩〕＋有〔u〕→)無〔bo〕＋愛₁〔ai〕 → {無愛/勿愛}
　　　　 〔bo ai → buai〕

　　 c.　唔〔m̩〕＋愛₂〔ai〕 → 莫愛〔mai〕

閩南話的'愛'與北平話的'要'一樣，有兩種意義與用法：一種'愛'的「意願來源」(deontic source) 來自主語(如⑥⑦a.)，也就是表示主語的意願而相當於北平話的'喜歡'；另一種'愛'的「意願來源」來自說話者(如⑥⑦b.)，也就是表示說話者的意願，而相當於北平話的'我要你'並與⑥⑦c.的說法同義。

⑥⑦ a.　汝(欲)愛₁(＝喜歡)讀英語。

　　 b.　汝(*欲)愛₂(＝我要你)讀英語⑥⑥。

　　 c.　我愛₁汝讀英語。

　　 d.　汝有愛₁讀英語。

⑥⑧ a.裡'愛₁'的否定式是表示拒絕的'唔愛'，讀成雙音節的〔m̩ ai〕；

---

⑥⑤ '唔欲'的'欲'因㊾a.的規律而刪除。

⑥⑥ 請注意：表示主語意願的'愛₁'可以與表示預斷的'會'連用，因而也可以用'燴(愛)'否定；表示說話者意願的'愛₂'不能與'會'連用，因而不能用'燴'否定。又《國家科學委員會研究彙刊》的匿名審查人指出：'我愛(＝必須)去學校'的意願來源並非來自說話者，而係來自外力；因而建議以「外力」來涵蓋「說話者」。

而⑱b.裡'愛₂'的否定式是表示勸止的'莫愛',讀成單音節的
〔mai〕。至於⑱d.裡的'無愛',是'有愛₁'的否定式;可以讀成雙
音節的〔bo ai〕,也可以讀成單音節的〔buai〕。

⑱　a.　汝唔愛₁讀英語。
　　b.　汝莫愛₂讀英語。
　　c.　我{唔/無}愛₁汝讀英語。
　　d.　汝無愛₁讀英語。

　　最後,'唔好'的基底句法結構與表面語音形態都是'唔＋好'
,但是讀音却有〔m̩ ho〕、〔m̩ hoN〕與〔m̩ mo〕等幾種「變體」
(variant)。又'(唔)好'有兩種意義與用法:一種是表示性質的
形容詞用法,可以充當述語,也可以修飾名詞;另一種是表示說
話者情態(允許)的控制動詞用法。試比較:

⑲　a.　這個意見{真好/唔好}。
　　b.　好人攏會好命。
　　c.　汝{好來唉/唔好來}。
　　d.　這件代誌{好做無?/唔好做。}

七、結　語

　　以上針對 Li (1971)、Lin (1974)、Teng (1992)、Sail-
lard (1992) 等前人的文獻,提出了我們自己的分析。由於篇幅

的限制，對於正反問句、泛稱否定、相對否定、相反否定、否定範域、否定焦點、否定連用詞、否定詞提升等問題都無法一一詳論，只好留待將來的機會。當前閩南話的句法研究真可說是方興未艾，因此熱切盼望國內外學者共襄盛舉，大家合力更進一步提升閩南語句法的研究水平。

* 本文初稿於1993年 3 月27日至28日在國立臺灣師範大學舉行的第一屆臺灣語言國際研討會上以口頭發表，並刊載於《國家科學委員會研究彙刊；人文及社會科學》(1993) 3 卷 2 期，224-243頁。

參 考 文 獻

Chao, Yuen Ren. (趙元任), 1968, A Grammar of Spoken Chinese, University of California Press, Berkeley.

Cheng, Robert L. (鄭良偉), 1977, 'Taiwanese Question Particles', Journal of Chinese Linguistics, 5.2:153-185.

_____, et al., 1989, 《國語常用虛詞及其臺語對應詞釋例》,臺北文鶴出版有限公司。

Cheng, Susie S. (鄭謝淑娟), 1981, A Study of Taiwanese Adjectives, 臺北臺灣學生書局。

Huang, J. C.-T (黃正德), 1988,〈漢語正反問句的模組語法〉,《中國語文》,205:247-264.

Jespersen, Otto, 1924, The Philosophy of Grammar, Allen & Unwin, London.

Kwo, Chin-wan (郭進屘), 1992,〈漢語正反問句的結構和句法運作〉,國立清華大學語言學研究所碩士論文。

Li, C. (李納) & S. Thompson, 1979, 'The Pragmatics of Two Types of Yes-No Question in Mandarin and Its Universal Implications', Papers from the Fifteenth Regional Meeting of the Chicago Linguistic Society, 197-206.

_____, 1981, Mandarin Chinese: a Functional Reference Grammar, University of California Press, Los Angeles.

Li, P. Jen-Kuei (李壬癸), 1971, 'Two Negative Markers in Taiwanese', 《中央研究院歷史語言研究所集刊》,43:201-220.

Lin, J.-W. (林若望) & J. C.-C. Tang (湯志眞), 1991, 'Modals in Chinese', paper read at NACCL III, Cornell University.

Lin, Shuang-fu (林雙福), 1974, 'Reduction in Taiwanese A-not-A Questions', Journal of Chinese Linguistics, 2.1:37-78.

Lü, Shu-xiang (呂叔湘) et al., 1980，《現代漢語八百詞》，商務印書館。

Saillard, Claire (克來爾), 1992, 'Negation in Taiwanese: Syntactic and Semantic Aspects'，國立清華大學語言學研究所碩士論文。

Tang, Ting-chi (湯廷池)，1984，〈國語的助動詞〉，《中國語文》，55.2:22-28，並收錄於湯(1988:228-240)。

_____，1988，《漢語詞法句法論集》，臺灣學生書局。

_____，1989，《漢語詞法句法續集》，臺灣學生書局。

_____，1992a，《漢語詞法句法三集》，臺灣學生書局。，

_____，1992b，《漢語詞法句法四集》，臺灣學生書局。

_____，1993a，〈文言否定詞的語義、內涵與出現分佈〉，《中國語文》，436:45-51，437:49-55，438:18-23。

_____，1993b，〈北平話否定詞的語意內涵與句法表現〉，ms.

_____，1993c，〈漢語的正反問句〉，ms.

Teng, Shou-hsin (鄧守信), 1992, 'Diversification and Unification of Negation in Taiwanese'，《第一屆中國境內語言暨語言學國際研討會論文集》，609-629.

Wang, William S.-Y. (王士元), 1965, 'Two Aspect Markers in Mandarin', Language, 41:457-470.

Yue-Hashimoto, Anne O. (余靄芹)，1988，〈漢語方言語法的比較研究〉，《中央研究院歷史語言研究所集刊》，59:23-41.

_____, 1991, 'Stratification in Comparative Dialectal Grammar:

A Case in Southern Min', Journal of Chinese Linguistics, 19,2:172-201.

_____, 1992, 'The Lexicon in Syntactic Change: Lexical Diffusion in Chinese Syntax',《第三屆中國境內語言暨語言學國際研討會論文集》,267-287.

Zhu, Dexi (朱德熙),1984,《語法講義》,商務印書館。

_____, 1985,〈漢語方言裡的兩個反覆問句〉,《中國語文》,184:10-20。

_____, 1990, 'A Preliminary Survey of the Dialectal Distribution of the Interrogative Sentence Patterns: V-bu-VO and VO-bu-V in Chinese, Journal of Chinese Linguistics, 18,2:209-230.

閩南語'連、含、參'的意義與用法：
兼談閩南語的詞彙與語法教學

一、前　言

　　在過去近半世紀的威權體制下，台灣的語文教育一直都以
'提倡國語，壓制方言'爲至高無上的圭臬。結果，國語是普及
了，但是閩南語、客家語與原住民語言等母語卻淪爲受人排斥的
弱勢語言，許多年輕的一代都只會國語而不諳其他方言。台灣是
由多族群組成的多元化社會，而語文是各族群重要文化遺産之
一。爲了尊重各族群的文化遺産、爲了培養容納異己的民主精
神、更爲了促進各族群之間的和諧與共存共榮，我們必須揚棄過

去錯誤的語文政策，而以'維護國語、扶助方言、建設多語言的民主社會'爲現階段語文教育的方針。

在這種教育方針下，國語教學與方言教學都應該受到同樣的重視，而且必須相輔相成才能事半功倍。一向居於強勢語言的國語擁有非常雄厚的教學資源，無論是現有師資的人數、師資養成的設施與機會、教材教法的研究開發、詞典與參考書等工具書的編纂與出版，都不是其他方言所能望其項背的。因此，我們應該設法把國語教學的雄厚資源轉移或利用到方言教學上面來，使之成爲方言教學資源的一部分。鄭良偉等（1988）根據呂叔湘等（1980）分析漢語常用虛詞的成果來討論閩南語的對應詞與其用法，可以說是一個成功的事例。當前的方言教學在教學資源極端匱乏之下，必須向國語教學急起勇追，因而凡是可以利用的資源都必須盡量加以利用，包括學生運用國語詞彙與語法的能力在內。也就是說，利用國語與閩南語、客家語或原住民語言之間的比較分析徹底了解這幾種方言在詞彙與語法上的異同，然後設法輔導學生有知有覺地利用某一種方言的語言知識與語言能力來迅速有效地培養成另一種方言的語言知識與能力。在同屬漢語的國語、閩南語與客家語裡，由於詞彙與語法的同質性很高，學生很可能會把國語的語言習慣不知不覺地搬到其他方言的學習上面來，因而形成「正面的遷移」（positive transfer）而有利於其他方言的學習。但是漢語方言與原住民語言之間的異質性卻相當地高，因而非但不容易產生正面的遷移，而且很容易形成「負面的遷移」（negative transfer）而妨礙第二語言的學習。即使是漢語方言之間的交互學習，某種程度的負面遷移仍然在所難免；而且，「認知教學觀」（cognitive approach）告訴我們：不知不覺或暗中摸

索的學習不如有知有覺而事半功倍的學習來得經濟有效。就這點意義而言，語言學家與語文教師之間應該密切合作來發現並解決當前的母語教育所面臨的問題，以便理論、分析與教學能夠三位一體地發揮功效。

　　當前的母語教學所面臨的問題，主要可以分為詞彙與語法兩方面。詞彙教學所面臨的問題包括：(1)各族群母語詞彙的整理與比較異同；(2)詞語的發音與書寫；(3)詞語的意義與用法；(4)詞彙教學教材、教法的研究與設計等。詞彙的整理與比較牽涉到方言詞典、方言對照詞典、漢語與原住民語言對照詞典的編纂以及語言調查與語言規畫等問題。詞語的發音教學，如果能夠提倡在家庭裡使用雙語，或者在學童未達「關鍵年齡」（critical age）之前進行母語教學，並利用電視、廣播等傳播媒介提供充分的「回饋」（feed-back）與「加強」（reinforcement）的機會，應該不會形成太嚴重的問題。另一方面，母語詞彙的書寫，則由於在過去國語以外的族群語言都未能受到應有的重視甚或被壓制，很少有使用文字發表文章的機會，因而形成非常棘手而急待解決的問題。關於漢語方言文字的書寫方式，有主張使用漢字的、也有主張使用羅馬拼音的、更有主張混合使用漢字與羅馬字的。就是主張使用漢字的人，對於個別詞語用字的選擇也相當地紛歧。但是理想的選字似乎是不同母語背景的人都能見字而會意。因此，今後努力的方向應該是如何在「字音相近」（phonetic similarity）與「字義透明」（semantic transparency）之間求得平衡，並在嘗試與錯誤中逐漸建立大家的共識。至於詞語的意義與用法，則除了不同母語詞彙的比較或對照以外，還牽涉到詞義、詞法與詞用的研究，而詞彙教學的教材教法則可以從這種研究中獲益。

其次，語法教學所面臨的問題則包括：⑴詞類的界定與畫分的標準；⑵基本句型與句型變換的分析與比較；⑶語法(包括詞法與句法，而且二者之間關係相當密切)結構與規律的研究與條理化；⑷語法教學教材教法的研究與設計等。由於已往重文輕語的治學態度與文以載道的教育背景，國內語法研究的風氣與語法教學的水準都相當低落。在國內出版的語法論著大都是半世紀前大陸學者的作品，一般大、中、小學生都沒有受過漢語的語法教育，連坊間一般詞典都很少注明詞類或詞法結構。在這種先天不足的條件下，或許有人要問：語法教學是否需要？海峽彼岸的情形與台灣全然不同，不但語法研究的風氣很盛，而且從小學起語法教學就成爲語文教育重要的一環。廣義的語法教學，包括音韻、詞法、句法、語意與語用，非但可以促進對國語與母語的了解，更有利於學習其他族群的語言。語言教學的目標在於培養聽、說、讀、寫四種語言能力；而語法教學則可以幫助學生有知有覺而按部就班地培養這些能力，然後經過不斷的練習與應用，最後養成不知不覺而運用自如的習慣。我們承認目前國內語法教學的資源相當貧乏，但是中學以上的學生都學過英語的音標與語法，就是小學生也學會了注音符號並具有國語基本句型的概念。或許我們可以在這些基礎上面建立國語與母語語法教學的間架，逐漸灌輸詞類的概念、各種詞類的形態特徵與句法功能、基本句型與變換句型的關係等語法知識，並利用適切有效的句型練習與日常生活的實際應用來把這些語法知識整合成爲真正表情達意的語言能力。最近教育部宣佈，從一九九七年度起國二以上的中學生都可以選修第二外國語（日語、法語與德語），屆時語法知識的傳授與整理以及不同語言的語言教學之間的對照、聯繫與整合

將益形重要。語言教學常涉及「教學觀」（approach）、「教學法」（method）與「教學技巧」（technique）的問題。但是教學觀與教學法只提到抽象的基本概念與原則性的指導綱領，而課堂上的實際教學則要靠具體而微的教學技巧，才能針對語音、詞彙、句法、語意與語用等各方面所遭遇到的種種問題提出簡明扼要的解釋與適切有效的練習。而要改進教學技巧，則除了虛心檢討自己的教學內容與方法以及觀摩別人的教學或吸收前人的智慧以外，還要在健全的語法理論的指引與細緻的語言分析的幫助之下，不斷地研究如何才能清清楚楚、簡簡單單地說明教學的重點，如何才能對症下藥、迅速有效地設計適當的練習。

　　根據以上的觀點，本文擬以呂等（1980：324-326）與鄭等（1989：168-169）的國語'連'與閩南語'連、含、參'爲例，探討這些虛詞的意義與用法，除了比較國語與閩南語在用法上的異同以外，從漢語語法體系的觀點把'連、含、參'的意義與用法進一步加以條理化。本文共分五節。第一節「前言」概述母語教學在詞彙教學與語法教學上所面臨的問題與因應之道，並闡述本文的目的與討論的範圍。第二節「'連'字的副詞用法」討論國語'連、一連、接連、連著'與閩南語'連續'的副詞用法並比較其異同。第三節「'連'字的介詞用法」討論國語介詞'連(同)、連……帶……'與閩南語介詞'連、含、參、連……｜含/參/及｝……'的意義與用法並比較其異同。第四節「'連'字的限制詞用法」探討國語'連'與閩南語'連、含、參'的限制詞用法，即出現於名詞組、介詞組、動詞組、疑問子句、數量詞組等前面而與範圍副詞'都、也；都、也、嘛、猶'連用的'連；連、含、參'，並討論其句法表現；例如，限制賓語或補語名詞組的'連、含、參'必須與

這些名詞組一起移到述語動詞的前面來；以'連、含、參'所限制的數量詞組，其數詞限於'一'並具有全稱量詞的功能，而且謂語必須是否定式；'連、含、參'所限制的動詞與後面的述語動詞相同的時候（如'連看都｜没/無｜看過'），動貌與動相標誌只能加在述語動詞的後面，而且述語動詞必須是否定式等。最後，在第五節的「結語」裡，把漢語'連、含、參'的副詞、介詞、限制詞用法與英語' even '及日語'も、（で）さえ、まで'等的相對應用法加以比較，並討論從普遍語法與對比語言學的觀點來分析漢語方言語法的理論意義與實用價值。

二、'連'字的副詞與動詞用法

國語的'連'以及其重疊式'連連'與含有'連'的複合詞'連續、接連、一連、連著'等，可以出現於述語動詞前面充當副詞來表示動作的持續或反覆發生。'連'只能出現於單音動詞的前面，而'連連、連續、接連、一連'等則單音動詞與雙音動詞的前面都可以出現。這個時候，述語動詞後面的賓語或補語名詞組常含有數量詞；而且，述語動詞多限於「動態」（actional）的「行動動詞」（activity verb）或「完成動詞」（accomplishment verb），很少使用屬於「靜態」（stative）的「事態動詞」（state verb）。試比較：

①a. 他們｜連／連續／接連／一連｜等了兩個鐘頭。

b. 他們｜＊連／連續／接連／一連｜等候了兩個鐘頭。

②a. 他們｜連／連續／接連／一連／連著／連連❶｜說了
　　　三句'不'。

　b. 他們｜＊連／連續／接連／一連／連著／(?)連連｜發
　　　出了三句'不'。

　　　閩南語的'連'與'連續'也有相似的副詞用法:'連'出現於單
音動詞前面,而'連續'則出現於單音與雙音動詞前面;而且也都
表示動作的持續或反覆發生。不過,閩南語副詞用法的'連'在口
語裡似乎較少出現;而且,閩南語副詞用法的'連'也很少重疊成
爲'連連'或帶上動貌標誌'著',成爲'連著'。就是含有'連'字的複
合詞,常用的也只有'連續'。試比較❷:

③a. 他｜連／連續｜贏兩場比賽。

　b. 伊｜?連／連續｜提著兩擺冠軍。

④a. 老張一面聽,一面連連點頭。

　b. 老張的一面那聽,一面連續 thim 頭。

⑤a. 我們連發了三封信去催。

　b. 阮連續發三張批去催。

⑥a. ｜接連／連著｜演出了一個月。

　b. 相連續演出一個月。

⑦a. 一連討論了三天。

---

❶ '連連'似乎多用來表示動作的反覆發生,而且在單音或雙音動詞前面都可以出現:例
　如,'他連連點了頭'、'他連連｜遭到意外／遭遇不幸｜'。

❷ 下面④到⑦的例句裡,國語的 a.句採自呂等(1980:324),而與此相對應的閩南語 b.
　句與書寫法則採自鄭等(1989:168)。

b. 連續討論三日。

這個副詞用法的'連'似乎與動詞用法的'連'有關,甚至可能從動詞用法演變而來。國語與閩南語動詞用法的'連'以及其複合詞'連接、連合、連結、連絡'等都在句法功能上屬於「對稱述語」(symmetric predicate):即充當「一元述語」(one-place predicate)或不及物動詞時,必須帶上「語意上屬於複數」(semantically plural;包括「複數名詞」(plural noun)與由連詞相連接的複數的名詞組)的主語(如⑧與⑪句);充當「二元述語」(two-place predicate)或及物動詞時,必須帶上「語意上屬於複數」的賓語(如⑨句),或從一元述語用法裡複數的主語名詞組中,選一個名詞組為主語,而以另一個名詞組為賓語(如⑩與⑫句)。例如:

⑧a.｜這兩條線／這條線跟那條線｜連在一起。

b.｜這兩條線／這條線含彼條線｜連做夥。

⑨a. 請你把｜這兩條線／這條線跟那條線｜連起來。

b. 請汝 ka❸｜這兩條線／這條線含彼條線｜連起來。

⑩a. 水連天,天連水,水與天相連。

b. 水連天,天連水,水含天相連。

⑪a.｜他們兩個人／老張跟老李｜常(互相)連絡。

b.｜個兩個人／老張的含老李的｜常常(互相)連絡。

---

❸ 鄭等 (1989:49) 用'共'字,而楊(1991:257)則以羅馬字'ka7'標音,並以'(把)'註解。

⑫a. 老張連絡老李，還是老李連絡老張？

　b. 老張的連絡老李的，抑是老李的連絡老張的？

漢語詞彙裡，副詞與動詞兼用的詞，除了'連'以外，還有
'怪、挺、更'（程度副詞）、'向（又做'響'）、在'（時間副
詞）、'光、齊、全、總、合、兼'（範圍副詞）、'準（又做
'准'）、虧、偏、卻（又做'却'）、倒、可、許'（情態副詞）、
'無、亡、非、沒、別、甭、休'（否定副詞）等。❹

三、'連'字的介詞用法

呂等（1980：324-325）列出國語'連'字的介詞用法四種與例
句，而鄭等（1989：168-169）也提出相對應的閩南語例句。

我們認爲：其中只有前三種可能屬於介詞用法，而最後一種
則應該屬於限制詞或焦點副詞用法。因此，這裡先討論介詞用
法，而限制詞用法則留待下節才討論。❺

㈠表示不排除另一有關事物

⑬a. 蘋果不用削，連皮吃；乾脆連桌子一起搬走。

---

❹　程度副詞裡，'極、頂'兼具副詞與名詞用法，而'很'則又做'狠'本做動詞與形容詞
用。否定副詞裡，'無、非、甭'兼含否定與動詞意義（與此相對應的肯定動詞分別是
'有、是、用'）。又 Chao（1968：747）認爲'別'是'不'與'要'的合音。但是太田（195
8：303）則認爲'別'又說'別要'（如'小囚兒，你別要說嘴'（《金瓶梅詞話》21））；
因而主張'別'的情態否定用法係由'別'的原義'另外'衍生，並非'不'與'要'的合音。

❺　下面國語'連'字介詞用法的說明與例句 a.以及與此相對應的閩南語例句 b.，分別採自
呂等（1980：324-325）與鄭等（1989：168-169）。

　　b. 蘋果呣免削，連皮吃；歸氣連桌仔做夥搬走。

㈡表示包括，算上

（ⅰ）句中必帶數量短語。有時動詞可省略。

　　⑭a. 這次連我有十個人；連皮共十斤。

　　　b. 這遍連我有十個人；連皮攏總十斤。

（ⅱ）'連⋯⋯'可在主語前，有停頓。

　　⑮a. 連剛才那一筐，我們一共抬了四筐；連新來的小張，
　　　　我們才五個人。

　　　b. 連抵即彼一籠，阮攏總扛四籠；連新來的張的，阮才
　　　　五個人。

㈢'連⋯⋯帶⋯⋯'

（ⅰ）表示包括前後兩項。跟名詞或動詞組合，可在主語前，可
以有停頓。

　　⑯a. 連人帶馬都來了；連皮帶殼差不多一百斤。
　　　b. 連人及馬攏來啊；連皮帶殼差不多一百斤。

（ⅱ）表示兩種動作同時發生，不分先後。跟兩個單音節動詞

組合,這兩個動詞性質相近。

⑰a. 他連說帶唱地表演了一段;孩子們連蹦帶跳地跑了進
來。

　b. 伊連講及唱表演一段。❻

首先,我們應該指出:在這些用法裡,與國語'連'相對應的
閩南語有'連、含、參'等;其中,'含、參'似乎比較傾向於口語
詞彙,而且具有類似國語'和、跟'的連詞用法。其次,我們也應
該注意到:無論是國語的'連'或閩南語'連、含、參'的介詞用
法,都與一般的介詞用法不盡相同。漢語的介詞一般都具有下列
幾點句法特徵:(ⅰ)介詞以名詞或經過名物化的其他詞類爲賓
語;(ⅱ)介詞與一般及物動詞不同,不能離開賓語而單用;
(ⅲ)介詞與一般動詞不同,不能重疊,也不能帶上'過、著、
了'等動貌標誌❼與'完、到、掉、住'等動相標誌;(ⅳ)介詞不
是動詞,因而原則上不能形成正反問句❽;(ⅴ)介詞不能以介詞
組爲其賓語;(ⅵ)介詞組可以出現於否定詞'不、沒(有)'等

---

❻　鄭等 (1989:168) 未附與⑰a·的國語後半句相對應的例句。又鄭等 (1989:168)
　　另附'那講那唱'的閩南語來註解國語的'連說帶唱',但是'那講那唱'的說法似乎比較
　　接近'邊說邊唱'的說法。

❼　國語的'{爲/照/憑/靠}{了/著}'等應該分析爲複合介詞,而不應該視爲這個
　　原則的例外;因爲這些複合介詞裡的'過、著、了'並不表達動作完成或持續等動貌意
　　義,而只有增加音節的加強作用。

❽　但是'比、跟、在'等介詞似乎仍然保留原來動詞的句法功能而可以形成正反問句,例
　　如'他比(不比)你高(?)'、'你跟(不跟)他去(?)'、'你在(不在)家吃飯
　　(?)'。

後面而屬於其否定範域；（vii）介詞組，除了由介詞'在、到、給'等引介的處所與終點介詞組可以出現於述語動詞的後面充當補語以外，一般都出現於述語動詞的前面充當狀語❾；(viii)充當狀語的介詞組是可用亦可不用的句法成分，因而常可以省略；（ix.)充當狀語的介詞組常可以移到句首來修飾整句或充當主題❿。

根據以上（i）到（ix）的漢語介詞的句法功能來檢驗上面⑬到⑰的例句裡國語與閩南語'連'字的句法功能的時候，大致都能滿足介詞的句法功能。但是有下列幾點應該注意。

㈠例句⑬裡的'連'(包括閩南語的'含、參')所引介的不是狀語或補語，而是動詞（'吃、搬走'）的賓語。就這一點而言，'連'字的句法功能與'把(／對）'相似，卻不能以'把'代替、或與'把'連用。

㈡在例句⑭的前半句裡，'連我'後面的動詞'有'可以省略；而後半句裡卻根本不含有動詞，但是似乎可以在'一共'後面補上動詞'有'。這個事實似乎顯示：'連'仍然保持相當於'包括……在內'的動詞意義與功能。

㈢在例句⑮裡，'連'所引介的介詞組出現於句首，並用逗號與句子的其他成分劃開，而且還可以移到句中的位置（即

---

❾ 另外，介詞'把、拿、將'與'對'分別把動詞與形容詞的賓語引介到述語動詞的前面（如'我把書看完了'與'他對你∣很了解／了解得很∣'；而介詞'被、讓、給'等則把主動句的主者或感受者主語引介到被動句裡受事者或客體主語與述語動詞的中間（如'我∣被／讓／給∣他騙了'）。

❿ 關於漢語動詞與介詞在句法功能上的差異，參湯（1978）。

主語與謂語的中間）⓫。但是與一般狀語介詞組不同，這個介詞組還可以移到句尾，並用逗號劃開⓬，例如：

⑱a. 我們一共抬了四筐，連剛才那一筐；我們才五個人，連新來的小張。

　b. 阮攏總扛四籠，連抵即彼一籠；阮才五個人，連新來的張的。

這個事實似乎也顯示，'連'的動詞意味較重，其句法功能幾乎相當於'｛連（同）／｛連／含／參｝｝……在內'。

㈣在例句⑯裡，'連'與'帶；及'連用來連接兩個對等或並列的名詞，其句法功能相當於連詞；因為一般介詞都把(賓語)名詞引介到(述語)動詞或形容詞⓭，而不能用來連接名詞與名詞。國語的'帶'字在閩南語中常用'及'來代替，而'及'在閩南語裡則是不折不扣的連詞。在⑰的例句裡，'連'也與'帶；及'連用來連接兩個對等或並列的動詞，並且可以用'邊…邊…；那…那…'來解義，顯然也屬於連詞

⓫　參前面所討論的漢語介詞的句法特徵第八點。

⓬　這個介詞組的可以移到句尾的位置，並非由於'連'後面帶上字數較長的賓語；因為賓語的字數較短的時候，仍然可以出現於句尾（如'我們一共抬了四筐，連這一筐'與'我們才五個人，連小張'）。或許有人認為一般介詞組也可以因「追述」或「補充說明」（afterthought）而出現於句尾（如'我們昨天開了同學會，在台北來來飯店'）。但是，這種'連'的用法常要求述語動詞的賓語名詞組（包括'總共有五個人選上了，連小張'）含有數量詞，而且述語動詞的賓語名詞組與介詞'連'的賓語名詞組之間形成「整體與部分的關係」(whole-part relation)，其語意關係似乎較為密切而自然。

⓭　漢語的介詞組較少用來修飾名詞。

用法。又‘連蹦帶跳’的‘蹦’一般都做粘著語來使用，但是由於‘蹦蹦跳跳’的說法而仍然可以由‘連…帶…’來連接。

　　從以上的觀察與討論，我們可以知道：國語的‘連’與閩南語的‘連、含、參’是相當特殊的介詞，因為其句法功能與一般介詞並不盡相同。我們在下一節裡，更進一步討論‘連’的特殊性。

四、‘連’字限制詞或焦點副詞用法

　　呂等（1980：325-326）與鄭等（1989：168-169）除了上一節所討論的‘連’的三種介詞用法以外，還提出了下面第四種用法：表示強調。‘連…’後用‘都、也、還；都、也、嘛、猶’等呼應，‘連’前還可加‘甚至’。

　　（i）‘連’＋名詞(組)

⑲a. 連我都知道了，他當然知道；他連飯也沒吃就走了。

　b. 連我都知影啊，伊當然嘛知影；伊連飯嘛無食就走啊。

　　（ii）‘連’＋動詞(組)：謂語限於否定式（有時前後是同一動詞）⑲。

---

⑲　例如，‘連看也｜不愛／無愛｜看’。不過，許多人認為：除了前後都用同一動詞的時候，必須使用否定謂語以外，其他情形似乎容許肯定謂語的出現；例如：‘年紀這麼小連下棋都會（贏大人）了；年紀遮呢少連行棋猶會（贏大人）啊’。

⑳a. 連下棋都不會；連看電影也沒興趣。

　b. 連行棋都繪曉；連看電影也無興趣。

（ⅲ）'連'小句：小句限於由疑問代詞或不定數詞構成的❺。

㉑a. 連他住在哪兒我也忘了問。

　b. 連伊滯在叨位我嘛繪記得問。

（ⅳ）'連'＋數量（詞組）：數詞限於'一'，謂語限於否定
　　　式。

㉒a. 最近連一天也沒休息；他家我連一次都沒去過。

　b. 最近連一工嘛無歇睏；個厝我連一遍都唔捌去。

　　上面例句⑲到㉒裡'連'字的用法，與上一節⑬到⑰裡'連'字的用法有下列幾點差異，因而更加顯出'連'字在句法功能上的特殊性。

　　㈠在這些'連'字的後面都要用'都、也、還；都、也、嘛、

---

❺　呂等（1980：326）爲由不定數詞構成的小句所舉的例句是'連這篇文章改動了哪幾個字他都記得'，但是在這個例句裡重要的不是不定數詞'幾'，而是疑問詞'哪幾'。又，除了含有疑問(代)詞的小句以外，正反問句也可以用'連'來引介，例如：'連{他太太肯不肯答應／有沒有人肯幫忙}他都不知道'。因此，（ⅲ）的「'連'＋小句」宜改爲「'連'＋疑問子句」。另外，疑問詞也可以出現於名詞組內來修飾名詞，並由'連'來引介；例如，'連(他)有什麼樣的條件我都不知道'。

猶'。

㈡在這些'連'字的用法常附有相當特殊的限制;例如,'連'
引介動詞組與數量詞組的時候,謂語限於否定式;引介子
句的時候,子句限於疑問句(包括特殊疑問句與正反問
句);引介數量詞組的時候,數詞限於'一'等。

㈢在這些例句裡,'連'字所引介的不僅是充當句子可用成分
的狀語(如例句㉒⑯),而且還包括句子必用成分的主語(如
例句⑲的前半句)、賓語(如例句⑲的後半句)、謂語(如例
句⑳)與補語(如例句㉕⑰)。

㉓a.他連地板(上)都放了許多書;他連工友也送了紅包。

　b.伊連地板(面頂)嘛囥⑱真儕書;伊連工友也送紅包。

而且,由這種'連'字所引介的詞組或子句,無論是賓語或是
補語,都必須出現於述語動詞的前面(如例句⑲的後半句到
㉓句)⑲;因而,漢語裡無標的「主動賓」詞序都變成有標
的「主賓動」詞序。

---

❿ 這些狀語在一般的情形下,以期間補語與回數補語的形式出現於句尾;如'最近｜休息
了一天／歇睏一工｜'與'我｜去過他家一次／捌去個厝一遍｜'。

⓱ 這些補語在一般的情形下,以處所補語與終點補語的形式出現於賓語的前面或後面;
如'他｜放了許多書在地板上／在地板上放了許多書｜;伊著地板面頂囥真儕書｜'與'他
送了紅包給工友;伊送紅包與工友'。

⓲ 閩南語動詞'囥'字的寫法採自楊 (1991:224)。附帶一提的是,楊 (1991:259) 也
把這裡所討論的'連' (即她的'連名著〔=都〕不知') 列為介詞。

⓳ 例句⑬由'連'所引介的賓語名詞也出現於述語動詞的前面,但是這些例句也可以在
'連'與賓語名詞後面加上'也、都'來與'連'相呼應。

㈣這種用法的'連'字,除了可以引介名詞組、動詞組、疑問子句、數量詞組以外,還可以引介介詞組(如例句㉔);而一般介詞都不能引介介詞組。

㉔a. 他連在教室裡也講閩南話;他連對學生都很客氣。

b. 伊連在教室內也講閩南話;伊連對學生攏眞客氣。

同時,一般介詞組都可以受否定詞的修飾而出現於其否定範圍內;而由'連'所引介的介詞組卻很少受否定詞(特別是'不')的修飾。試比較:

㉕a. 他{不／沒(有)}跟老師說實話;??他跟老師{不／沒(有)}說實話。

b. 伊{呔／無}及老師說實話;??伊及老師{呔／無}說實話。

㉖a. 他連跟老師都{不／沒(有)}說實話;*他{不／沒(有)}連跟老師都說實話。

b. 伊連{及／含／參}老師㉑嘛{呔／無}講實話;*伊{呔／無}連{及／含／參}老師嘛講實話。

㉑ 我們雖然可以說'連{及／含／參}(老師)',卻不能說'及{含／參}(老師)、含{及／參}(老師)、參{及／含}(老師)'。可見,真正與國語的'連'相對應的閩南語似乎是'連',而閩南語的'及、含、參'則兼具國語'及、與、和、跟'的連詞功能。閩南語'及、含、參'之所以兼具'連'的語意功能,可能是由於這些詞之具有類似'連同'的語意內涵而獲得'連(同)'的語意功能。

㈤這種用法的‘連’字都可以在前面加上‘甚至、甚至於、甚而、甚而至於’，例如[21]：

㉗a. 我們這兒，不但大人，甚至連六、七歲的小孩兒都會游泳。

　b. 阮遮，呣但大人，（甚至）連六、七歲的囝仔都會曉游泳。

㉘a. 時間久了，我甚而連他的名字都忘了。

　b. 時間太久，我（甚至）連伊的名都燴記得。

呂等(1980：430)與鄭等(1989：289-290)都認爲：‘甚至（於）、甚而（至於）’都具有副詞用法（如㉗與㉙句）與連詞用法（如㉘與㉚句）。從例句裡來觀察，副詞用法的‘甚至’出現於名詞組（如㉙句）與‘連’詞組（如㉘句）的前面來‘強調突出的事件’，而連詞用法的‘甚至’則出現於並列的名詞組(如㉗句)、動詞組(如㉚句)、形容詞組、介詞組、小句裡最後一項的前面來‘突出’這一項，並且可以在第一項前面加上‘不但；呣但’。

㉙a. 這塊大石塊，甚至四、五個小伙子也搬不動。

　b. 這塊大石塊，｜甚至／閣有｝四、五個少年人也搬燴

震動。

㉚a. ……不但沒有水澆地,甚至吃的水也得從幾十里外挑
　　　來。

　b. ……呣但無水通沃土,甚至食的水嘛著對幾十里外擔
　　　來。

有趣的是:這些例句裡的'甚{至／而}'都可以用'(甚
{至／而})連'來取代,而且都在後面帶上'都、也;
都、也、嘛';同時,例句㉘、㉙、㉚裡的賓語名詞組也
都移到述語動詞的前面來。雖然'連、含、參'與'甚至
(於)、甚而(至於);甚至'的意義與用法如此相似,但
是呂等(1980)與鄭等(1989)都把'連'等分析爲介詞,
而把'甚至'等分析爲副詞或連詞。既然'連'與'甚至'在語
意內涵與句法功能上都極爲相似,那麼爲什麼二者在詞類
畫分上卻是如此的不同?難道二者在語法範疇上完全沒有
交集的地方?

　以上五點觀察顯示:在前後兩節所討論的'連'字,無論是語
意內涵或是句法功能,都呈現相當大的差異。但這些差異是怎麼
產生的?又這些差異彼此之間,是各不相干的?還是息息相關
的?

　首先,我們來討論'連'(以及'甚至')與副詞'都、也'等之
間的連用關係。但是在討論二者的連用關係之前,先來討論
'都、也'在語意內涵與句法功能上的共同特點。根據呂等(198
0:153)與鄭等(1989:113),'都;攏、都、多'表示'總括全

部'並可以説成'全都';'攏共、攏總❷',因爲具有「全稱量詞」（universal quantifier）的語意内涵，所以似可稱爲「全稱副詞」（universal scope-adverb）。全稱副詞的'都；攏'常與含有全稱數量詞（如'所有的、凡是、每㈠、任何'）的名詞組、表示任指或全稱意義的疑問代詞（如'｜不管／｜不／無｜論／任憑｜｜誰／什麼／怎麼／怎(麼)樣／哪／幾／多(少)｜；｜｜不／呸｜管／｜不／無｜論／即使｜｜啥人／什麼／按怎／按怎樣／叨／幾／偌(濟)｜'）與名詞或量詞的重疊（如'人人、家家户户，個個、場場'）、以及含有全稱意義的副詞（如'到處、處處、時時(刻刻)、(自)始(至)終、一直'）與連詞（如'每｜當／逢／到｜、不管、｜不／無｜論；每過，見若、｜不／呸｜管、｜不／無｜論'）連用來前後呼應，例如：

㉛a. ｜所有的／凡是／每一／任何｜事物都有自己的特點。

　b. ｜所有的／凡是／每一／任何｜事物攏有家己的特點。

㉜a. (｜不管／無論｜)｜誰／什麼人／怎(麼)樣的人／幾個人／多少人｜都可以來。

　b. (｜呸管／無論｜)｜啥人／什麼人／按怎樣的人／幾個人／偌濟人｜攏會使來。

㉝a. ｜大家／大伙兒／人人／個個／每一個人｜都贊成你的提案。

　b. ｜大家／人人／每一個人｜攏贊成汝的提案。

㉞a. 他｜(自)始(到)終／一直｜都對我很好。

---

❷　鄭等 (1989：113)在有關的例句裡所用的副詞是'攏'與'攏共'。

b. 伊｜始終／自頭到尾｜攏對我眞好。

㉟a. 每｜當／逢｜提及賣菜的老張，街坊們都稱讚不止。

b. ｜每過／見若｜提及賣菜的張的，厝邊攏稱讚繪停。

㊱a. ｜無／不｜論｜幹什麼事情／大小工作｜，他都非常認眞。

b. ｜無／不｜論｜做什麼代誌／大細項工作｜，伊攏非常認眞。

　　這些含有全稱意義的數量詞、疑問代詞、重疊詞、副詞與連詞，大致可以分爲兩類：一類是泛指整個「集合」(set)的全稱詞(如'所有的、凡是、大家')；而另一類則是任指或綜指各個「成員」(member)的全稱詞(如'每㈠、任何、人人、個個、｜不／無｜論'與疑問代詞)。'連、含、參'等字在語意功能上似乎屬於第二類的成員全稱詞，因爲'連'字是藉指涉居於上限或下限的成員來泛指整個集合。由於'連、含、參'字具有全稱詞的語意功能，所以也就常與全稱副詞'都'連用。'都'的全稱功能，可以從㊲的'有'字句與㊳的'在'字句之比較中看出來：㊲裡表示「偏稱」(existential)與「非定指」(non-definite)的'兩本書'不能與'都'連用；而㊳裡表示「全稱」(universal) 與「定指」(definite)的'兩本書'則必須與'都'連用。

㊲a. 桌子上(＊都)有兩本書。

b. 桌仔頂(＊攏)有兩本冊。

㊳a. 兩本書 ＊(都)在桌子上。

b. 兩本冊 ＊(攏)在桌仔頂。

'也（亦、嘛）'本來是表示'兩事相同'的連接副詞。但是在下面的意義與用法裡，'也'與'都'的意思相似，因而可以交換使用❷。

（i）與表示任指或全稱的疑問代詞連用，疑問代詞前面還可以帶上'｛不／無｝論'等來強調其全稱意義：

㊴a. 考試的時候，（無論）誰｛也／都｝不准說話。

b. 考試的時陣，無論啥人｛也／攏｝繪使講話。

（ii）表示'甚至'，前面隱含'連'字，多用於否定句，而數詞則限於'一'：

㊵a. 他(連)頭｛也／都｝不抬，專心學習；(連)一顆糧食｛也／都｝不浪費；樹葉(連)(一)動｛也／都｝不動；(連)一次｛也／都｝沒去。

b. 伊(連)頭｛也／攏｝無舉高，專心學習；（連）一粒米｛嘛／攏｝無欲浪費；樹葉仔(連)震動｛嘛／?攏｝

---

❷　'也'字的用法與例句，參呂等(1980：522-525)。

ㄅ會震動; (連) 一擺│嘛／??攏│無去㉔。

　　以上的例句似乎顯示:'也'與'都'一樣含有全稱意義,因而可以交換使用。我們甚至可以說;'也'比較傾向於「成員全稱」,而'都'則比較傾向於「集合全稱」;因此,'誰也不准說話'表示'甲也不准說話、乙也不准說話、丙也不准說話…;│誰／大家│都不准說話'。這也就說明,為什麼'也'字不能與全稱數量詞 (如'││所有的／每 (一) 個／人│人／大家│'連用,因而其出現分佈不如'都'字的廣泛。㉕

　　其次,我們來討論'連'字用法的特殊限制:例如,'連'引介動詞組與數量詞組的時候,謂語限於否定式;引介子句的時候,子句限於疑問句;而引介數量詞組的時候,數詞則限於'一'等。前面已經提到,'連'字具有成員全稱的語意功能;因此,'連'不能與全稱數量詞 (如'(* 連)││所有的／每一個／人│人／大家／誰│ (都知道)') 連用。同時,'連'所引介的常常是一個集合裡居於極端的上限 (如'連│老師／專家│都答不出來') 或下限 (如'連│學生／傻瓜│都會') 的成員,而藉此指涉整個集合而表示全稱,即全面否定與全面肯定。引介數量詞組的時候,數詞必須限於'一'或'半'來表示極其少的數量下限,並藉否定詞來表

㉔　國語裡以'肯定動詞＋否定動詞'來表示全稱意義時,如果動詞是單音節 (如'動'),那麼肯定動詞前面的數詞'一'可用可不用;但是如果動詞是雙音節 (如'搖動'),那麼就不能用數詞'一'。另一方面,閩南語則不管動詞是單音節或是雙音節,都不能用數詞'一'。又在閩南語裡出現於肯定動詞與動量詞後面的'攏'似乎不如'也、嘛、都'的自然通順 (參㉔b.最後兩句)。

㉕　'也'只能在與表示任指的疑問代詞、'(甚至)連、甚至(於)'、數詞'一'或否定詞連用的時候,才能表示全稱意義;而'都'則不受這種限制。

達連這個數量下限都無法達成的全面否定。引介動詞的時候，也
拿動詞組（如'連｛下棋也不會／看電影也没興趣｝'）所表達的
行爲或活動來做爲某特定行動範疇的上限或下限，並藉這個上下
限的否定來表示'｛何況是／更談不上｝其他行動'的全面否定。
引介含有疑問代詞的疑問子句的時候，則因疑問代詞所代表的指
涉對象含有衆多的選擇可能，所以這些選擇可能就可以做爲上限
或下限(究竟上限或下限則視語言情境或上下文而定)，而由'連'
字來引介，可以用謂語的肯定或否定來表示全面肯定或全面否
定。至於引介正反問句（包括'連(一)動也不動'等用法）的時
候，則只有正面肯定與反面否定這兩種選擇可能；因此，傾向於
表示下限而與否定連用來表達全面否定。在這些具有特殊限制的
'連'字用法，都由於這些特殊限制而表達明顯的上限或下限意
義，所以只要與全稱副詞'都'或'也'連用即可，表示强調的'連'
與'甚至(於)'則可用可不用。

　　包括'連'字在内的全稱詞與全稱副詞'都、也'的連用關係以
及有關'連'字特殊限制的討論已如上述，那麼爲什麼由'連'字所
引介的詞組都要出現於述語動詞的前面，而不能出現於述語動詞
的後面？其實，這些詞組的必須出現於述語動詞的前面，並非由
於'連'字的存在，而是由於'都、也'這些全稱副詞的存在。例
如，在⑲到㉔的例句裡出現的許多'連'字都可以省略，但是由
'連'字所引介的詞組（無論是主語、賓語、補語或狀語）都仍然
必須或可以出現於述語動詞的前面；而且，這些詞組都可以含有
'連'或'甚至'的强調意義。在下面㊶與㊷的例句裡引介賓語的

'連'都可以省略，但是詞序卻可以仍然不變㉖。

⑪a. (連)這麼重的病都給治好了；（連）一個人影兒都看
　　不見。

　b. (連)遮呢重的病都共治好啊；（連）一個人影都看繪
　　著。

⑫a. (連)一口都沒喝；（連）一聲都不吭。

　b. (連)一嘴都無飲；（連）一聲嘛無哼。

⑬與⑭的例句更顯示：不能由'連'引介的含有全稱數量詞的
名詞組以及任指用法的疑問代詞都可以出現於述語動詞的前面，
而任指用法的疑問代詞則甚至非出現於述語動詞的前面不可。但
重要的是，這些例句都必須含有全稱副詞'都'或'也'(含有全稱數
量詞的名詞組後面只能用'都'，不能用'也')。

⑬a. 我(＊連)｜所有的／每一本｜書＊(都)看完了；
　　我（＊都）㉗看完了（＊連）｜所有的／每一本｜
　　書。

　b. 我(＊連)｜所有的／每一本｜冊＊(攏)看煞啊；

㉖　⑪與⑫的例句採自呂等(1980：154) 與鄭等(1989：114)，但是部分例句略做修改。

㉗　根據呂等(1980：154)，出現於單數主語後面的'都'表示'甚至'（如'我都｜不知道你會
　　來／忘了你的名字了｜'或'已經'（如'我都六十了、飯都涼了'）。又鄭等（1989：11
　　4）把表示'甚至'與'已經'的'都'分別譯為閩南語的'煞'與'都'。

·　211　·

我（＊攏）看煞（＊連）｜所有的／每一本｜冊。❷

⑭a. 他（＊連）｜誰／什麼人｜＊（都）不相信；

＊他（都）不相信（連）｜誰／什麼人｜。

b. 伊（＊連）啥人＊（｜攏／嘛／都｜）咔相信；

＊伊（｜攏／嘛／都｜）咔相信（連）啥人。

　　從以上的觀察與分析我們獲得兩個結論：㈠全稱副詞‘都、也’必須與其他全稱詞（包括形態或語意上的複數名詞）連用，而出現於這個全稱詞的後面❷；㈡含有任指用法的疑問代詞與‘連’詞組的句子必須含有全稱副詞‘都、也’；因此，任指用法的疑問代詞與由‘連’引介的詞組都必須移到述語動詞與‘都，也’的前面並「C統制」這些副詞❸。

---

❷ 有些人認爲出現於句尾的全稱賓語最好用‘把；共’字引介到述語動詞的前面去（如‘我把（／共）｜所有的／每一本｜書（／冊）都（／攏）看完（／煞）了（／啊）’）。

❷ 更精確地説，全稱副詞‘都、也’必須受到另一個全稱詞的「C統制」（c-command）。

❸ 我們可以參酌「原(則)參(數)語法」（Principles-and-Parameters Theory）的「最小性理論」（Minimalist Program)，爲含有‘連’詞組與‘都、也’的句子擬設下面的詞組結構。

　　⑴ 連老師｜都／也｜不會這個題目。

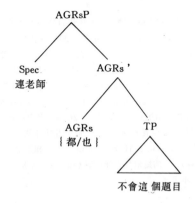

(ii) 老師｛連這個題目／什麼｝｛都／也｝不會。
　　　＊＊＊＊＊＊　＊＊　＊

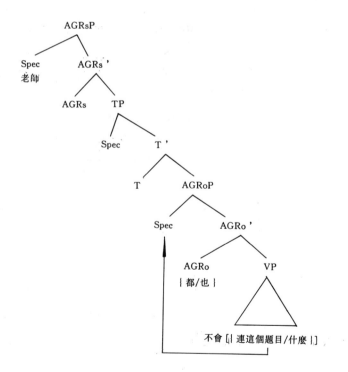

在以上的詞組結構分析裡，我們爲了讀者的方便暫且省略「主語在動詞組內的假設」（the VP-internal subject hypothesis），而讓主語名詞組直接出現於「主語呼應詞組」（AGRsP）裡「指示語」（Spec(ifier)）的位置。在（ⅰ）的詞組結構分析裡，主語'連老師'「c 統制」出現於主語呼應詞組裡主要語「主語呼應語素」（AGRs）位置的'都、也'，並與此相呼應。在（ⅱ）的詞組結構分析裡，賓語'連這個題目'本來在深層結構裡出現於動詞組裡補述語(或指示語)的位置，但在表層結構裡提升移入「賓語呼應詞組」（AGRoP）裡指示語的位置，因而「c 統制」出現於賓語呼應詞組裡主要語「賓語呼應語素」（AGRo）位置的'都、也'，並與此相呼應。這種呼應稱爲「指示語與主要語之間的呼應」（Specifier- Head Agreement）。相形之下，'我看完了每一本書'與'我每一本書都看完了'的結構分析分別如（ⅲ）與（ⅳ）：

　　(ⅲ) 我看完了每一本書。

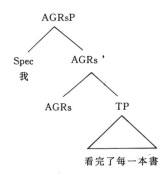

(iv) 我每一本書都看完了。

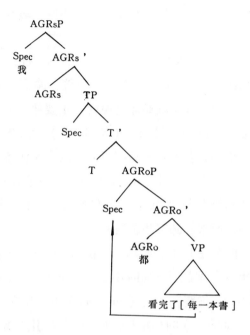

至於'連這個題目老師都不會'與'每一本書我都看完了'，是分別把'連這個題目'與'每一本書'加接於（ii）與（iv）的主語呼應詞組（AGRsP）的左端而得來的；因而在這些結構佈局裡'連這個題目'與'每一本書'仍然｜c統制」'都'。

以上的觀察與分析顯示：這一節裡所討論的'連'在意義與用法上與上一節裡的'連'以及一般介詞並不相同。這些不同之點，可以歸納如下：

㈠這種'連'字在「Ｘ標槓結構」（X-bar structure）上出現於「附加語」（adjunct）的位置來修飾「詞節」（X'），而不像一般介詞或連詞那樣出現於「主要語」（head）的位置來形成自己的「詞組」（X"；XP）。因此，這種'連'字可以出現於名詞組、動詞組（或以「大代號」（PRO）為主語的「大句子」（S'；CP））、含有疑問詞組(包括正反問句語素)的大句子、含有數詞'一'的數量詞組以及介詞組前面來修飾這些詞組。

㈡這種'連'字在「語法範疇」（grammatical category）或詞類上屬於「副詞」（adverb）或「狀語」（adverbial），並且屬於「從屬副詞」（subjunct）中「焦點副詞」（focusing subjunct）的小類❶。在語意上有引介或添加「強調

---

❶ Quirk et al（1985：503）把副詞與狀語分為「整句副詞」（disjunct；如'to my regret, frankly, obviously'）、「連接副詞」（conjunct；如'however, therefore, consequently, namely'）、「附加副詞」（adjunct；如情狀、處所、時間副詞等）與「從屬副詞」（subjunct)四大類，而從屬副詞又包括「觀點副詞」（viewpoint subjunct；如'morally, weatherwise'）、「禮貌副詞」（courtesy subjunct；如'kindly, cordially'）、「成分副詞」（item subjunct；如'resentfully, deliberately'）、「動詞組與陳述副詞」（verb-phrase and predication subjunct；如'really, rather'）、「時間關係副詞」（time-relationship subjunct；如'yet, already, just'）、「強調詞」（emphasizer；如'really, simply'）、「加強詞」（intensifier；如'completely, almost'）與「焦點副詞」（focusing subjunct)等八小類。又焦點副詞底下再可以分為「限指詞」（restrictivesubjunct；如'only, alone, exactly, particularly, chiefly'）與「添指詞」（additive subjunct；如'also, too, similarly, even'）兩類。

焦點」（emphatic focus）的作用，而在語音上則常把'連'字後面的名詞組、動詞組、介詞組、疑問句的疑問詞與正反述語以及數量詞組的數詞'一'加以重讀。這些重讀的句子成分都表示強調的焦點。

㈢這種'連'字在語意與句法功能上具有「全稱量詞」（universal quantifier）的功能，因而必須與範圍副詞'都、也、嘛'連用，並且必須「C統制」這些副詞。這就是爲什麼含有'連'字的主語、賓語、補語與狀語都必須出現於這些範圍副詞與述語動詞前面的緣故。結果，這些含有'連'字的詞組都出現於否定詞'不'的前面，而居於其「否定範域」（scope of negation）之外。❷

閩南語的'連'與國語的'連'在意義與用法上幾乎完全一樣。鄭等(1989：168)認爲與國語的'連'相對應的閩南語還有'含、參、及'，但是在所舉的例句中卻全都用'連'而沒有用任何其他的字。同時，鄭等(1989：206，179)在與國語'和'與'跟'相對應的閩南語中也舉了'含(ham)、參(chham)、及(kap)'❸。可見，閩南語的'含、參、及'在意義與用法上比較接近國語的'和、跟、與'，而且都有介詞(如㊺句)與連詞(如㊻句)兩種用法。試比較：

---

❷ 這個觀察支持漢語的「否定詞組」(NegP)出現於賓語呼應詞組與動詞組之間的詞組結構分析；即否定詞組係以否定詞'不'爲主要語，而以動詞組爲補述語。又，這裡所謂的由'連'字引介的詞組居於'不'的否定領域之外，係指「動詞組否定」(VP negation)；因爲由'連'所引介的詞組似乎可以出現於「全句否定」(sentential negation)的否定領域之內，如'(我)並不是(說)連老師都錯了'與'我並沒有(說)連你都不相信'。

❸ 鄭等(1989：179)在與國語的'跟'相對應的閩南語中還舉了'交(kiau)、共(kā)、逮(toe)'。

㊺a. 〔我〕昨天〔｜和／跟｜他〕(一起)到台北去了。

　b. 〔我〕昨昏〔｜含／參／及／交／共／逮｜伊〕(做｜夥／陣｜)去台北。

㊻a. 〔我｜和／跟｜他〕昨天都到台北去了。

　b. 〔我｜含／參／及／交／共／＊逮❸｜伊〕昨昏攏去台北。

　　閩南語‘含、參’的焦點強調意義似乎不若‘連’之強。但是由於‘含、參’含有‘｜含／參｜……在內’的意思，所以與範圍副詞‘都、也、嘛、猶’搭配之下可以擔任類似‘連’的意義與功能。另一方面，‘及、交、共、套’等則似乎較少說成‘｜及／交／共／套｜……在內’，所以也較少用來擔任‘連’的意義與功能。又閩南語的‘含、參、及、交、共、逮’等在基本的句法功能上屬於介詞，所以由這些介詞所引介的介詞組，可以與副詞‘連’連用而受其修飾，例如：

㊼a. 他連｜和／跟｜我講話都不肯。

　b. 伊連｜含／參／及｜我講話猶呣肯。

㊽a. 他連｜和／跟｜我做伴都不答應。

　b. 伊連｜含／參／及／交／共／套｜我做陣嘛呣答應。

　　國語裡‘連’可以與‘和、跟’連用而成爲詞組(如㊼與㊽的 a

---

❸　閩南語‘逮’的只能出現於㊺句而不能出現於㊻句，似乎顯示‘逮’只具有介詞用法，而不具有連詞用法。

句),但'和、跟、與'彼此之間卻不能互相連用而成為詞組。同樣地,閩南語裡'連'可以與'含、參、及、共、交、逮'連用而成為詞組(如⑰與⑱的 b 句)。但是'含、參、及、共、交、逮'彼此之間卻很少互相連用而成為詞組。不過,這裡可能牽涉到「方言差異」(dialectal difference)與「個別差異」(idiolectal difference) 等問題。因為有些人接受'含、參'與'及、共、交、逮'之間連用而成為詞組,但是很少人接受'含'與'參'之間或'及、共、交、逮'彼此之間的連用而成為詞組。因此,'連'、'含、參'、'及、共、交'與'逮'似乎各自獨成一小類。

　　至於'甚至(於)、甚而(至於)',其意義與功能與'連'極為相似,所以也可以分析為強調焦點的副詞。'甚至'與'連'的連用(即'甚至連'),似乎可以比照'甚至於、甚而至於'而分析為複合副詞。不過,'甚至(於)、甚而(至於)、甚至連'比'連'多一種連接用法;那就是,可以出現於並列的對等詞組的最後一項之前來強調這一項。例如 ❻:

　　⑭a. 在城市、在鄉村、｜甚至(於)／甚而(至於)／甚至連｜在偏僻的山區,……

　　　b. 在城市、在農村、｜甚至(連)｜在偏僻的山區,……

　　漢語裡強調焦點的副詞,除了'連'以外,還有'就(／干乾)、單單(／干乾)、只有(／干乾)、尤其是(／尤其(是))、

---

❻　除'甚至(於)、甚而(至於)、甚至連'以外,'甚或'與'乃至於'也具有類似的連接用法。

可(是)(／抑閣)'等。這些焦點副詞，除了可以出現於一般副詞所出現的位置以外，還可以出現於名詞組的前面來修飾或限制名詞組，例如❸：

⑤a. 昨天就他沒來(別人都來了)；別人都有爹媽，就我沒有。

 b. 昨昏干乾伊無來(別人攏有來)；別人攏有爸姆，干乾我無。

⑤a. 我就這本書沒看完。

 b. 我干乾這本冊無看煞。

⑤a. 我{單單／只有}這一本書沒看過。

 b. 我干乾這本冊猶未看過。

⑤a. 同學們的意見，尤其是老張的意見，對我的幫助非常大。

 b. 同學的意見，尤其（是）張的意見，對我的幫助非常大。

⑤a. 我倒願意，可他又不肯；可你不同，（還是）愛他啊！❸

 b. 我卻是真願意，吓閣伊吓肯；吓閣汝無同款，（猶閣）愛伊啊！

---

❸　下面⑤到⑤的例句，參照呂等(1980)與鄭等(1989)。

❸　例句⑤a，'可'也可以說成'可是'。'可是'的用法比較接近連詞；但是'可'可以直接出現於名詞（組）的前面並把這個名詞（組）加以重讀，所以我們暫且也把'可（是）'歸入焦點副詞裡面。

在這些例句裡出現的焦點副詞，原來多修飾述語動詞組或形容詞組，後來逐漸修飾或限制小句、介詞組、甚或名詞組。例句(51)與(52)裡由'就、單單、只有；干乾'所引介的賓語名詞組，甚至與由'連'所引介的賓語名詞組一樣，必須出現於述語動詞的前面。有些語法學家把這些可以修飾或限制名詞組的副詞稱爲「限制詞」(qualifier 或 limiter)，並依其詞意內涵把'就、單單、只有、尤其是、可(是)；干乾、只有、尤其(是)'等歸入「限制詞」(restrictive)，而把'連、甚至(於)、甚而(至於)、甚至連；連、含、參、甚至'等歸入「添指詞」(additive)。但是我們也可以把這些副詞統稱爲「焦點副詞」(focusing adverb)。

五、英語與日語裡相當於漢語'連'的虛詞

與漢語焦點副詞用法的'連'相當的英語是'even'。Quirk et al (1985:604-611)把'even'歸入焦點副詞中的「添指詞」裡面，並指出'even'可以出現於名詞組(如(55)a.句)、動詞組(如(55)b.句)與介詞組(如(55)c.句)的前面來强調句子裡特定的焦點成分。我們還可以指出'even'也可以出現於由連詞'if, though, as, when'等引介的小句(如(55)d· e· f·句)、句子的替代語'so'(如(55)g·句)、副詞'now, then'(如(55)h.句)、動詞(如(55)i.句)與比較級形容詞(如(55)j.句)等的前面來限制這些句子成分[38]。

---

[38] 例句中使用大寫字母的部分表示因'even'的强調而重讀的焦點成份。

�55a. *Even* {*JOHN*╱*some of her FRIENDS*} criticized her.⑲

b. You could *even* leave her car at the airport *for a MONTH*.

c. John has seen it *even near his back DOOR*.

d. I won't mind *even* {*if*╱*though*} she DOESN'T COME.

e. They couldn't, *even if they WOULD*, get out of trouble by themselves.

f. Even *as I reached the DOORWAY*, a man came darting out of it.

g. He has some faults, *even so* he is a good man.

h. *Even now* it's not too late.

i. I *NEVER* even *heard of it*.

j. The book is *even BETTER than that*.

英語的'even'也可以與連詞'but'連用，並與'not {only╱just}'前後搭配之下，擔任相當於漢語'（不但）……甚至（於）…'的連詞功能，例如：

�56 *Not* {*just*╱*only*} the students *but even* their teacher is enjoying the film.

---

⑲ 根據 Quirk et al (1985:609)，在較爲非正式的用法裡'even'也可以出現於句尾來強調主語名詞組，例如'JOHN has seen it *even*'。又'even'與'John'之形成名詞組可以從'even John'之可以充當「分裂句」（cleft sentence）的焦點（如'It was *even John* {who╱that} criticized her'）這一點看得出來。

但是,與漢語不同,英語裡由'even'所限制的賓語名詞組不必也不能移到述語動詞的前面(如⑤a.句)。又,由'even'所引介的詞組雖然可以出現於否定詞的後面(如⑤i,與⑤a.句),但是這些否定詞似乎仍然居於'even'的「焦點範域」(scope of focusing)之內。試比較:

⑤a. He disputes *even the FACTS*.

　b. *Not even HE* protested.(= *Even HE* did *not* protest.)

相當於漢語與英語的焦點副詞'連'與'even'的日語是'さえ(も)、すら、も、だって、まで',可以出現於動詞的主語名詞組(如⑧a.句)、賓語名詞組(如⑧b.句)、形容詞的主語名詞組(如⑧c.句)、動詞組(如⑧d.句)、小句(如⑧e.句)、副(名)詞(如⑧f.句)與介詞組(亦即「後置詞組」(postpositional phrase),(如⑧g.句)後面。

⑧a. 子供{(で)さえ(も)/だって/でも/(で)すら}
　　 この荷物は運べる。(‘連小孩都搬得動這個
　　 行李。’)

　b. 君は此の字{(で)さえ(も)/も/(で)すら}まだ
　　 知らないの。(‘你連這個字都還不認識
　　 嗎?’)

　c. 新聞を見る時間{(で)さえ(も)/も/(で)すら}
　　 ない。(‘連看報紙的時間都沒有。’)

　d. その手紙を(讀むどころか)開け{さえ(/も/す

　　らしなかった。 （'連（打開）信都打不開。
　　'）

e. 彼女は彼に會うこと｜(で)さえ(も)／も／(で)
　　すら｜斷わった。 （'她連見他這件事都拒絕
　　了。'）

f. 今｜でさえ／でも｜遲くはない。
　　（'就是現在也不太遲。'）

g. 彼は家で｜さえ(も)／も／すら｜ネクタイをつけ
　　ている。 （'他連在家裡也戴領帶。'）

　　與漢語的'連'以及英語的'even'不同❹，日語的焦點虛詞
只能出現於詞組成分的後面。在例句⑱a.b.c.f.裡出現的
'で'是「判斷動詞」（copulative verb）'だ'的「連用形」
（gerundive form），在名詞（包括「形容名詞」（adjectival
noun； 如｜綺麗／上品／優雅｜（でさえある)'）、「副名
詞」（adverbial noun； 如'｜今／昨日／真夏｜（でさ
え)'）與「形式名詞」（formal noun： 如'｜こと／とこ
ろ／の｜（でさえ)'）後面非出現不可（如⑱f.的副名詞後
面）或出不出現都可以(如⑱a・b・c・的名詞組與⑱e・的形
式名詞'こと'後面)。日語的'さえ、すら、まで'在句法功能
上相當於介詞(或後置詞)，但是出現於'さえ'後面的'も'可
用亦可不用，在語意與句法功能上類似漢語的範圍副詞'都、

❹　英語的焦點副詞中，'alone, too, as well'只能出現於名詞組的後面，而 'only, al-
　　so, especially, particularly'等則可以出現於名詞組的前面或後面。

· 224 ·

也’。試比較⑤裡漢語與日語的例句：

⑤a.（連）他們｜都／也｜知道。

　b. 彼ら（さえ）も知っている。

又‘さえ、すら、も’可以出現於肯定句或否定句，而‘ま
で’則似乎只能出現於肯定句❶。試比較：

⑥a. 先生｜（で）さえ／（で）すら／も｜｜知っている／知
　　らない｜。（‘連老師也（不）知道。’）

　b. 先生まで｜知っている／＊知らない｜。
　　（‘連老師也（＊不）知道。’）

日語的‘さえ（も）、すら、も、まで’一方面可以出現
於名詞組的後面，一方面又可以出現於動詞的連體形（如⑧
a.b.c.e.的’で’與原形（如⑧d.的‘開け’）以及介詞組（如
⑧g.的‘家で（＝在家）’）的後面，因而似乎兼具介詞與副
詞的性質。

---

❶　如果‘まで’出現於賓語名詞組後面，那麼述語動詞就可能是否定式；例如‘先生
　　の名前まで｜知つている／は知らない｜’。但是，這裡的肯定句表示‘連老師的
　　姓名都知道’；而否定句卻不表示‘連老師的姓名都不知道’（這句話的日語該說
　　成‘先生の名前（で）｜さえ／すら｜知らない’），而表示‘並沒有連老師的姓
　　名都知道’。

六、結　語

　　在這一篇文章裡，我們從當前國內母語教育的本土化與多元化談起，提出'維護共同語的國語'與'扶助母語的方言'二者兼顧並重的基本立場，並強調語言分析對於語言教學的貢獻與重要性。我們以漢語'連'字的意義與用法爲例，逐步探討如何利用既有的國語文獻或研究成果來分析與國語相對應的方言詞彙與句法，並比較其異同而達成某種程度的條理化。由於篇幅的限制與研究資料的不足，我們無法把這種比較或對比分析延伸到客家語與原住民語言。但是有關漢語、英語與日語的簡單對比分析，足以説明這種語言分析非但適用於母語教學，而且也適用於外語教學。我們希望這一篇文章在母語分析與母語教學的開發上提供一個試探性的門徑。

參考文獻

Chao，Y. R.（趙元任），1968，*A Grammar of Spoken Chinese*，University of California Berkeley，California.

Cheng，Robert L.（鄭良偉）、張郁慧、黃淑芬、黃蓮音，1989，《國語常用虛詞及其台語對應釋例》，台北：文鶴出版有限公司。

Lü，S. X.（呂叔湘）等，1980，《現代漢語八百詞》，北京：商務印書館。

Ohta，Tatuso（太田辰夫），1958，《中國歷史文法》，東

京:江南書院。

Quirk, R., S. Greenbaum, G. Leech, J. Svartvik, 1985, *A Comprehensive Grammar of The English Language*, Longman, London and New York.

Tang, T. C. (湯廷池) 1978,〈動詞與介詞之間〉,《華文世界》,12期13-19頁,並收錄於湯 (1979:169-179)。

——,1979,《國語語法研究論集》,台北:台灣學生書局。

——,1990,〈漢語的'連……{都/也}……'結構〉,未定稿。

Yang, X. F.(楊秀芳),1991,《台灣閩南語語法稿》,台北:大安出版社。

＊ 本文原於1994年6月3日至5日在國立清華大學舉辦的閩南語客家語研討會上發表,並刊載於《閩南語研討會會前論文集》(12)1-39頁以及《國家科學委員會研究彙刊:人文及社會科學》5卷1期1－15頁。

閩南語連詞‘及、抑（是）、（猶）閣…（猶）閣…、那…那…’的意義與用法

一、前　言

　　蕭素英女士在一九九四年六月三日至五日於清華大學舉辦的閩南語研討會上發表論文〈閩南語的並列結構〉（以下簡稱蕭文）❶，文中討論閩南語四個「對等連詞」（coordinate conjunc-

---

tion)‘及’、‘抑(是)’、‘(猶)閣…(猶)閣…’與‘那…那
…’❷的出現分佈與限制,並企圖用「概化的詞組結構語法」(G
(eneralized) P(hrase) S(tructure) G(rammar))❸的理論模式來討論
其語法特性。嚴格説來,蕭文中所提出的「並列結構母式」與
「線性次序敍述」並没有真正「詮釋」(explain)有關的語法現
象,而只是對這些語法現象加以「描述」(describe)或「規範」
(stipulate)而已。在這一篇文章裡,我們不討論理論模式的問題,
而僅就蕭文所描述的語法現象,提出我們自己的分析與條理
化❶。

二、漢語的對等連詞

　　一般語言的連詞都可以分爲「對等連詞」(coordinate con-
junction)與「從屬連詞」(subordinate conjunction),而對等連詞
又可以分爲「單純(對等)連詞」(simple coordinate conjunction)

---

❷　‘那…那…’(相當於北京話的‘邊…邊…’或‘越(/愈)…越(/愈)…’)的用字仿效
　　鄭(1992:4)。‘那’字的選用可能是由於語音上的相近,但是英語的有定冠詞‘the’也
　　有與此同音同體的「成對連詞」(correlative conjunction)用法,例如:‘*The* higher
　　you climb,*the* harder you fall’。

❸　概化的詞組結構語法有關並列結構的分析與處理方式,參 Gazdar(1981)與 Gazdar et al
　　(1985)。

❶　這一篇文章是根據閩南語研討會上本人對於蕭文的講評稿而改寫的。當天以口頭發表
　　的時候,由於時間的限制,無法把全文讀完。

與「成對(對等)連詞」（ correlative coordinate conjunction）❺。單純連詞，如北京話的'和、跟、與、及、以及、或(者)、還是、但(是)、可是、然而'等，常單獨使用；而成對連詞，如北京話的'｛不/非｜但…而且…、除非…否則…❻、越…越…、一面…一面…、邊…邊…'等，則常成對使用。漢語的對等連詞具有下列幾點共同的語法特性：

㈠對等連詞所連接的句法成分（叫做「連接成分」或「連接項」（ conjunct ）），其詞類或句法範疇必須相同。

㈡對等連詞必須出現於兩個連接成分的中間❼。

㈢單純對等連詞所連接的連接成分，理論上可以無限多❽。

以上三點語法特性與漢語從屬連詞之㈠只能連接子句、㈡必須出現於從屬子句的句首(因而連同從屬子句出現於主要子句的

---

❺ 蕭文把這兩類對等連詞分別稱為「單一連詞」與「成組連詞」。對等連詞本來還可以加上第三類的「句連詞」（ sentence connector）。這一類對等連詞只能連接句子，而且出現於兩個句子的中間的時候，句連詞的前後常用分號與逗號劃開（例如，北京話的'因此'如'民眾要求總統直選的呼聲越來越高；因此，執政黨也只好俯順民意決定直選'與'然而'如'民眾要求總統直選的呼聲越來越高；然而，一部分非主流派則仍然執意反對'）；但是也可以把句連詞前面的分號改為句號來加重後半句。漢語的句連詞本來多見於書面語，但是最近連口語的'所以、可是、不過'等也有人開始使用同樣的標點符號。

❻ '除非…否則…'與'雖然…但是…'、'因為…所以…'等是由從屬連詞'除非、雖然、因為'與對等連詞'否則、但是、所以'合成的成對連詞。

❼ 包括句連詞以及上面❻裡所提及的與從屬連詞合成成對連詞的對等連詞都出現於兩個連接成分的中間。

❽ 在漢語裡成對對等連詞所連接的連接成分的數目通常是兩個，但是有些成對對等連詞卻與單純對等連詞搭配之下可以無限制地擴展；例如，'｛不/非｜但 A 與 B 與 C 與 D …而且 P（與 Q 與 X 與 Y）'（比較英語的'not only A and B and C and D…but also P（and Q and X and Y）'與'（n)either A（n)or B（n)or C（n)or D…'）。

前面❾）、㈢連接成分的數目原則上限於兩個這三點語法特性，形成顯明的對比。

三、'及'的意義與用法

蕭文二頁認爲'及'的語法特點有三：㈠只可以連接名詞組，而不能連接其他的詞組或子句；㈡不能出現於第一個連接成分的前面；㈢可以連接兩個以上的連接成分。其中，㈡與㈢相當於上一節所討論的漢語對等連詞共同語法特性之㈡與㈢，因而不必爲個別的對等連詞一一敘述。至於㈠之只能連接名詞組這一點，則值得討論。

首先，我們必須注意：所謂「名詞組」應該包含形容詞（如例句①）與動詞(組)（如例句②）的「名物化」（nominalization）。

①三分熟及七分熟，汝愛食叨一種？
（三分熟和七分熟，你要吃那一種？）
②食傷燒及食傷冷對身體攏唔好。
（吃太熱的跟吃太冷的都對身體不好。）

在書面語裡，'及'似乎可以連接動詞與形容詞。下面③到⑤

---

❾　少數從屬子句在漢語西化的影響下可能出現於主要子句的後面；例如'我不去，｜如果你不去（的話）/除非你也去｜'。

的例句採自鄭等（1989：206）**❿**。

③代志猶閣愛進一步調查及了解。

（事情還要進一步調查和了解。）

④中山樓十分雄偉及壯麗。

（中山樓十分雄偉和壯麗。）

⑤去及唔去，由汝家己決定。

（去和不去，由你自己決定。）

我們也拿下面連接動詞組的例句⑥與連接介詞組的例句⑦來調查接受度；結果，大家都認爲可以通。

⑥去日本旅行及去韓國旅行，叨一邊卡心適？

（去日本旅行和去韓國旅行，那一邊比較有趣?)

⑦(無論)參老爸及參老姆，我攏無話好講。

（(無論)跟爸爸或媽媽，我都沒話好講。）

這裡應該注意的是：連接名詞的時候，單音節名詞、雙音節名詞或多音節名詞都可以連接；但是連接動詞或形容詞的時候，

---

❿ 鄭等（1989：206）含有'及'的例句是對應呂等（1980：232）含有'和'的例句（放在圓括弧中列在閩南語的例句下面）而來的。又，例句③與④雖然屬於書面語，但例句⑤則不限於書面語。

則限於雙音節⓫。例如，在下面⑧的例句中，含有'的'比不含有
'的'來得通順。試比較：

⑧甜?(的)及鹹?(的)，汝愛吃叨一種？
　　(甜?(的)跟鹹?(的)，你要吃哪一種?)

這個事實可能顯示：名詞組是連詞'及'「無標」（unmarked）的
連接成分；或'及'本來只用於連接名詞組，然後逐漸擴散到其他
詞類⓬。但是，閩南語'及'之可以連接子句以外的連接成分，包
括名詞(組)、動詞(組)、形容詞(組)以及介詞組等，應該是不爭
的事實。

其次，我們也應該注意：用'及'等對等連詞來連接兩個以上
的連接成分的時候，連接成分之間可能出現幾種不同的搭配情
形。例如，蕭文以下面⑨的例句來說明'阿才仔'、'阿林仔'、'阿
和仔'三者對等並列的時候，'及'除了在第一個連接成分的前面不

⓫　但是，在例句⑤裡出現於「肯定動詞'及'否定動詞」句式裡的動詞則不限於雙音節或
　　多音節（包括帶有賓語或補語的動詞）。
⓬　同樣的音節數目限制以及這個限制的可能緣由也適用於北京話裡對等連詞'跟、和'的
　　用法。

能出現以外⑬，在其他連接成分的前面都可以出現，也可以不出現⑭。

⑨[[（＊及）[阿才仔]（及）[阿林仔]（及）[阿和仔]]（個三個人）攏是我的好朋友。

（[[[（＊和）[阿才]（和）[阿林]（和）[阿和]]他們三個人]都是我的好朋友。）

　　但是例句⑩的並列結構卻表示：阿才仔、阿林仔、阿和仔三人中，先由阿林仔與阿和仔兩個人形成對等並列，然後再由阿才仔一個人與阿林仔、阿和仔兩個人形成對等並列。

⑩[[阿才仔]及[[[阿林仔]（及）[阿和仔]]（個兩個人）]]唔肯講話。

　　同樣地，例句⑪的並列結構表示：先由阿才仔與阿林仔兩個人形成對等並列，然後才與阿和仔第三個人形成對等並列。

---

⑬　在下面（ⅰ）的例句裡，第一個連接成分的前面也出現‘及’：
　　　（ⅰ）及阿才仔、及阿林仔、及阿和仔，我攏無來往。
　　但是，這裡的‘及’可能是介詞用法；而且，在與例句（ⅰ）同義的例句（ⅱ）裡‘及’還是不能出現於第一個連接成分‘我’的前面：
　　　（ⅱ）（＊及）我及阿才仔（及）阿林仔（及）阿和仔攏無來往。
　　關於‘及’的介詞用法，以及連詞用法與介詞用法的差別，稍後詳論。
⑭　不過，蕭文說最自然的說法是只在最後一個連接成分前面加上‘及’。這個說法與英語的‘and’只在最後一個連接成分前面出現是最自然的說法相似。又例句⑨裡表示連接成分之間搭配情形的方括弧以及表示括弧內的句法成分可以省略的圓括弧是由我們自己加上去的。

⑪〔〔〔〔阿才仔〕（及）〔阿林仔〕〕（個兩個人）〕及〔阿和仔〕〕唔肯講話。

針對⑨到⑪的並列結構，我們可以分別擬設⑫到⑭的「X標槓結構」(X-bar structure)。這個X標槓結構的內容符合「X標槓公約」（X-bar convention）裡「同心結構」（endocentric construction；即主要語(X)、詞節（X'）與詞組（XP）屬於同一詞類）與「兩叉分枝」（binary branching；即每一個節點最多只能分爲兩個子女節點）的要求，只是要把「並列詞組」（conjoined phrase；CjP）依照其連接成分的句法範疇「重新分析」（reanalysis；reanalize）爲連接成分所屬的詞類（例如，⑫到⑭的並列詞組'CjP'都依照其連接成分的詞類重新分析爲名詞組'NP'⑮)：

---

❻　如果在同一個並列詞組裡出現一個以上的並列詞主要語'C'（即對等連詞'及'），那麼我們就可以擬設下面（i）的X標槓結構：
(i)

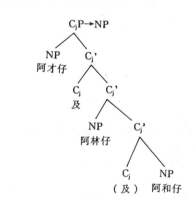

⑫

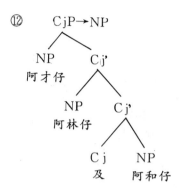

⑬

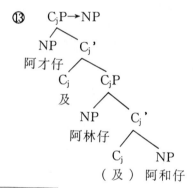

不過，這個 X 標槓結構無法由（ii）的「X 標槓公約」衍生，而必須另加（iii）的規律母式。這可能是由於並列結構具有「異心結構」（exocentric construction；即主要語與整個詞組的詞類不相同，這個事實顯現於 'CjP→NP' 的重新分析）的性質所致。就這一點意義而言，（i）是屬於比較「有標」（marked） 的 X 標槓結構。

(ii) a· XP→XP，X'（指示語規律）

     b· X'→XP，X'（附加語規律）

     c· X'→XP，X（補述語規律）

(iii) X'→X'，X（連接項規律）

又，含有成對等連詞（如 '不但…而且…'）的並列結構，可以擬設下面（iv）的 X 標槓結構：

⑭

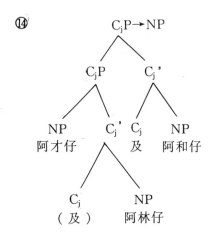

⬜⬜⬜⬜⬜⬜⬜⬜⬜⬜⬜⬜⬜⬜⬜⬜⬜⬜⬜⬜⬜⬜⬜⬜⬜⬜⬜⬜⬜⬜⬜

（iv）

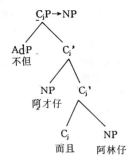

最後，我們討論'及'的介詞用法，以及其介詞與連詞用法上的差別。湯（1976）〈'跟'的介詞與連詞用法〉曾討論北京話'跟'的介詞與連詞用法，並提出幾點用法上的差別。閩南語'及'，也與北京話的'跟、和、與'一樣，具有連詞（如'〔〔阿才仔〕及〔阿林仔〕〕'）與介詞（如'〔阿才仔〕〔及〔阿林仔〕〕'）兩種用法。這兩種用法，在句法表現上有如下的差異：

㈠連接名詞組以外的形容詞(組)（如例句①與④❶）、動詞(組)（如例句②、③、⑤與⑥❷）、介詞組（如例句⑦）等詞組的'及'只能分析爲連詞，不能分析爲介詞；因爲原則上介詞只能引介名詞組(包括由其他詞類經過「名物化」而來的名詞組)，不能引介屬於其他詞類的詞組。

㈡兩個以上的名詞組以一個'及'連接（如例句⑨）的時候，只能分析爲連詞，不能分析爲介詞；因爲介詞只能引介後面一個名詞組給前面一個名詞組，總共只能牽涉到兩個名詞組。

㈢兩個或兩個以上的名詞組相繼出現（如例句⑨）的時候，連詞的'及'不能出現於第一個名詞組的前面，而介詞的'及'則非出現於第一個名詞組的前面不可。

⑮a. 〔（＊及）〔阿才仔〕（及）〔阿林仔〕（及）〔阿和仔〕〕及我攏無來往。

〔（＊跟）〔阿才〕（跟）〔阿林〕（跟）〔阿和〕〕跟我都沒有來

---

❶ 形容詞用'與'的對等連接，早見於'富與貴是人之所欲也。'（《論語》，〈里仁〉）。參太田（1958：264）。

❷ 動詞用'和'的對等連接見於韓偓詩：'見客入來和笑走'。參太田（1958：264）。

往。)

b. 我〔〔＊(及)〔阿才仔〕〕、〔(及)〔阿林仔〕〕、〔(及)阿和
仔〕〕攏無來往。

(我〔〔＊(跟)〔阿才〕〕、〔(跟)〔阿林〕〕、〔(跟)〔阿和〕〕都
沒有來往。

c. 我〔〔＊(及)〔〔〔阿才仔〕(及)〔阿林仔〕(及)〔阿和仔〕〕〕攏
無來往。

(我〔〔＊(跟)〔〔〔阿才〕(跟)〔阿林〕(跟)〔阿和〕〕都沒有來
往。

㈣以'及'連接的兩個名詞組，如果出現於補語或賓語的位
置，就只能分析為連詞用法，例如：

⑯a. 今仔日來開會的人是〔張先生及李先生〕。(主語補語)
(今天來開會的人是〔張先生跟李先生〕。)

b. 汝有〔薰及蕃仔火〕無?(動詞賓語)
(你有〔香煙跟火柴〕嗎?)

c. 伊將〔厝及財產〕送予個朋友。(介詞賓語)
(他把〔房屋跟財產〕送給他的朋友。)

㈤以'及'連接的兩個名詞組，如果出現於主語的位置，介詞
用法與連詞用法就有如下的區別：

（Ⅰ）介詞用法的'及'可以在介詞賓語後面帶上範圍副詞
'做夥、鬥陣'('一起、一塊兒')等；而連詞用法的'及'則

可以在並列結構後面帶上範圍副詞'攏(總)'('(全)
都')❶。試比較：

⑰a.〔老張仔〕〔及〔老李仔〕〕做夥來啊。

(〔老張〕〔跟〔老李〕〕一起來了。)

b.〔〔老張仔〕及〔老李仔〕〕攏來啊。

(〔〔老張〕跟〔老李〕〕都來了。)

⑰a 的例句表示老張與老李同時相伴而來；而⑰b 的例句則表示
他們兩個人都來了，卻不一定是同時相伴而來的。

(II)含有介詞'及'的句子，否定詞放在'及'的前面；含有連詞
'及'的句子，否定詞放在並列詞組與範圍副詞的後面❶。 試比較
：

⑱a.〔老張仔〕｛唔/無｝〔及〔老李仔〕〕做夥來。

---

❶　'攏/都'與'做夥/一起'很少連用；但是如果同一個句子裡同時有這兩種範圍副詞，那
　　麼就應該解釋為含有連詞'及'的並列詞組並暗含有介詞'及'的介詞組的連用。例
　　如，下面(i)的例句與(ii)的例句同義：
　　(i)〔老張仔及老李仔〕攏做夥來啊。
　　　(〔老張跟老李〕都一起來了。)
　　(ii)〔老張仔及老李仔〕攏(及某某人)做夥來啊。
　　　(〔老張跟老李〕都(跟某某人)一起來了。)
❶　當然，含有介詞'及'與連詞'及'的句子都可以把'並唔是/並不是'放在句首做「全句否
　　定」(sentential negation)，例如：
　　(i)並唔是〔老張仔〕〔及老李仔〕做夥來。
　　　(並不是〔老張〕〔跟老李〕一起來。)
　　(ii)並唔是〔〔老張仔〕及〔老李仔〕〕攏來。
　　　(並不是〔〔老張〕跟〔老李〕〕都來。)

　　([老張]{不/沒(有)}{跟[老李]}一起來。)

　　b.[[老張仔]及[老李仔]]攏{唔/無}來。

　　([[老張]跟[老李]]都{不/沒(有)}來。)

⑱b 的例句表示老張與老李兩人都不來或沒有來；但是⑱a 的例句卻只表示老張不跟或沒有跟老李一起來，因而並沒有排除老張單獨或跟李四以外的人來的可能。

　　（Ⅲ）時間副詞（如‘昨昏/昨天’）、頻率副詞（如‘常常’）與處所副詞（如‘{佇/在}圖書館’）出現於介詞組的前面，卻出現於並列詞組的後面。試比較：

⑲a.[老張仔]{昨昏/常常/佇圖書館}{及[老李仔]}做夥讀英語。

　　([老張]{昨天/常常/在圖書館}{跟[老李]}一起讀英語。)

　　b.[[老張仔]及[老李仔]]攏{昨昏/常常/佇圖書館}讀英語。⑳

　　([[老張]跟[老李]]都{昨天/常常/在圖書館}讀英語。)

⑳　時間副詞與頻率副詞不一定要出現於範圍副詞‘攏/都’的後面，也可以出現於前面，例如：
　　(i)[[老張仔]及[老李仔]]{昨昏/常常}攏讀英語。
　　([[老張]跟[老李]]{昨天/常常}都讀英語。)
　不過，這個時候「全稱範圍副詞」（universal-scope adverb）‘攏/都’可能總括‘老張跟老李(兩個人)’，但也可能總括‘昨天(一整天)’或‘常常；經常’；説話的時候，用重音

（Ⅳ）情狀副詞（如'歡歡喜喜/高高興興地'）、情態動詞（如'欲/願意'）、動貌動詞（如'開始'）、動貌副詞（如'已經'）等都出現於介詞組的前面，卻出現於並列詞組（與'攏/都'）的後面。試比較：

⑳a.﹝老張仔﹞｛歡歡喜喜/欲/開始/已經｝﹝及﹝老李仔﹞﹞來往。

（﹝老張﹞｛高高興興地/願意/開始/已經｝﹝跟﹝老李﹞交往。）

b.﹝﹝老張仔﹞及﹝老李仔﹞﹞｛歡歡喜喜/欲/開始/已經有｝來往。

（﹝﹝老張﹞跟﹝老李﹞﹞｛高高興興地/願意/開始/已經｝交往。）

（Ⅴ）表示句子「信息焦點」（information focus）的'是'可以出現於介詞組的前面或後面，卻只能出現於並列詞組與'攏/都'的後面。試比較：

來表示總括的對象。同樣地，處所副詞也可以出現於全稱範圍副詞的前面，例如：

(ii)﹝﹝老張仔﹞及﹝老李仔﹞﹞佇圖書館攏讀英語。

（﹝﹝老張﹞跟﹝老李﹞﹞在圖書館都讀英語。）

這個時候，全稱範圍副詞的總括對象可能是主語名詞組、也可能是狀語介詞組（即'佇圖書館（的時）/在圖書館（的時候）'），還可能是賓語名詞組（即'只讀英語，不讀別的東西，甚或不做別的事情'）。這種全稱範圍副詞'攏/都'總括對象的差異，與這些副詞與各類狀語在句子的詞組結構出現的位置以及這些副詞與總括對象之間的「C統制」（c-command)關係有關。參湯（1990,1994）。

㉑a.〔老張仔〕是〔及〔老李仔〕〕做夥來的。

（〔老張〕是〔跟〔老李〕〕一起來的。）

a′.〔老張仔〕〔及〔老李仔〕〕是做夥來的。

（〔〔老張〕〔跟〔老李〕〕〕是一起來的。）

b.＊〔〔老張仔〕及〔老李仔〕〕攏家己來的。

（＊〔〔老張〕是跟〔老李〕〕都自己來的。）

b′.〔〔老張仔〕及〔老李仔〕〕攏是家己來的。

（〔〔老張〕跟〔老李〕〕都是自己來的。）

（Ⅵ）出現於介詞‘及’前面的主語名詞組，可以移到句首充當主題❹；但是出現於連詞‘及’前面的主語名詞組則不能這樣移位來充當主題❷。試比較：

㉒a.〔老張仔〕(啊)，ｔ〔及老李仔〕做夥來啊。

（〔老張〕(啊)，ｔ〔跟老李〕一起來了。）

---

❹ 例句中的‘ｔ’代表因爲名詞組的移位而留下來的「痕跡」(trace)。另一種分析的方法是：這個主題名詞組，本來就出現於「大句子」(CP；S′)指示語的位置，從主語的位置移動而加接於「小句子」(IP；S)左端的是不具語音形態的「空號運符」(null operator；Op)。例如，㉒a與㉒b的例句具有下面（ⅰ）與（ⅱ）的深層結構（a）與表層結構(b)。

（ⅰ）a.〔CP〔NP 老張仔〕〕〔IP Op〔PP 及〔NP 老李仔〕〕做夥來〕啊〕。

b.〔CP〔NP 老張仔〕〕〔IP Op〔IP ｔ〔PP 及〔NP 老李仔〕〕做夥來〕〕啊〕。

（ⅱ）a.〔CP〔NP 老張仔〕〕〔IP〔NP Op 及〔NP 老李仔〕〕攏來〕啊〕。

b.〔CP〔NP 老張仔〕〕〔IP Op〔IP〔NP ｔ 及〔NP 老李仔〕〕攏來〕〕啊〕。

❷ 但是如果在移位痕跡的位置留下「代詞替身」(pronominal copy)，句子就可以通；例如，‘老張仔(啊)，伊及老李仔攏來啊（老張(啊)，他跟老李都來了）’。

b. *〔老張仔〕(啊)，〔t 及老李仔〕攏來啊。

（*〔老張〕(啊)，〔t 跟老李〕都來了。）

　　以上的觀察顯示：在‘及’的介詞用法中，"名詞組＋‘及’＋名詞組"的「結構布局」(structural configuration) 並未形成「詞組單元」(constituent)；因而，當這個結構布局出現於句子主語的位置的時候，只有前面的名詞組充當主語，而介詞‘及’則與後面的名詞組形成介詞組成爲謂語的一部分。因此，時間、頻率、處所、情狀、動貌等副詞以及情態、動貌等動詞，都可以出現於介詞組的前面或後面。出現於介詞組的前面的時候，這些副詞或動詞的修飾或陳述對象只及於主語名詞組；而出現於介詞組的後面的時候，這些副詞或動詞的修飾或陳述對象則兼及於介詞賓語。另一方面，在‘及’的連詞用法中，"名詞組＋‘及’＋名詞組"的結構布局形成名詞組，並由整個名詞組充當句子的主語。含有連詞‘及’的「並列結構」(coordinate structure) 是「句法上的孤島」(syntactic island)，所以任何句法成分（包括時間、頻率、處所、情狀等副詞與情態、動態等動詞）都無法插入其中(即（i）到（v）的語法特徵)，也無法把任何句法成分從中移出（即（vi）的語法特徵)。而且，以連詞‘及’連接的兩個名詞組在性質上屬於複數名詞組，所以可以與全稱副詞‘攏/都’連用[43]。

　　根據鄭等(1989：179, 206, 381)，與北京話‘跟、和、與’相對應的閩南語有‘及（kap→kah）、參(chham)、含(ham)、交(ki-

---

[43]　參湯（1994）。

au)、共(kā)、逮(tòe)' 等。這裡應該注意的是：'參、含、交(以上做連詞與介詞)；共、逮(以上僅做介詞用)'等的意義與用法並不完全相同或相近。'及,'可以說是「最無標」(least marked)的，也可以說是最接近北京話的'和'的意義與用法的❷；不但兼具連詞與介詞用法，而且用做連詞的時候可以連接的詞類也最爲豐富。'共(＝對)'與'逮'多用做介詞，而'交'也似乎比較傾向於介詞用法。試比較：

㉓a. 老張仔｛及／參／含／交／＊共／逮｝老李仔做夥來啊。

　b. 老張仔｛及／參／含／?交／＊共／＊逮｝老李仔攏來啊。

另一方面，'參'與'含'則除了上述的介詞與連詞用法以外，還具有'表示不排除另一有關事物'(如㉔a句)、'表示包括，算上'(如㉔b句)與表示'連……帶……'(如㉔c句)的介詞用法與表示'連，甚至(於)'的「焦點副詞」(focusing adverb)或「限制詞」(limiter)用法(如㉕句)❹。試比較：

㉔a. 蘋果唔免削皮,｛連／＊及／參／含／?交／＊共／逮｝皮食嘛會使。

　b. 這遍｛連／?及／參／含／?交／＊共／＊逮｝我有十個人。

　c. ｛連／＊及／＊共／參／含／?交／＊共／＊逮｝人及攏來啊。

---

❷ 根據呂等(1980：202)，用做介詞時，口語中常用'跟'，而書面語則傾向於用'同'；用做連詞時，一般傾向於'和'，較少用'跟'，'同'則更少用。至於'與'，則多用於書面語，尤其多用於書名與標題中。另外，太田(1958：265-266)說：在《紅樓夢》裡出現的'跟'多用做介詞，連詞用法是比較晚近的發展。

❹ 參湯(1990：8-9,12)。

㉕a.｛連/?及/參/含/??交/＊共/＊逮｝?都知影啊,伊當然嘛知影。

　b.｛連/＊及/參/含/?＊交/＊共/＊逮｝都饡曉。

　c.｛連/＊及/參/含/?＊交/＊共/＊逮｝伊滯佇叨位我嘛饡記得問。

　d.最近｛連/＊及/?參/(?)含/?＊交/＊共/＊逮｝一工嘛無歇睏。

　　在㉔與㉕的例句裡,'參、含'與'連'的意義與用法極爲相似;但是下面㉖的例句顯示'連'可以與'及、參、含'連用(a句),而'參、含'都不能彼此連用(b句)或與'及'連用(c句)。試比較:

㉖a.伊連｛及/含/參｝家己的厝人嘛無共個連絡。

　b.伊｛??含參/＊參含｝家己的厝人嘛無共個連絡。

　c.伊｛??含/＊參｝及家己的厝人嘛無共個連絡。

　　可見,閩南語裡表示'包括'的介詞中,'連'獨成一類而具有介詞與焦點副詞的兩種用法;'參、含'具有介詞、連詞、焦點副詞(或限制詞)三種用法;'及'具有介詞與連詞兩種用法;'交'具有介詞與連詞用法,但似乎傾向於介詞用法;而'共、逮'則只具有介詞用法。太田(1958:266-267)提到:漢語的'和'在宋元兩朝裡常用做表示'連'的焦點或強調用法,並舉'憶君和夢稀'(毛熙震詞)爲例。他也指出:'連'字本來表示'包括'(如㉗a、b

句)，但是到了宋朝就開始表示焦點或强調(如㉗c句)。

　　㉗a.若數西山得道者，連予便是十三人。 (施肩吾詩)

　　　b.何時猛風來，爲我連根拔。 (白居易詩)

　　　c.今人連寫也自厭煩了。(《朱子語類》卷十)

　　例句㉗裡的‘連’都可以翻成口語的‘含、參’，卻不能翻成‘及、共、交、逮’等。湯(1976：10-11)認爲北京話的‘跟’從動詞到介詞、再從介詞到連詞的歷史演變是漢語「實詞虛化」(grammaticalization)的事例之一。閩南語的‘及、共’從動詞到介詞、再從介詞到連詞的歷史演變也是類似的實詞虛化現象。正如，北京話裡多用於口語的‘跟’只能連接名詞組而尚未完全蛻變爲連詞，而兼用於口語與書面語的‘和’則逐漸由名詞組的連接擴展到動詞組、形容詞組等的連接；閩南語的‘及、共’也逐漸從口語裡只連接名詞組的限制求得解放，而在書面語裡開始連接名詞組以外的動詞組、形容詞組等㉖。北京話連詞的‘連’以及閩南語介詞與連詞的‘含、參’，也是經過從動詞到介詞、再從介詞到連詞的虛化過程；另外，從表示‘包括’的介詞用法到表示‘焦點’的副詞或限制詞用法，似乎也是實詞虛化現象之一。

四、‘抑(是)’的意義與用法

　　蕭文三頁認爲‘抑(是)’的語法特點有三：㈠可以連接名詞組、介詞組、動詞組、形容詞組與子句；而㈡與㈢的語法特性則

㉖　這個觀察顯示：實詞虛化的原動力之一是書面語。

與‘及’的語法特性㈡與㈢完全相同。可見，正如第三節所述，語法特性㈡與㈢是漢語單純對等連詞所共有的語法特點。又蕭文四頁以下面㉘的例句（原文㉕句）來說明‘抑(是)’可以連接含有「空缺」（gap）的詞組，這是在不承認移位與移位痕跡的「概化的詞組結構語法」當然的結果。另一方面，在承認移位的語法理論模式（例如「管轄約束理論」（Government-and-Binding Theory）或「原則參數語法理論」（Principles-and-Parameters Theory））之下，㉘的例句就可以分析爲：從㉙a的深層結構中把並列動詞組的賓語名詞組以「通盤移位」（across-the-board movement）的方式移到句首充當主題(即㉙b句)；或從㉚a的深層結構中把並列動詞組的「空號運符」（null operator；Op）賓語以通盤移位的方式加接到「小句子」（IP；S）的左端而衍生(即㉚b句)。

㉘這尾魚仔,汝是〔〔欲煎____〕抑(是)〔欲煮____〕〕?

（這條魚,你是要煎還是要煮?）

㉙a.汝是〔〔欲煎這尾魚仔〕抑(是)〔欲煮這尾魚仔〕〕?

b.$[_{IP}[_{NP}$ 這尾魚仔$]$ i $[_{IP}$ 汝是$[_{VP}[_{VP}$ 欲煎 $t_i]$ 抑(是) $[_{VP}$ 欲煮 $t_i]]]]$?

㉚a.$[_{CP}[_{NP}$ 這尾魚仔$][_{IP}$ 汝是$[_{VP}[_{VP}$ 欲煎 $Op]$ 抑(是) $[_{VP}$ 欲煮 $Op]]]]$?

b.$[_{CP}[_{NP}$ 這尾魚仔$][_{IP}$ $Op_i[_{IP}$ 汝是$[_{VP}[_{VP}$ 欲煎 $t_i]$ 抑(是)$[_{VP}$ 欲煮 $t_i]]]]]$?

不過，無論採用空缺分析或是移位分析，這個句法現象並不

限於'抑(是)'，也同樣發生於其他對等連詞上面。例如，下面㉛a
裡用'及'連接名詞組的例句，以及㉛b 裡用'(猶)閣'連接動詞組
的例句，都可以分析爲含有空缺或移位痕跡的句子。

㉛a. 粽，〔NP〔NP 甜的＿＿〕及〔NP 鹹的＿＿〕〕我攏欲食。

(粽子，甜的跟鹹的我都要吃。)

b. 這幾尾魚仔，我〔VP〔VP 閣欲煎＿＿〕〔VP 閣欲煮＿＿〕〕。

(這幾條魚，我又要煎，又要煮。)

同時，用'抑(是)'連接兩個以上的連接成分的時候，也與
'及'一樣，在連接成分之間可能出現不同的搭配情形。例如，㉜a
的例句可以解釋爲從三個人中挑選一個，但是也可以解釋爲從三
個人中挑選前兩個人抑或最後一個人(即㉜b 句的解釋)。

㉜a. 汝欲參〔〔阿才仔〕、〔阿林仔〕抑(是)〔阿和仔〕〕鬥陣去?

(你要跟〔阿才、阿林還是阿和〕一起去?)

b. 汝欲〔參〔〔阿才仔〕、〔阿林仔〕〕〕抑(是)〔(參)〔阿和仔〕〕
去?

又，用'抑(是)'連接兩個以上的連接成分的時候，第一個連
接成分的前面可以出現'是'、第二個連接成分的前面可以出現
'是'或'抑是'、但最後一個連接成分的前面則非用'抑是'不可，
例如[37]：

---

[37]　參鄭等（1989：220）的例句。

㉝是贊成、(抑)是反對、抑是棄權，汝著愛選一項。

（（或）是贊成、（或）是反對、或是棄權，你必須選擇一
項。）

可見，閩南語的‘抑是’與北京話的‘或是’一樣❷，是連詞‘抑
/或’與判斷動詞‘是’的連用；真正的連詞是‘抑’與‘或’，‘是’不
過是用來強調語氣或增加音節而已。因此，如有需要，‘抑’也可
以與‘是’以外的動詞（如下面例句㉞裡的‘有’）連用❷：

㉞每日透早攏有眞濟人佇公園內鍛鍊身軀，(抑)有走的、
(抑)有拍拳的、抑有做體操的。

---

❷ 相形之下，北京話的‘還是’與‘或者’則應該分析爲獨立的「詞項」（lexical item）或
「複合詞」（compound）。試比較例句㉝的北京話注解裡‘或是’的用法與下面例句裡
‘還是’與‘或者’的用法：
　　(i)（＊選)是贊成、(還)是反對、還是棄權，你必須選擇一項。
　　(ii)｜或者(是)/是｜贊成、｜或者(是)/是｜反對、或者(是)棄權，你必須
　　　　選擇一項。
又，‘還是’與‘或是’出現於疑問句的時候，‘還是’必須形成「選擇問句」（alternative
question；choice-type question），而‘或是’卻可以形成「是非問句」(yes-no question)。
試比較：
　　(iii) a.你明天還是後天去｜呢/??嗎｜？
　　　　　（可能的回答：‘我｜明天/後天｜去。’）
　　　　b.你明天或是後天去｜呢/嗎｜？
　　　　　（可能的回答：‘是，我明天｜或是/?還是｜後天去。’）
在與(iii) a 與 b 相對應的閩南話的例句（iv）a 與 b 裡，連詞都用‘抑是’；但是在
(iv) b 的是非問句裡要加上‘是無’：
　　(iv) a.汝是明仔載抑是後日欲去？
　　　　b.汝是明仔載抑是後日欲去是無？
❷ 參鄭等（1989：220）的例句，並注意在例句㉞的第一個連接成分似乎允許連詞‘抑’的
出現。

（每天清晨都有許多人在公園裡鍛鍊身體，(也)有跑步
的、(也)有打拳的、也有做體操的。）

最後，'及'與'抑(是)'在語意上的差別在於：'及'表示'二者兼
容'或'包括'(conjunctive)，相當於英語的'and'與北京話的'跟、
和'；'抑(是)'表示'二者擇一'或'選擇'(disjunctive)，相當於英語
的'（either...）or'或北京話的'還是、或是'。由於表示選擇，所
以'抑(是)'常連接肯定動詞與否定動詞來形成選擇問句(㉟a
句)，或與'無論、不管'連用來表示包括所有的情況或不受所說的
條件的影響(如㉟b句)：

㉟a. 汝(是)同意抑(是)唔同意?

（你(是)同意還是不同意?）

b. ｛無論/不管｝透風抑(是)落雨，伊攏唔捌歇睏。

（｛無論/不管｝刮風或是下雨，他從未休息過。）

北京話裡表示選擇的對等連詞有'還是、或（是）、或者'等
幾種，而閩南語則似乎只用'抑(是)'。

五、'(猶)閣…(猶)閣…'的意義與用法

蕭文五頁認爲'(猶)閣…(猶)閣…'是成對對等連詞❸。成對
對等連詞（如'(猶)閣…(猶)閣…、那…那…'）與單純對等連詞
一樣，可以重複使用；但是與後者不同，可以出現於第一個連接

---

❸　她把我們的「單純連詞」與「成對連詞」分別稱爲「單一連詞」與「成組連詞」。

成分的前面，也可以不出現❸。例如：

㊱a.房間〔(猶)閣大間〕〔(猶)閣清氣〕。

　　(房間又大又乾淨)。

　b.房間〔大間〕〔(猶)閣清氣〕。 (房間大又乾淨。)

　c.＊房間〔(猶)閣大間〕〔清氣〕。(＊房間又大乾淨。)

　　根據蕭文六頁至九頁，'(猶)閣…(猶)閣…'可以連接形容詞
(組)（如㊱句）、動詞(組)（如㊲句）或子句(如㊳句)：

㊲伊〔(＊(猶)閣)拍人〕〔(猶)閣喊救人〕。

　　(他打人卻又喊救命。)

㊳我賣的物件〔材料(猶)閣好〕，〔價錢(猶)閣公道〕。❷

　　(我賣的東西材料(又)好，價錢又公道。)

　　對於'(猶)閣'的意義與用法，蕭文提出兩個限制。第一個限

---

❸　蕭文在'(猶)閣…(猶)閣…'的用法中雖然提到這一點，但在'那　那…'的用法中卻沒有
　　提及。下面（i）到（iii）的例句顯示：'那'在前後兩個連接成分之任何一個前面出現
　　即可；而㊳的例句卻顯示'(猶)閣'非在第二（或最後一）個連接成分的前面出現不可
　　(如㊱c句)。
　　（i）伊那食飯，那看新聞。
　　　　(他邊吃飯，邊看報紙。)
　　（ii）伊那食飯，看新聞。
　　　　(?他邊吃飯，看報紙)。
　　（iii）伊食飯，那看新聞。
　　　　(他吃飯,邊看報紙。)
❷　請注意:以子句爲謂語的時候，無論是閩南語的'(猶)閣'與北京話的'又'都不是出現
　　於兩個連接成分（即子句）之間，而是出現於子句主語與謂語之間。這一點蕭文到了
　　後面九頁才提到。

制是語音上的限制：如果所有的連接成分都是單音節，而且第一個'(猶)閣'又省略，那麼最後一個連接成分前面必須用雙音節的'猶閣'而不能用單音節的'閣'；並舉了下面㊳的例句與合法度判斷。

> ㊳a.伊做代誌(猶)閣緊(猶)閣好。(他做事情又快又好。)
>
> b.伊做代誌緊猶閣好。(他做事情快又好。)
>
> c.＊伊做代誌緊閣好。(他做事情快又好。)

但是我們調查合法度所獲得的反應卻是：不但㊳c 的例句可以接受，而且㊵的例句也可以接受❸。

> ㊵a.伊的男朋友(閣)矮閣肥。(她的男朋友（又）矮又胖。)
>
> b.這個房間(閣)隘閣熱。(這個房間（又）窄又熱。)
>
> c.我賣的物件(閣)好閣俗。(我賣的東西（又）好又便宜。)

另一個限制是語意上的限制：如果連接成分之間有語意上的對比，那麼就不能連用'閣…閣…'，而必須單用'猶閣'或'閣'；並舉了下面㊶的例句與合法度判斷。

---

❸ 我們所詢問的對象包括中研院史語所的洪惟仁先生，不過這裡可能牽涉到方言差異或個人差異的問題。

⑪a. 伊（＊閣）枵鬼閣假細膩。

　　（他（又）想吃（卻）又假客氣。）

　b. 伊（＊閣）拍人（猶）閣喊救人。

　　（他（？又）打人（卻）又喊救命。）

　c. 伊薪水（＊閣）好幾萬閣喊無錢。

　　（他薪水（＊又）有好幾萬（卻）又喊沒有錢。）

　　但是蕭文並未明確地指出什麼是「語意上的對比」，也沒有說明爲什麼有這樣相當奇特的限制❸。爲了了解這個問題，我們似乎應該討論'閣'與'猶閣'的詞類。'閣'與'猶閣'不是純粹的連詞，而是兼具副詞功能的「連接副詞」（conjunctive adverb）。鄭等（1989：208,362,307）所舉出的與北京話連接副詞'還'、'又'與'再'相對應的閩南語分別是'猶、猶閣、猶久'、'閣、閣再、又閣、也'與'閣、閣再'。這些都是表示重複或繼續的副詞，而且都出現於主語與謂語的中間。這個事實可以說明下列三點：

　　㈠'閣、猶閣'只能出現於主語與謂語之間來連接謂語詞組（包括動詞組與形容詞組），而不能連接非謂語的名詞組、介詞組或子句等。就是由子句來充當謂語的時候；'閣、猶閣'也要出現

---

❸　我們的接受度調查顯示：許多人認爲連接兩個形容詞（'枵鬼'與'假細膩'）的⑪a句似乎可以連用'閣…閣…'，甚至連接兩個動詞組（'拍人'與'喊救人'）的⑪b句也可以連用兩個'閣'。有趣的是，這些人對與閩南語例句相對應的北京話例句也做出幾乎相同的接受度判斷。⑪c句連用'閣…閣…'的接受度最低，可能是起因於這一個例句的第一個連接成分是含有本身主語的子句'薪水有好幾萬'而第二個連接成分卻是以主語'他'爲主語的動詞組'喊無錢'；因爲前後兩個連接成分的句法結構不對等，所以不能以'閣…閣…'來連用。又在蕭文裡⑪c句寫成'＊伊閣薪水好幾萬閣喊無錢'，顯然是把應該放在'薪水'後面的'閣'放到'薪水'的前面去了。

於這個子句的主語與謂語之間，例如：

⑫a.伊人閣水，性質閣好。(她人又漂亮，性格又好。)
　b.我賣的物件，材料(閣)好，價錢閣公道。
　　(我賣的東西，材料(又)好，價錢又公道。)

㈡'(猶)閣'在語意上屬於「順接」(additive；即'而且；and'類)而不是「逆接」(adversative；即'然而；but'類)的連接副詞，所以只有兩個謂語在語意上可以相容並存 (即順接) 的時候，才用'(猶)閣…(猶)閣…'來連接這兩個謂語。如果前後兩個謂語在語意上有對立或矛盾 (即逆接) 的時候，就在這兩個謂語的中間用'(猶)閣'來連接。這個時候，'(猶)閣'並不表示順接的'又；and'，而是表示逆接的'卻又；and yet'[❸]；而且，雙音節的'猶閣'似乎比單音節的'閣'更能強調逆接的意義。蕭文又指出：如果連接成分之間有語意上的對比，那麼似乎只能連接兩個並列成分；即使表面上出現兩個以上的並列成分，也應該分析爲兩個較大的並列成分，並舉下列例句與合法度判斷。

⑬a.伊(閣)搶人，(閣)拍人，猶閣喊救人。
　　(他(又)搶人，(又)打人，卻又喊救命。)
　b.??伊(閣)搶人，(閣)拍人，閣喊救人。

[❸]　參照英語的順接對等連詞'both…and…'與'not only…but also…'。請注意，本來表示逆接的'but'也可以用成對連詞的形式來表示順接，正如本來表示順接的'and'也可以用'and yet'的形式來表示逆接。

(??他(又)搶人，(又)打人，又喊救命。)

　　蕭文認爲④a（＝原文③b）的例句可以接受，但是這個合法度判斷似乎與她先前有語意上對比的並列成分不能用'閣…(猶)閣…'連接而只能用'…(猶)閣…'連接的說法前後矛盾。其實，'閣'與'猶閣'的連用，因爲排列組合上的不同，可以有下列四種可能性：㈠'閣…閣…'、㈡'（猶閣）…猶閣…'、㈢'閣…猶閣…'、㈣'猶閣…閣…'。'(閣)…閣…'與'猶閣…猶閣…'多用來表示順接（如③a、④與②句），而'閣…猶閣…'則多用來表示逆接（如④b句）；但'猶閣…閣…'似乎是語意上有瑕疵的說法，例如：

　　④a.我做代誌(??猶)閣緊閣好。(參③a句)

　　　b.伊的男朋友(??猶)閣矮閣肥。(參④a句)

　　　c.這個房間(??猶)閣隘閣熱。(參④b句)

　　　d.我賣的物件(??猶)閣好閣俗。(參④c句)

　　　e.？＊伊猶閣搶人，閣拍人，閣喊救人。 (參④句)

　　④a到④d是順接的例句，而④e是逆接（前兩個連接成分與第三個連接成分在語意上形成對比）的例句；而且，逆接例句的接受度似乎比順接例句的接受度還要差。這可能是由於'閣'多表示順接(但並不完全排除逆接)，而'猶閣'則兼表順接（相當於'而且, 又；and, also'）與逆接（相當於'然而, 卻又；and yet, but'）。因此，'…閣…'、'閣…閣…'與'猶閣…猶閣…'（如④句）多表示順接，'…猶閣…'與'閣…猶閣…'可以表示順接(如④

句)、逆接(如⑰句),而先逆接('猶閣')後順接('閣')的'猶
閣…閣…'(如⑱句)是較有問題的說法。試比較:

⑮a.伊做代誌緊閣好。 (參㊾句)

　b.伊做代誌閣緊閣好。

　c.伊做代誌猶閣緊猶閣好。

⑯a.伊做代誌緊猶閣好。

　b.伊做代誌閣緊猶閣好。

⑰a.伊拍人(猶)閣喊救人。[36] (參㊶b句)

　b.伊閣拍人(猶)閣喊救人。

⑱a.?伊做代誌猶閣緊閣好。

　b.?＊伊猶閣拍人閣喊救人。[37]

一般本地人的語感似乎是:如果某一個(包括第一個)連接成分
的前面用了'猶閣',那麼後面所有連接成分的前面都宜用'猶

---

[36] 我們把例句⑰'(猶)閣'的'猶'放在圓括弧裡來表示:'閣'在適當的上下文(例如逆接
的對立或矛盾意義不太鮮明或強烈的時候)裡仍然可以連接語意上有對比的兩個謂
語。順接與逆接本來是相對的概念,二者之間並無十分明確的界限。例如,'模糊而曖
昧'裡的'而'固然可以解釋爲順接,但是'價廉而物美'與'心細而膽大'裡的'而'究竟應
解釋爲順接抑或逆接?譯成英語的時候,連詞究竟要用'and'還是'but'?就是英語的順
接連詞'and'與逆接連詞'but'在意義與用法上的區別也相當微妙。試比較:

  (i) My wife is an early riser, {?and/but} I am a late riser.

  (ii) My wife is sixty-two, {and/?but} I am sixty-four.

[37] 北京話的'卻又'也只能出現於第二個連接成分之前,不能出現於第一個連接成分之
前,例如:

  (i) 他又打人卻又喊救命。

  (ii) ＊他卻又打人又喊救命。

閣'。試比較：

㊾a.伊猶閣搶人，猶閣拍人，猶閣喊救人。（參㊸句）

　　b.伊閣搶人，猶閣拍人，猶閣喊救人。

　　c.伊閣搶人，閣拍人，猶閣喊救人。

　　d.? *伊猶閣搶人，閣拍人，閣喊救人。

　　e.??伊猶閣搶人，閣拍人，猶閣喊救人。

　　f.? *伊閣搶人，猶閣拍人，閣喊救人。

　　g.??伊猶閣搶人，猶閣拍人，閣喊救人。

　　附帶一提的是：有三個以上的連接成分時，除了最後一個連接成分前面的'（猶）閣'常加以保留以外，其他連接成分前面的'（猶）閣'都可以省略。但是如果第一個連接成分前面出現'（猶）閣'，那麼所有出現於後面的'（猶）閣'都不能省略[38]。試比較：

㊿a.伊搶人，拍人，閣剁人。（他搶人，打人，又砍人。）

　　b.伊閣搶人，閣拍人，閣剁人。

　　　（他又搶人，又打人，又砍人。）

　　c.伊搶人，閣拍人，閣剁人。（他搶人，又打人，又砍

---

[38]　英語裡也有類似的限制；但是英語與閩南語不同，對等連詞的'and'不能出現於第一個連接成分的前面。試比較：

　　(i) He robbed, beat *and* killed people.

　　(ii) He (* *and*) robbed *and* beat *and* killed people.

　　(iii) He (* *and*) robbed, beat and killed people.

　　(iv) * He (*and*) robbed, beat, killed people

　　(v) * He robbed *and* beat, killed people.

人。)

d. ?*伊閣搶人，拍人，閣刣人。

(他又搶人，打人，又砍人。)

e. *伊閣搶人，拍人，刣人。(他又搶人，打人，砍人。)

至於含有三個或三個以上連接成分的並列結構，是否一定要分析爲兩大部分的並列？我們的答案，與蕭文不同，是否定的。例如，在下面(51)句裡三個順接成分的連接似乎並沒有理由一定要分析爲兩大成分：

(51) a. 伊〔〔人閣水〕、〔性質閣好〕、〔厝裡閣有錢〕〕。

(她〔〔人又漂亮〕、〔性情又好〕、〔家裡又有錢〕〕。)

b. 個厝〔〔閣闊〕、〔閣涼〕、〔閣安靜〕〕。

(他的家〔〔又寬〕、〔又涼爽〕、〔又安靜〕〕。)

但是，如果在兩個順接成分之後再來第三個逆接成分，那麼前兩個順接成分與第三個逆接成分當然可以分析爲兩大成分㊴，例如：

㊴ 英語裡也出現類似閩南語例句(51)與(52)的情形。試比較：

(i) He is 〔〔tall〕〔(and) handsome〕〔and very rich〕〕.

(ii) He〔〔〔lied〕〔and cheated〕〕〔and yet claimed that he was innocent〕〕.

�52伊〔〔〔(閣)搶人〕〔(閣)拍人〕〕〔猶閣喊救人〕〕。

這些事實顯示：並列結構的內部分析不能做任意武斷的規範，而必須依據語意內涵來決定。

六、‘那…那…、愈…愈…’的意義與用法

蕭文認為‘那…那…’表示動作的同時進行❿，因而連接成分限於動詞組、形容詞組與子句；並且與‘(猶)閣…(猶)閣…’一樣，連接成分並不限於兩個，而且主語也可以不相同⓫，例如：

�53a. 我那食飯那看電視。(我邊吃飯，邊看電視。)

b. 我那看，那聽，那記。(我邊看，邊聽，邊記。)

c. 伊|那/愈|大漢|那/愈|水。(她越大越漂亮。)

d. 做生理，人面|那/愈|闊，生理|那/愈|好。

(做生意，人面愈廣，生意愈好。)

e. 張的|那/愈|打拚，李的|那/愈|懶散，(結果)兩人|那

---

❿ 更嚴謹的說法是：表示動作的同時進行（如�53a，b句）而相當於北京話的‘邊…邊…，一面…一面…’，或表示變化的相應發生（如�53c，d，e句）而相當於北京話的‘越…越…，愈…愈…’。又，�53e的例句是我們附上的，�53c，d例句裡的‘愈’也是我們自己加上的。

⓫ 根據呂等(1980：528)，北京話的‘邊…邊…’只用於同一主語，而‘一邊…一邊…’則可以用於不同主語。試比較：

　　(i) 我（一）邊說，（一）邊記。

　　(ii) 你＊（一）邊說，我＊（一）邊記。

但是閩南語的‘那…那…’與‘一面…一面…’都沒有這樣的限制。參鄭等(1989：341)。

/愈｜儈投機。

（老張越努力，老李越偷懶，（結果）兩人越處不來。）

　　閩南語的'那…那…'在連接不受程度副詞修飾的動態動詞組的時候(如⑬a，b句)，表示動作的同時進行，相當於北京話的'邊…邊…'或客家語的'一面…一面…'；在連接受程度副詞修飾的形容詞組（包括以形容詞組爲謂語的子句）的時候(如⑬c，d，e句)，表示程度變化的相應發生，也可以說成'愈…愈…'，並相當於北京話的'越…越…'。我們也可以用'｜那/愈｜來｜那/愈｜…'來表示程度變化隨時間的推移而增加。這個時候，只能有一個主語，而且第二個'那、愈'後面的連接成分都限於形容詞或靜態動詞。⑫試比較：

　　⑭伊｜那/愈｜來｜那/愈｜｜古錐/親像個老母/認眞/＊(｜愛/肯｜)讀冊｜。

　　（她｜越/愈｜來｜越/愈｜｜可愛/像她母親/認眞/＊(｜愛/肯｜)讀書。）

　　蕭文指出：'那'與'(猶)閣'一樣只能出現於主語與謂語的中間；但是'那…那…'與'(猶)閣…(猶)閣…'不一樣，不能省略任何一個連接成分前面的'那'。蕭文第一個觀察基本上正確，但是

─────────────

⑫　這個時候，重要的是第二個連接成分必須是可以受程度副詞修飾的形容詞性謂語，而第一個連接成分則可以是不受程度副詞修飾的動詞性謂語，例如：

　　(i) 我那看那愛。（我越看越喜歡。）

　　(ii) 事情愈演愈烈。

沒有進一步探討爲什麼'那'只能出現於句中副詞的位置。閩南語表示兩種以上的動作同時進行的'那（…那…）'是借音字，因而其詞類不明。但是與閩南語的'那'相當的北京話'（一）邊（…（一）邊…）'，以及閩南語與北京話所共用的'一面（…一面…）'[43]，都在詞類上屬於表示處所的副詞或狀語；這就說明了'那'在句中副詞的位置出現的理由。同時，閩南語的'那'似乎兼具進行貌動詞'在'的句法功能[44]；因此，'那'後面必須使用動態持續動詞，而且這些動詞前面很少使用進行貌動詞'在'。試比較：[45]

⑤ 伊那(*在)講話，那(*在)刺紡紗衫。
（她一邊說著話，一邊打著毛線衣。）

另一方面，與閩南語表示程度變化相應發生的'那…那…'相當的北京話'越…越…'，以及閩南語與北京話共用的'愈…愈

---

[43] 根據呂等(1980．528,531)，'邊'只用於同一主語，'一邊'可以用於不同主語（參[41]（ii）句）；'邊'與單音節動詞組合時中間不停頓，而'一邊'則不管動詞音節的多寡必須停頓(參[41]（i）句)。又'一方面…一方面…'側重表示並存的兩個方面，時間可有先後；而'一｜邊/面｜…一｜邊/面｜…'則側重表示同時進行的兩種動作。有關北京話'邊'與'一邊'的使用限制並不適用於閩南語的'那'，而'一方面'與'一面、那'的區別則適用於閩南語。不過，閩南語的'那'除了表示兩種動作的同時進行以外，還可以表示兩種變化的相應發生（北京話必須用'越'或'愈'）。

[44] Chao（1968：333）曾主張北京話的進行貌動詞'在'係由處所狀語'在那｜兒/裡｜'演變而來。又閩南語的'在'亦有人寫做'佇'或'咧'（如鄭等（1989））。

[45] 請注意：北京話'一邊'後面的動詞雖然可以與進行貌標誌'著'連用（參例句⑤的北京話注解），卻不能與進行貌標誌'在'連用，例如：'她一面(*在)說話，一面(*在)打毛線衣'。

…'，都在詞類上屬於表示程度或加強的副詞；這就説明了爲什麼這種用法的‘那’後面常出現形容詞，而且這些形容詞前面不能再使用其他程度副詞（如‘真，足，太，閣加；很、太、非常、更（加）’等）❻。試比較：

⑤a.伊那（＊眞）認眞，我那（＊眞）著急。

（他越（＊很）認眞，我越（＊很）著急。）

b.我那（＊閣）看，那（＊足）愛。

（我越（＊更）看，越（＊很）愛。）

蕭文第二個觀察（即‘那…那…’的任何一個‘那’都不能省略），似乎與閩南語的語言事實不相符；因爲我們的調查顯示一般人認爲⑤a，b，c三個句子都可以接受❼：

⑤a.我那食飯，那看電視。（我邊吃飯，邊看電視。）

b.我那食飯，看電視。（我邊吃飯，看電視。）

c.我食飯，那看電視。（我吃飯，邊看電視。）

不過，這種接受度判斷上的差異可能牽涉到方言差異與個人差異。

---

❻ 第一個‘那’後面出現動詞的時候（如‘大家|那/愈|討論，問題就|那/愈|明確’），這個‘那’的意義與用法與|閣(加)；更(加)’相似。

❼ 蕭文認爲只有⑤a合語法，而⑤b，c都不能接受。又一般人也都接受與⑤a，b，c相對應的北京話的句子。不過，呂等（1980：528）則只提到“前一小句的‘一邊’有時可省略”。

七、結　語

在上面的文章裡，我們以蕭文有關閩南語連詞'及、抑（是）、（猶）閣…（猶）閣…、那…那'的分析爲引子，提出了我們自己的分析。蕭文的內容以描述這些連詞的出現分布爲主要目標，而且她的結論是偏向於規範性的。我們的分析不但比蕭文的分析更爲周全而深入，而且也糾正了蕭文裡有關語言事實認定上的誤解與語法現象分析上的缺失。更重要的是，我們不以語法現象的描述與規範爲已足，而更進一步把這些語法事實加以條理化，期以達成詮釋的功效。在分析與討論的過程中，我們也把閩南話的語法現象跟與此相對應的北京話的語法現象加以比較。我們認爲在重視各族群語言的共存共榮與母語教育的今天，閩南語、客家語與原住民語言的研究益形重要；而且，這些語言與做爲共通語的北京話之間的比較分析對於母語教育的應用也具有理論上與實踐上的意義與價值。我們更認爲北京話以外的母語研究剛剛起步而已；我們一方面應該借重北京話已有的研究成果，一方面必須藉母語研究同道之間的切磋琢磨與建設性的批評來提升母語研究的水平。

參考文獻

Chao, Y. R. （趙元任）,1968, *A Grammar of Spoken Chinese*, University of California Berkeley, California.

Cheng, Robert(鄭良偉),1992,〈台語常用特別詞表〉,影印

稿。

Cheng, Robert L.（鄭良偉）、張郁慧、黃淑芬、陳蓮音,1989,《國語常用虛詞及其台語對應釋例》,台北：文鶴出版有限公司。

Gazdar, G. 1981,'Unbounded Dependencies and Coordinate Structure,' *Linguistic Inquiry* 12：2.155-184.

Gazdar, G., E. Klein, G. Pullum, and I. Sag, 1985, *Generalized Phrase Structure Grammar*, Havard University, Cambridge.

Hsiao, S-Y.（蕭素英）,1994,〈閩南語的並列結構〉,《閩南語研討會論文集》（24）1-14,1994年6月3日至5日,新竹：清華大學。

Lü, S. X.（呂叔湘）等,1980,《現代漢語八百詞》,北京：商務印書館。

Ohta, Tatsuo（太田辰夫）,1958,《中國歷史文法》,東京：江南書院。

Tang, T. C.（湯廷池）,1976,〈'跟'的介詞與連詞用法〉,《語文週刊》1429期,收錄於湯（1979：7-13）。

_____,1979,《國語語法研究論集》,台北：台灣學生書局。

_____,1990,〈漢語的'連…｛都/也｝…'結構〉,未定稿。

_____,1994,〈閩南語'連、含、參'的意義與用法：兼談閩南語的詞彙與語法教學〉,《閩南語研討會論文集》（12）1-39,1994年6月3日至5日,新竹：清華大學,並刊載於《國家科學委員會研究彙刊：人文及社會科學》5卷1期1－15。

_____與張淑敏,1994,〈華語的'連...都'結構〉,《第四屆世

界華語文教學研討會論文集》，1－22。

＊本文原於1995年5月11日至12日在國立臺灣大學舉辦
　的第二屆臺灣語言國際研討會上發表，並將刊載於《第
　二屆台灣語言國際研討會論文集》。

「母語」教學與研究：理論與實際

一、前　言

　　母語教學本來是天經地義、自然不過的事情，因爲使用母語是人類的天賦人權。但是台灣的母語教育卻一直拖到今天才開始討論如何推行，這完全是由於台灣在歷史、政治、文化的特殊背景所致。一百年前，腐敗無能的滿清政府，在甲午戰爭慘敗之後，與日本訂定馬關條約，不顧台灣人的反對❶把台灣割讓給日本。「台灣人的悲哀」於焉開始。在異族的統治與欺凌下，臺灣

---

❶　當年丘逢甲向台灣巡撫唐景崧的請願中有這樣一句話：「桑梓之地，義與存亡，願與撫臣誓死守禦，設戰而不勝，請俟臣等死後，再言割地。」

人度過了半世紀忍尤含垢的生活。抗戰勝利,舉台歡騰,原以為從此可以洗刷日本殖民地「清國奴」的污名❷,抬頭挺胸做一個堂堂正正的一等公民,在民主、自由與平等的旗幟下開創自己的命運。哪知道這個熱烈的願望與美麗的夢想立刻化成泡影,因為陳儀主政下的台灣行政長官公署極盡貪瀆枉法之能事,不但利用特權搜刮民脂民膏,並且藉口綏靖戡亂剝奪台灣人的基本人權,甚至連台灣人的文化傳統與生活習慣都不予尊重而全然抹殺。於是台灣人驚惶、失措、絕望而憤怒,終於爆發了台灣歷史上的最大慘劇──「二二八事變」;接踵而來的是長達四十年的戒嚴統治與白色恐怖。在政治與言論上遭到閹割的台灣人,在軍警嚴密的監控下,個個都噤若寒蟬,不敢過問天下大事。台北市原有的街道名稱在一夕之間被大陸的地名與政戰口號取代了,新設立的大學也一個個被冠上從大陸移植過來的校名。台灣人逐漸失去自己的「根」,甚而陷入「自我認同的危機」(identity crisis)中❸。

　　這種政治背景立刻反映到文教政策上面來。由「效忠領袖」、「反共抗俄」與「光復大陸」這三大教條所主宰的人文社會科學研究全然喪失其自主性、科學性、道德性與理想性。以團結為名,實則以排斥異己為目的的威權體制,對於台灣的語文教

---

❷　「清國奴」(日語讀音 " chiankoro ")是當年日本人用來辱罵台灣人的種族歧視語。

❸　筆者第一次負笈北美,音韻學的教授指定每一個學生都要分析自己母語的音韻系統,結果筆者卻無法確定自己的母語究竟是什麼。當時教授建議:不妨以我做禱告或計算時所使用的語言為母語。如果以這個標準來決定一般台灣人的「母語」,那麼不知道已經有多少人失去了真正的母語?

育一貫採用「提倡國語，壓制方言」的政策❹。在電視廣播上幾
乎聽不到方言母語的聲音，在報刊雜誌上絕看不到以方言文字發
表的文章。多少具有才華的台灣藝人因而在舞台或銀幕上變成
「沒有聲音」的人或不受重視的丑角；多少關心本土文化與族群
問題的作家與學者因而變成「有筆無字」或「有文無書」的「文
化植物人」；又有多少年邁的祖父祖母變成「無節目可聽」或
「有孫子女卻無法彼此談天說笑」的「寂寞老人」。在這種偏執
的語文教育下，年輕的一代就逐漸地失去使用母語的能力，因爲
他們在小學裡一講方言母語，就要被責罵、被罰站、被罰錢，甚
至還要像罪犯似地掛牌示眾。結果，國語是普及了，但是閩南
語、客家語與原住民語言等母語卻淪爲受人鄙視的劣勢語言，如
今許多年輕的一代都只懂國語而不諳自己的母語。尤其是原住民
語言，連羅馬字拼音的使用都被禁止，不但至今還沒有表達自己
母語的文字，甚且連母語本身都幾乎到了絕跡的邊緣❺。母語的

---

❹ 平心而論，日人統治下的台灣雖然對於日語的提倡不遺餘力，但是對於閩南語、客家
　語、原住民語言的使用並不嚴格禁止而採取相當寬容或放任的政策。因此，光復以前
　出生並受小學教育的本省人大都能流利地操用母語，並能保持兼用母語、日語與國語
　三種語言的能力。而在閩南語的調查與研究方面，有台灣總督府編的（1907）《日台
　大辭典》（緒言212頁，正文1183頁）、（1908）《日台小辭典》（1010頁）、（193
　1）《台日大辭典》（上卷847頁、下卷1042頁）、（1932）《台日小辭典》（1238
　頁）、（1938）《新訂日台大辭典上卷》與台灣警察協會發行的（1931）《台日新辭
　書》（967頁，並附日語引台語363頁）。相形之下，光復後十年內出版的閩南語字典
　則只有台灣國語推行委員會編的（1946）《國台字音對照錄》、（1952）《國台通用詞
　彙》台灣省政府秘書處編的（1962）《常用名詞彙編》三本，而且無論是篇幅與內容
　都極爲簡陋。
❺ 據報載，在東部舉行的原住民學童母語演講比賽中，多數參加者都背誦以羅馬字或注
　音符號標音的原稿，但記者詢及演講內容的時候，卻表示並不了解自己究竟在講什
　麼。

喪失勢必引起年輕的一代對於母語文化的冷漠,甚至導致鄉土觀念的淡化。台灣是由多族群組成的多元化社會,而母語是各族群最重要的文化遺產之一。爲了尊重各族群的文化遺產,爲了培養容納異己的民主精神,更爲了促進各族群之間的和諧與共存共榮,我們必須揚棄過去錯誤的語文政策,並以(一)維護「共通語」(lingua franca)的國語、(二)積極提倡母語的學習、以及(三)加緊建立多語言的民主社會這三點來做爲現階段語文教育的基本方針。

二、從社會語言學的觀點檢討母語教育

母語教學之成爲大家所關切或爭論的焦點,並不限於台灣一地,而是世界各國或多或少也都發生過同樣的問題。以號稱世界第一先進國家的美國爲例,自從建國以來即形成多族群、多文化與多語言的社會,但是關於如何對待個別族群、個別文化與個別語言的問題則一向有企圖由以「盎格魯·撒克遜」(Anglo-Saxon)族爲主的白種人來統合的「同化主義」(melting pot)與尊重並保存各族群語言與文化的「共存主義」(salad bowl)❶兩派不同的主張。一九六八年美國國會在自由派議員的擁護下通過「雙語使用教育法」,正式承認並鼓勵不以英語爲母語的少數民族(包括華裔美人)學童在公立學校裡使用他們自己族群的母語來上課,並且爲了培養學童對於自己族群的認同感與榮譽心,還

---

❶ "melting pot"與"salad bowl"的原義分別是「鎔爐」與「沙拉碗」。又本節的資料多來自 Honna (1994)。

要求校方講授各族群的傳統文化。但是由於美國國內少數民族的種類繁多，公立學校裡雙語的使用、課程的安排以及師資的培養等等，都使各州政府增加不少財政負擔，因而引起了保守派人士的反彈。在意識形態與財經觀念都極端保守的雷根入主白宮以後，這種反彈的情勢越來越強烈。 一九八一年加州選出的日裔上議院議員 S.I.Hayakawa 提出「英語修正案」，主張在美國憲法裡應列入以英語爲官方語言的規定。雖然 Hayakawa 的修正案在當年並未通過❼，但是嗣後幾乎年年都有類似的修正案提出來。針對保守派議員的「英語修正案」，自由派議員也於一九八八年提出「文化權利修正案」，並且主張：人民有維護並發展各族群歷史、文化與語言背景的權利；任何人都不能因爲其語言與文化的不同而喪失在法律上享受平等保護的權利。擁護「英語修正案」的主張俗稱「僅用英語」（ English Only ），而擁護「文化權利修正案」的主張則稱爲「並用母語」（ English Plus ）。「僅用英語」的主張曾於一九八六年在加州獲得公民投票的支持而列入該州憲法，其終極的目標是把英語訂爲州內官方語言而排斥其他語言的使用。另一方面，新墨西哥州則於一九八九年表明支持「並用母語」的立場，認爲具有使用多種語言的能力符合國家利益，其主要的宗旨是保護並振興族群的多元語言與文化。

　　一九九〇年美國所做的人口調查顯示，該國二十一世紀各族群的人口分布將發生極大的變化：因爲根據該年度移民人口的數

---

❼　在美國提出憲法修正案極爲困難；不但必須在上議院與眾議院裡獲得兩院議員三分之二的支持，而且還需要獲得五十個州裡四分之三（即三十八個州）的州議會的批准始能成立。

字與出生率，到了二○二○年時，以來自中南美洲、亞洲與非洲
的移民後裔爲主的非白種人人口將增至目前的兩倍以上，約達一
億一千五百萬人；而到了二○五六年時，非白種人的人口則將超
過白種人的人口。這個人口調查，對於美國國內多語言的使用情
形，也提供了一些新的事實與數據。

　　（一）在使用非英語的人口中，半數以上的人（54％）都使
用西班牙語，而其他語言則以使用人口的多寡依次是法語、德
語、漢語、菲律賓語❽、義大利語、波蘭語、韓語、越南語、葡
萄牙語、日語、希臘語、阿拉伯語等。

　　（二）把一九八○年與一九九○年兩次人口調查的結果互相
比較之下，可以知道在英語以外使用人口最多的語言中，德語
（－3.7％）、義大利語（－19.9％）、波蘭語（－12.4％）、希臘
語（－5.4％）等語言的使用人口比十年前減少，而西班牙語（＋
50.1％）、法語（＋8.2％）、漢語（＋97.7％）、菲律賓語（＋86.
6％）、韓語（＋127.2％）、越南語（＋149.5％）、葡萄牙語（＋1
9.0％）、日語（＋25.0％）、阿拉伯語（＋57.4％）等語言的使用
人口則比十年前大量的增加。

　　（三）西班牙語的使用人口中，年輕人多於成年人，顯示西
班牙語的使用人口即將急遽逐年增加。

　　（四）就學齡人口而論，平均人七人中就有一人（約六百三
十萬人）會使用英語以外的語言，而其中有四分之三的人（約四
百八十萬人）是把英語以外的語言做爲日常家庭語言來使用的。

　　（五）在使用英語以外的語言的人口（年齡在五歲以上）總

---

❽　事實上指的是菲律賓的官方語言「塔加拉語」（Tagalog）。

數三千一百八十萬人中，百分之五十六的人（約一千七百九十萬人）都能相當流利地使用英語，但是仍有百分之五的人（約一百八十萬人）完全不諳英語。

從以上的事實與數據不難推論：「僅用英語」的思想背景與真正動機，來自美國白種舊移民後裔對非白種新移民的人口增加以及連帶所產生的社會問題（例如就業機會的減少與社會保險負擔的增加）所引起的不安情緒與危機意識。例如，於一九八三年創立的「英語第一主義」團體 U.S. English 就曾經大肆批評「雙語教育」（bilingualism）；認爲在公立學校把外國語與英語置於同等地位而允許雙語教育，並允許使用多種語言來投票選舉的結果，無形中把原來由英語統合的單一國家分割爲以不同母語爲境界線的許多族群，因而有礙全國的團結與統一。於一九八六年成立的同類組織 English First 更是危言聳聽地宣稱：推行雙語教育或多種語言政策的結果，英語與其他歐洲語言必然被忽視，將來學生可能會被灌輸西歐文明只不過是非洲文化的模仿，而白種人子弟則是歐洲冰人的後裔，白色皮膚是劣等人種的證據等想法。可見，隱藏在「僅用英語」或「英語第一」這些主張後面的真正理由是白人社會的反移民情緒以及對非白種人人口即將形成多數的恐懼感。在這個時代背景之下，從一九八一年到一九九〇年之間，前後有十四個州❾相繼通過法案來宣佈英語爲該州官方語言。這些法案通過之後，各地都發生大大小小的「語言糾紛」；

---

❾　包括維吉尼亞州、肯塔基州、田納西州、印第安那州、加利福尼亞州、阿肯色州、密西西比州、北卡羅萊納州、北達科塔州、南卡羅納州、亞利桑那州、科羅拉多州、佛羅里達州、阿拉巴馬州等。

例如佛羅里達州一家商店的店員因為與同事以西班牙語交談而遭到解僱、科羅拉多州的校車司機奉令通知學生不准在校車上使用英語以外的語言等等，類似的事件層出不窮，不勝枚舉。

另一方面，反對英語第一主義的運動則由擁護公民權利、維護族群文化以及從事語言研究與語言教育的團體來推動。他們認為：英語第一主義無異是對少數族群的侮辱，不但因而加深種族歧視與種族糾紛，而且根本違背公民權利法案的精神。他們更認為：雙語教育與多種語言政策絕不可能威脅英語在美國社會與教育上所佔有的地位；因為對少數族群而言，英語是為了躋身美國企業界與學術界必須學會的強勢語言。絕大多數的移民都願意努力學習英語，沒有一個少數族群會拒絕學習英語。而且，少數族群語言的維護與發展，還有益於美國在國際社會的政治、經濟與文化活動。既然政府每年都要編列巨額預算來提升國人的外語能力，那麼不利用甚至壓制少數族群使用母語的能力無異是教育與經濟資源的一大浪費。就這點意義而言，雙語教育是既能學習英語又能保存母語的最理想的教育方法。因此，新墨西哥州於一九八九年鄭重宣布：該州州民認為「並用母語」符合國家的利益與福祉，所有公民都應該享有學習英語與其他語言的權利與機會。公民能精通一種以上的語言，對於該州以及美國聯邦都必能帶來經濟與文化上的莫大利益。羅得島州也於一九九二年通過類似的決議。事實上，在九〇年代裡隨著共和黨的下台，「並用母語」的主張逐漸凌駕「僅用英語」的主張，國會甚至通過「原住民語言法案」來正式承認政府有責任維護原住民印第安人的傳統文化與語言。

以上從社會語言學的觀點檢討美國社會裡「僅用英語」與

「並用母語」兩種主張之間的演變與消長。他山之石可以攻錯，美國有關雙語教育與多種語言政策的先例，可以爲當前的台灣母語教育提供很有價值的參考資料。此外，注意美國的語言問題與國內的語言問題之間有下列幾點差異。

（一）在美國社會裡以英語爲母語的族群仍然佔大多數，而以其他語言爲母語的族群則居少數。但是在國內社會裡則以閩南語與客家語爲母語的族群佔絕大多數。因此，美國的雙語教育還可以說是爲少數民族而推行的「德政」；相形之下，國內的母語教育只能說是回復大多數族群被剝奪已久的遲來的「權利」。

（二）在美國所使用的少數族群語言中，單是五歲以上的使用人口在十二萬七千人以上的就有二十五種之多；而且，這些語言分屬於好幾種不同的語系，其語言差異相當大，互相學習起來相當困難。反之，在國內所使用的各族群母語，除了原住民等少數族群的母語以外，大都屬於漢語的方言；在語音、詞彙、語法各方面的同質性相當高，互相學習起來並無多大困難。

（三）在美國仍有一百八十萬的移民完全不諳英語；而且英語永遠是強勢語言，永不會消失。反之，在國內幾乎沒有人不諳國語；而且，各族群的母語在當前是弱勢語言，在年輕的一代中幾乎到了絕跡邊緣。因此，在美國並不需要保護英語，需要保護的是少數族群的母語；而在台灣則並不需要保護國語，需要保護的是多數族群與少數族群的母語。

（四）美國的少數族群語言，不但種類繁多，其中更不乏國際社會的強勢語言。反之，國內的各族群語言大都是漢語語系的方言，其他少數族群語言也並非國際社會的強勢語言。就這點意義而言，國內族群母語的學習似乎不像美國少數族群的母語學習

那樣具有經貿與文化價值。但是根據在大陸經商的台胞的反應，漢語各種方言的表達能力，仍然是與當地人士商談、交涉、溝通以及人事管理上不可缺少的工具。而且，許多海外華僑也特別喜歡用他們的母語來交談（例如菲律賓華僑喜歡用閩南語），藉以促進彼此間的情感與了解。因此，多種漢語方言的學習仍然符合個人、社會以及國家的利益與福祉。其實，學習族群母語最大的功用，還是在於尊重各族群的語言文化與風俗習慣，並藉此恢復對自己族群的信心，增進對其他族群的了解，因而促進各族群之間的和睦相處與共存共榮。

三、從心理語言學的觀點檢討母語教育

目前台灣最主要的族群語言包括共通語的國語、閩南語、客家語等漢語方言以及原住民等少數民族語言。因此，最理想的情形是除了共通語的國語與自己的母語以外，還能夠多學習幾種其他族群的語言。特別是在閩客雜處的地區，如果大家都能夠使用或了解閩南與客家兩種語言，必然有助於這兩個族群的和諧與合作。同樣地，在原住民與舊住民或新住民❿接觸頻繁的地區，如果非原住民族群也能夠學習原住民語言，必可表達對於原住民語言的尊重與關懷。或許有人要問：一個人有沒有辦法同時學習這麼多種語言？尤其是剛進小學的學童，在學習共通語的國語之外，還要學習自己族群的母語，更要學習其他族群的語言；這種

---

❿　我們暫且試以「原住民」、「舊住民」與「新住民」的名稱來分別稱呼一般所謂的「山地同胞」、「本省同胞」與「外省同胞」。

「雙語教育」（bilingualism）或「三語教育」（trilingualism）會不會超過學童的學習能力或學習負擔？會不會剝奪其他科目（如算術、理化等）的學習時間甚或影響學習績效？我們的回答是：如果學習的目標正確，方法妥當；那麼無論是雙語學習或是三語學習都會相當順利有效地進行，絕不會為學童增添過重的學習負擔，更不會影響其他科目的學習成效。

　　首先，讓我們注意到一個事實：那就是目前國內六十歲以上的舊住民中有許多都是「三語使用者」（trilinguist）。他們在日治時期學會母語與日語，光復後再學會共通語的國語，而且都能相當流利地使用這三種語言。我們也應該注意到另外一個事實：那就是在閩客雜處的地區裡，許多人（特別是客家人）也都是三語使用者。他們除了共通語的國語以外，還會相當流利地操用閩南語與客家語；有些人甚至流利得聽不出他們的族群母語到底是什麼。目前台灣的「單語使用者」（monolinguist），即只會共通語的國語而不諳其他族群語言的人，多半都是住在都市地區的年輕一代，尤其是來自沒有與祖父母同住的「核心家庭」（nuclear family）的　代；而且，並不限於新住民的家庭，也包括舊住民的家庭在內。這個事實顯示：所謂母語教育，不應該是母語的「學習」(learn)，而應該是母語的「習得」（acquire）。「學習語言」（language learning）指的是：上了學校之後，由老師利用適當的教材教法來講授，學生必須用功努力才能學會語言。另一方面，「習得語言」（language acquisition）則指的是：幼童不必上學，更沒有老師或教科書；而是在日常生活的環境裡，從與周圍的人的交談溝通中，自然而然地學會語言。因此，在國中上英語是「學習語言」，但是目前一般家庭幼童之從與父母兄姊的交

談或與電視廣播節目的接觸中學會共通語的國語則是「習得語言」。今後台灣的母語教育所應該努力的方向是：盡量以「習得語言」的方式學會自己族群的母語或其他族群的語言，然後再以「學習語言」的方式來補救「習得語言」效果之不足。這也表示：母語的學習不能僅依賴學校或僅以學童爲對象，而必須推廣到家庭讓父母來共同參與。如果父母平常在家庭完全不使用母語，而電視與廣播節目裡也聽不到一點母語的聲音，那麼不但母語的「習得」必然失敗，而且母語的「學習」效果也必然事倍功半而大打折扣。

美國著名的心理語言學家 Lenneberg 在一九六七年出版的 Biological Foundations of Language （《語言的生理基礎》）一書中，針對語言的習得提出「關鍵年齡」(critical age) 的概念。所謂「關鍵年齡」，一般指十二、三歲，大約相當於青春期的開始階段。Lenneberg 以許多臨床實例來證明：如果人類的孩童在關鍵年齡以前（或在從出生到關鍵年齡的「關鍵時期」(critical period) 中）有適當的母語環境，那麼他就可以絲毫不費力、自然而然地學會（即「習得」）母語，不必依賴父母或老師的刻意教導❶。另外， Hurford (1991) 的 ' The evolution of the critical period for language acquisition '（〈語言習得關鍵時期的進化〉）與 Johnson and Newport (1989) 的 ' Critical period effects in second language learning： the influence of maturational state in the acquisition of English as a second language '（第二語言學習的關鍵時期

---

❶　有關「關鍵年齡」或「關鍵時期」的研究與討論，除了 Lenneberg (1967) 以外，請參考 Bickerton (1981) 與 Walsh and Diller (1981)。

效應：以英語做爲第二語言習得時的成長階段的影響〉）兩篇論文
則分別主張以「敏銳時期」（sensitive period）或「適切時期」
（optimal period）的概念來代替「關鍵時期」。簡單地說，孩童
在不同的成長時期，對於語言的習得或學習顯現不同的敏銳度。
例如，在孩童的成長早期裡對於語音的分辨特別敏銳，在成長中
期裡對於句型的掌握最爲拿手，而在成長晚期裡則對於語意的領
會格外敏感。這就表示：母語發音的習得或學習愈早愈好，然後
著重句型的運用，最後才注重語意的體會。Gould and Marler（19
87）在'Learning by instinct'（〈靠本能學習〉）一文中，也針
對 Lenneberg（1967）裡語言是「隨成長而受制約的行爲」（mat-
urationally controlled behavior）的見解提出新的論點，而主張語言
是「先天導引的行爲」（innately guided behavior）。換言之，孩童
的「語言能力」（language faculty）先天地被設定在不同的習得
或學習時期學會不同的「語言技能」（language skill）。例如，幼
童在習得語言的過程中，在幼年時期就接觸到語音、詞彙與語
意；但是到了少年時期才大量運用詞彙，而到了青年時期則對於
文字意義的了解更加成熟。這就表示：在學校的母語教學中，幼
稚園與小學低年級階段宜採取「直接教學法」（Direct Method）
來注重耳聽、口說與會話訓練；到了小學中年級階段就可以利用
「口說教學法」（Oral Approach）來訓練句型的運用與變化，並
注重表情達意；到了小學高年級就設法擴充詞彙的範圍與活用，
並開始注意口語（白話）與書面語（文言）詞彙以及白話音與讀
書音的區別；文字的大量介紹不妨等到小學高年級甚或國中階
段，小說詩歌等文學作品的真正欣賞也不妨延到國中或高中的階
段。總之，推行母語教育的初期階段，難免要經過一段「嘗試與

錯誤」（trial and error）的實驗時期。重要的是，在教材與教法上，不能先入為主地預設立場，也不能墨守成規地一直在原地踏步而不肯求新求變。從事母語教育的人不但要有豐富的想像力，更要有自由自在的柔軟心；不斷地檢討並改進自己的教材教法，不斷地發掘新的問題並提出有效的解決方法。如此，雙語或三語學習可能遭遇的困難才不致於如大家想像的那麼大，而任何困難都可以設法一一克服。北歐國家的許多兒童都會講三、四種不同的語言；今年夏天旅遊馬來西亞時，也發現當地許多人都懂三、四、五種語言（包括英語、巫語、普通話、廣東話與閩南話）。別人能，我們為什麼不能？

四、母語教學與研究的實際問題

　　推行母語教育首先必須樹立正確的觀念：各族群所使用的母語本來是平等的；彼此之間應該互相包容、互相尊重。母語不僅具有溝通的功能，更具有文化的價值。從各族群母語的學習中，可以了解該族群的歷史文物、生活習俗與氣質個性。母語的學習要有良好的母語環境，最好能在幼年時期從家庭生活中自然而然地習得。因此，家裡的老年人是重要的母語資產，而三代同堂是學習母語的理想環境。有關母語教育的種種問題，不要僅從意識形態或政治立場的層面來考量，而應該從倫理、文化與教育的觀點來研究；而且，研究的態度應該是冷靜、理智而客觀的，推行的方法應該是民主、兼容而科學的。

　　在這種觀點之下，共通語的國語教學與各族群的母語教學都應該受到同樣的重視，而且這兩種語言教學必須相輔相成才能事

半功倍。一向居於強勢語言的國語擁有非常深厚的教學資源；無論是現有師資的人數、師資養成的設施與機會、教材教法的研究開發、詞典與參考書等工具書的編纂出版，都不是其他母語能望其項背的。因此，我們應該設法把國語教學的雄厚資源轉移或利用到母語教學上面來，使之成爲母語教學資源的一部分。當前的母語教學在教學資源極端匱乏之下，必須向國語教學急起直追；凡是可以利用的資源都必須盡量加以利用，包括學生運用國語詞彙與語法的能力在內。也就是說，利用國語與閩南語、客家語或原住民語言之間的比較分析來徹底了解這幾種語言在詞彙與語法上的異同，然後設法輔導學生「有知有覺」地利用某一種母語的語言知識與語言能力來「迅速有效」地養成另一種母語的語言知識與語言能力。在同屬漢語的國語、閩南語與客家語裡，由於詞彙與語法的同質性相當高，學生很可能會把國語的語言習慣不知不覺地搬到其他母語的學習上面來，因而形成「正面的遷移」（positive transfer）而有利於其他母語的學習⓬。但是由於漢語方言與原住民語言之間的異質性很高，所以這兩種語言之間非但不容易產生正面的遷移，反而可能形成「負面的遷移」（negative transfer）來妨礙第二語言的學習。即使是漢語方言之間的交互學習，某種程度的負面遷移仍然在所難免。而且，語言的「認知教學觀」（cognitive approach）告訴我們：「不知不覺」或「暗中摸索」的學習⓭，不如「有知有覺」而「事半功倍」的學習來得經

⓬ 這只是相對的說法，因爲除了正面的遷移外，當然也有負面的遷移。不過，一般而言，正面的遷移似乎大於負面的遷移。

⓭ 請注意：在這裡所討論的是上學後在學校裡的「語言學習」，而不是幼年時在家庭裡的「語言習得」。

濟有效。換句話説，語言的學習是先經過有知有覺的學習，再經過不斷的練習與應用，最後才能成爲不知不覺的習慣。就這點意義而言，語言學家與語文教師之間應該密切合作來發現並解決當前的母語教學所面臨的問題，以便「理論」、「分析」與「教學」能夠三位一體地發揮功效。

當前的母語教學所面臨的問題，主要可以分爲詞彙與語法兩方面[14]。詞彙教學所面臨的問題包括：(一)各族群母語詞彙的整理與比較異同；(二)詞語的發音與書寫規範；(三)詞彙意義與用法的分析研究；(四)詞彙教學教材教法的設計與改進等。詞彙的整理與比較牽涉到方言詞典、方言對照詞典、漢語與原住民語言對照詞典的編纂以及語言調查與語言規畫等問題。詞語的發音教學，如果能夠提倡在家庭裡使用雙語，或在學童未達關鍵年齡之前推行母語教育，並利用電視廣播等傳播媒體[15]提供充分的「回饋」(feed-back)與「加强」(reinforcement)的機會，應該不會形成太嚴重的問題。另一方面，由於過去國語以外的其他族群語言都很少有機會使用文字來表達母語，母語詞彙的書寫因而形成非常棘手而急待解決的問題。關於漢語方言文字的書寫方式，有主張漢字的、也有主張使用羅馬拼音的、更有主張混合使用漢字與羅馬字的。即使是主張使用漢字的人，對於個別詞語的用字選擇仍然相當分歧。但是理想的選字似乎是不同母語背景的人都能「見字而會意」。因此，今後努力的方向應該是如何在

---

[14] 如果母語教學能夠使用直接教學法提早從幼稚園或小學低年級開始，那麼發音教學似乎不應該構成太多的困難。至於要不要利用音標教學，以及應該使用那一種音標(如羅馬字拼音或經過改良的注音符號)等問題，則應該經過實驗、比較與評估來決定。

[15] 最好能廣泛設置因地制宜的區域性電台。

「字音相近」(phonetic   similarity) 與「字義透明」(semantic transparency) 之間求得平衡，並在嘗試與錯誤中逐漸建立大家的共識。至於詞彙的意義與用法，則除了不同母語詞彙的比較或對照以外，還牽涉到詞義、詞法與詞用的研究，而詞彙教學的教材教法則可以從這種研究中獲益。

其次，語法教學所面臨的問題則包括：（一）詞類的界定與畫分的標準；（二）基本句型以及句型變換的分析與比較；（三）語法（包括詞法與句法，而且二者之間關係相當密切）結構以及語法規律的研究與條理化；（四）語法教學教材教法的設計與改進等。由於已往「重文輕語」的治學態度與「文以載道」的教育背景，國內語法研究的風氣與語法教學的水準都相當低落。在國內出版的語法論著大都是半世紀前大陸學者的作品。一般大、中、小學生都沒有受過漢語的語法教育，連坊間一般詞典都很少註明詞類或詞法結構。在這種先天不足的條件下，或許有人要問：語法教學是否需要？海峽彼岸的情形與台灣全然不同，不但語法研究的風氣很盛，而且從小學起語法教學就成為語文教育重要的一環。廣義的語法教學，包括音韻、詞法、句法、語意與語用，非但可以促進對國語與母語的了解，更有利於學習其他族群的語言。語言教學的目標在於培養聽、說、讀、寫四種語言能力；而語法教學則可以幫助學生有知有覺而按部就班地培養這些能力。我們承認目前國內語法教學的資源相當貧乏，但是中學以上的學生都學過英語的音標與語法，就是小學生也學會了注音符號並具有國語基本句型的概念。或許我們可以在這些基礎上面建立國語與母語語法教學的間架，逐漸灌輸詞類的概念、各種詞類的形態特徵與句法功能、基本句型與變換句型的關係等語法知

識，並利用適切有效的句型練習與日常生活的實際應用來把這些
語法知識整合成爲真正表情達意的語言能力。最近教育部宣佈，
從一九九七年度起國二以上的中學生都可以選修第二外國語（日
語、法語與德語）。屆時，語法知識的傳授與整理，以及不同語
言的語言教學之間的對照、聯繫與整合將益形重要。語言教學常
涉及「教學觀」（approach）、「教學法」（method）與「教學技
巧」（technique）的問題。但是教學觀與教學法只提到抽象的基
本概念與原則性的指導綱領，而課堂上的實際教學則要靠具體而
微的教學技巧，才能針對語音、詞彙、句法、語意與語用等各方
面所遭遇到的種種問題，提出簡明扼要的解釋與適切有效的練
習。而要改進教學技巧，則除了虛心檢討自己的教學內容與方法
以及觀摩別人的教學技巧或吸收前人的經驗智慧以外，還要在健
全的語法理論的指引與嚴謹的語言分析的幫助之下，不斷地研究
如何才能清清楚楚、簡簡單單地說明教學的重點，如何才能對症
下藥、迅速有效地設計適當的練習。

五、結　語

　　最後從現代語言教學的觀點對母語教學提出一般綜合性的三
點意見：
　　（一）語言不只是「音」、「字」、「詞」，而是結合所有
這些要素而成爲「句」或「文」，藉以達成表情達意的目標，發
揮語言的功效。因此，在實際教學的過程中，發音、詞彙、語
法、文意等各種語言要素都需要密切配合與聯繫，絕不能各自獨
立。各種語言要素都應該在真實而有意義的生活背景下學習。在

教學的方法上，必須儘量能同時運用「心、耳、口、眼、手」，整體而綜合地去學習「聽、說、讀、寫」四種語言技能。

（二）語言教學是一個有組織、有系統的過程。每一個新的教學單元必須與以前學過的教學單元以及以後即將學習的教學單元融會貫通。每一節課的進度也必須與前幾課的內容相互呼應，不能隨意分化教學的單元，混亂教學的步驟。同時，成功的母語教學必須設法激發學童學習母語的興趣，讓他們有積極參與語言活動的機會，使母語真正成為他們之間彼此溝通的工具，因而讓他們享受學習成功的樂趣。唯有如此，學習的效果方能提高，學習的目標方能達成。

（三）每一位母語老師都應該清楚地了解各種「教學觀」與「教學法」，然後針對著學童的程度與需要選擇適當的教材與教法來幫助學童學習母語。因此，只懂得抽象的「教學觀」與原則性的「教學法」還不夠，必須對於具體的「教學技巧」下一番功夫。從如何訓練個個聲母、韻母、聲調、語調的聽音或發音，如何介紹或解釋個個生字或新詞，如何練習或運用個個句型，到如何用口頭或文字來表達情意，都必須　　加以研究，不斷地實驗，不斷地改進，一直到能夠發現最適合於自己學童的程度與需要；也就是說，能夠以「最少」的時間讓「最多」的學童發揮「最大」效果的教學技巧為止。為了達到這個目標，我們不僅應該尊重自己所負的使命，以母語教師的工作為榮，而且更應該以愛心與耐心來照顧我們的學童，讓他們明白母語教學也是「愛的教育」的一環。

附記：本文在第一屆台灣本土文化學術研討會上發表時，擔任講

評人的楊秀芳教授指出台灣母語教育的對象應該從兒童與
中、小學生推廣到不諳母語的大專學生與成年人。另外，
張裕宏、戴維揚與董昭輝等幾位教授則建議本文中的「母
語」不妨改爲「本土語言」。在此，一併誌謝。

參考文獻

Bickerton, D.(1981) *Roots of Language*. Ann Arbor MI: Karoma.

Gould, J.L and P. Marler.(1987)'Learning by instinct', *Scientific American* 256:62‒73.

Honna, N.(木名信行)(1994)〈言語政策〉，《言語》23·5：39—45·

Hurford, J.R.(1991)'The evolution of the critical period for language acquisition', *Cognition* 40:159—202.

Johnson, J.S. and E.L. Newport.(1989)'Critical period effects in second language learning:the influence of maturational state in the acquisition of English as a second language', *Cognitive Psychology* 21:60—99.

Lenneberg, E.H.(1967) *Biological Foundations of Language*. New York:Wiley.

Tang, T.C.(湯廷池)（即將出版）《閩南語語法研究試論》，台灣學生書局。

Walsh, T.M. and Diller K.C.(1981)'Neurolinguistic consideration on the optimum age for second language learning', In K.C. Diller (Ed.), *Individual Differences and Universals in Language Learning Aptitude*. Rowley, MA.：Newbury House.

＊本文原於1994年12月10日在國立台灣師範大學舉辦的第一
　屆台灣本土文化學術研究討會上發表，並刊載於《第一屆
　台灣本土文化學術研討會論文集》49－61頁。

國家圖書館出版品預行編目資料

閩南語語法研究試論

湯廷池著.—初版.— 臺北市：臺灣學生，1999(民 88)
面；公分

ISBN 957-15-0948-5 (精裝)
ISBN 957-15-0949-3 (平裝)

1.閩南語 – 文法

802.52326   88004275

閩南語語法研究試論(全一冊)

著　作　者：湯　　　　廷　　　　池
出　版　者：臺　灣　學　生　書　局
發　行　人：孫　　　善　　　治
發　行　所：臺　灣　學　生　書　局
　　　　　　臺 北 市 和 平 東 路 一 段 一 九 八 號
　　　　　　郵 政 劃 撥 帳 號 0 0 0 2 4 6 6 8 號
　　　　　　電　話　：（ 0 2 ） 2 3 6 3 4 1 5 6
　　　　　　傳　真　：（ 0 2 ） 2 3 6 3 6 3 3 4
本書局登
記證字號　：行政院新聞局局版北市業字第玖捌壹號
印　刷　所：宏 輝 彩 色 印 刷 公 司
　　　　　　中 和 市 永 和 路 三 六 三 巷 四 二 號
　　　　　　電　話：（ 0 2 ） 2 2 2 6 8 8 5 3

定價：精裝新臺幣三四〇元
　　　平裝新臺幣二七〇元

西 元 一 九 九 九 年 六 月 初 版

臺灣 學生書局 出版
現代語言學論叢書目・甲類

臺灣學生書局出版
現代語言學論叢書目・乙類

臺灣 學生書局 出版
語文教學叢書書目